PARABLE OF THE SOWER

OCTAVIA E. BUTLER

# 地球之籽

## 播種者寓言

奧塔薇亞・巴特勒 著

謝佩妏 譯

# 目次

2024

追根究底，天才就是適應力、積極投入，和持之以恆的總和。沒有持之以恆，熱情只會稍縱即逝。少了適應力，熱情可能化為烈焰，毀了自己。沒有積極投入，那就什麼都免談。

《地球之籽：生者之書》
蘿倫．奧亞．歐拉米那

# 1

凡你觸碰過的，
皆因你而改變。
凡你改變的，
也將改變你。
唯一不變的真理
即萬物變動不息。
上帝
就是改變。

《地球之籽：生者之書》

二〇二四年7月20日，星期六

昨晚我又做了那個夢。我早該料到的。每當我開始掙扎，死命擺脫身上的鉤爪，假裝一切如常，那個夢就會來找我。每當我努力要當爸爸的乖女兒，那個夢就會來找我。

今天是我們的生日，我十五歲，爸爸五十五歲。明天我要努力討他歡心——除了他，還有社區和上帝。於是，昨天晚上那個夢就來提醒我：這一切都是謊言。我想我必須把夢境寫下來，因為這個謊深深困擾著我。

夢中的我正在學飛，讓自己的身體飄浮起來。沒人教我，全靠我自己一點一點、一堂課一堂課慢慢地學。那畫面不是很神祕難懂，卻一直揮之不去。我已經上了好多堂課，飛行技術進步了，雖然對自己更有自信，卻還是會害怕，也還不太會控制方向。

我上前靠向門。那扇門跟我房間跟走道之間的門很像。雖然感覺距離很遠，但我還是繃緊身體，靠了過去，放開目前為止阻止我飛起來或掉下去的所有東西，往上使力。結果沒往上飛，也沒有往下掉，但身體確實開始動了，彷彿在半空中滑行。我又驚又喜。

我輕輕飄向門口。門透出清冷的微光。接著我稍微往右邊滑去，然後又更過去，眼看就要錯過門，撞上旁邊的牆壁。但我停不下來也無法轉彎，直接從門前飄過去，遠離清冷的微光，進入另一道光。

我眼前的牆壁正在燃燒。火不知從何而來，已經燒穿牆壁，漸漸朝我逼近，就要撲過來。火勢蔓延開，我飄進火裡。火在四周熊熊燃燒，我揮舞雙臂亂抓一通，奮力想游出去，手抓空氣和火焰，腳踢烈焰騰騰的黑暗。

這時我或許已經有點醒來。火焰吞噬我的時候，我確實醒了幾次。太痛苦了。徹底清醒之後我就睡不著了，雖然努力讓自己入睡，但怎麼都沒辦法。

但這次我沒有徹底清醒，而是漸漸沉進夢的第二部分。這部分感覺既平凡又真實，那是我小時候真正發生過的事，只是當時顯得很微不足道。

黑暗。

黑暗漸漸轉亮。

星星。

星星灑下一閃一閃的清冷微光。

「我小時候看不到那麼多星星，」繼母對我說。她說的是西班牙語，她第一個學會的語言。她站著不動，嬌小的身影仰望著浩瀚的銀河。天黑之後，我跟她一起走去收衣服。白天一如往常悶熱，我們都喜歡天色暗下來的涼爽黑夜。月亮沒出來，但還是看得很清楚。滿天都是星星。

不遠處是街坊的圍牆，巨大又壓迫，在我眼中有如伏在地上的野獸，隨時可能跳出來，不像一種保護，反而像是威脅。但我的繼母就站在那裡，而且毫不畏懼。我緊貼著她。那年我七歲。

我抬頭看星星和深邃漆黑的夜空。「那時候你為什麼看不到星星？」我問她。「每個人都看得到星星啊。」我跟她一樣說西班牙語，是她教我的。說同一種語言就是有一種親密的感覺。

「因為城市太多光害，」她說。「因為燈光、進步、成長，所有那些我們因為太熱或太窮已經沒力氣再去管的東西。」她停頓片刻。「我在你這個年紀的時候，我母親跟我說，天上的星星——那些我們看得到的少數星星——是天國的窗戶。上帝從那些窗戶看著我們，守護著我們。我相信了她將近一年。」繼母把一堆小弟的尿布遞給我，我抱著尿布走回屋前她放籐編洗衣籃的地方，把尿布丟在其他衣服上面。籃子滿了。我轉頭確認繼母沒在看我，趁機往乾爽柔軟的乾淨衣服上一躺。墜落的瞬間身體就像飄浮起來。

我躺在上面望著星星，找出我認得的星座，說出星星的名字，那是我從奶奶的一本天文學書上學來的。

突然間，我看見一顆流星拖著長長的尾巴往西劃過天空。我睜大眼睛追著它跑，希望能再看到另一顆流星。但聽到繼母在叫我，我只好走回去。

「現在城市也有燈光，可是不會遮住星星啊，」我跟她說。

她搖搖頭。「跟以前比起來少多了。現在的小孩對燈火通明的不夜城完全沒概念——那還是不久之前的事。」

「我比較喜歡星星，」我說。

「星星不用錢。」她聳聳肩。「我自己是比較希望再看見燈火通明的城市，而且愈快愈好。不過，星星我們負擔得起。」

# 2

上帝的贈禮
可能灼傷毫無準備的雙手。

《地球之籽：生者之書》

二〇二四年7月21日星期日

至少從三年前開始，爸爸的上帝就不再是我的上帝，爸爸的教會也不再是我的教會。然而今天，因為我是膽小鬼，所以還是聽大人的話加入了教會，讓爸爸以上帝的三個名字為我受洗，即使那已經不再是我的上帝。

我的上帝有另一個名字。

今天我們一大早就起床，因為得穿越小鎮前往教堂。星期日爸爸多半會在我們的前廳主持禮拜。他是浸信會牧師，街坊圍牆內的鄰居雖然不全是浸信會教徒，但那些覺得自己有需要上教堂的人很樂意來找我們。那樣他們就不用冒險出門，畢竟現在外面又亂又危險。有些人為了工作一週至少要出門一次就已經夠糟了，我爸就是一個。現在我們都不去上學了，大人不放心小孩出門。

但今天情況特殊，因為爸爸跟另一個牧師約好了。他的這位牧師朋友至今還有一間真正的教堂，裡面也還有真正的洗禮堂。

以前爸爸在牆外幾條街遠的地方曾經有過自己的教堂，在還沒有那麼多圍牆的時候就成立了。但後來遊民跑進去睡覺，教堂遭人洗劫，還多次被破壞。有一天某個人在教堂裡外倒了汽油，燒了整座教堂，那晚睡在裡面的七個遊民也被燒成黑炭。

但不知為什麼，爸的朋友羅賓森牧師到現在還保有自己的教堂。今天早上我們一行人騎腳踏車前往他的教堂，包括我、我的兩個弟弟、另外四個準備好要受洗的鄰居小孩，加上我爸和其他在前面護送我們的大人。大人全都配戴了槍械。這是外出的鐵則：集體行動，全副武裝。

本來我們其實也可以在家裡的浴缸裡受洗，那樣更便宜更安全，而且我也不介意。我表達了我的想法，但沒人甩我。對大人來說，出門前往真正的教堂就像重回美好的過去，那時候街上到處是教堂，到哪兒都燈光明亮，汽油是汽車和貨車的燃料，而不是縱火的工具。他們絕對不會錯過重溫往日美好時光的機會，還能趁機告訴小孩，等國家重新站起來、找回美好時光會有多好！

最好是。

對我們大部分的小孩來說，這趟路不過就是一場探險，一個光明正大走到牆外的理由。我們去受洗只是為了盡本分或得到某種保障，其實我們多半都不太在乎宗教。我雖然在乎，但我信仰的是不同的宗教。

「為什麼要冒險？」幾天前席維亞．唐跟我說。「也許那些宗教的東西有它的道理吧。」

他爸媽是這麼想的，所以她也跟來受洗。

我弟弟凱司也跟來了，但他跟我的信仰完全不同。應該說他根本不在乎。爸要他受洗，那就來吧，管他的。凱司什麼事都不在乎。他喜歡跟朋友鬼混，裝成熟，逃避工作，逃避學校，逃避教會。他才十二歲，是我三個弟弟裡頭年紀最大的。我不太喜歡他，但他是我繼母的最愛。三個聰明兒子，一個笨兒子，偏偏她最愛笨的那個。

騎車的時候，凱司比其他人更常東張西望。他的志向（如果可以這麼說的話）是離開這裡，到洛杉磯闖蕩。他從沒說清楚他要去那裡做什麼事，只說想去大城市賺大錢。我爸說，大城市就像一具上面爬滿蛆的屍體，我認為他說的沒錯，只不過不是所有的蛆都在洛杉磯，這裡也有。

但這裡的蛆多半不太早起。我們騎車經過大字形躺在人行道上睡覺的人，有幾個剛醒來，但都把我們當空氣。我看到至少三個人永遠不會再醒來，其中一個的頭不見了，我忍不住四下尋找他的頭在哪，之後就不敢再到處亂看。

有個全身髒兮兮的年輕裸女從我們面前跌跌撞撞地走過去。我看見她呆滯的表情才意識到她應該是茫了或醉了。

或許她被強暴太多次，已經瘋了。我聽過那樣的傳聞。也有可能她只是嗑了藥太亢奮。我們隊伍裡的男生兩眼發直盯著她看，差點從腳踏車上摔下來。關於宗教的美好想像應該會在他們腦中停留好一陣子。

那個裸女看都沒看我們一眼。經過她之後我回過頭，看見她靠著一面街坊圍牆在草叢裡坐下來。

我們多半都沿著一面又一面圍牆往前騎，有些圍牆有一個街區長，有些兩個街區，有些五個……山坡上有些圍牆高築的宅院，一棟大宅，旁邊好幾間狹小簡陋的僕人房。今天我們沒有經過那樣的房子。事實上，我們經過幾個街坊甚至窮到只能用鬆散的石塊、混凝土和垃圾堆成圍牆。有些可憐的住宅區甚至連圍牆都沒有。裡頭很多房子都面目全非，燒的燒，毀的毀，酒鬼和毒蟲聚集在那裡，還有無家可歸的夫婦帶著骯髒乾癟、半身裸露的小孩住了進去。那些孩子已經醒來，看著我們經過。我為那些小朋友感到難過，但跟我同年紀或年紀比我大的小孩卻讓我緊張不安。我們從坑坑疤疤的街道中間騎過去，小孩跑出來站在路邊盯著我們看。就只是盯著我們看。我想如果我們只有一兩個人，或是他們沒看到我們身上有槍，說不定他們會把我們拉下來，搶走我們的腳踏車、衣服、鞋子等身上的所有東西。然後呢？強暴？殺人？最後我們可能落得跟那個裸女一樣下場，失魂落魄走在街上，或許受了傷，肯定會引來不懷好意的目光，除非她能偷到衣服。要是剛剛我們能給她一些東西就好了。

我繼母說，她跟我爸有次停下來幫助一個受傷的女人，沒想到傷害她的男人從一面牆後面跳出來，差點殺了他們。

我們所在的地方是羅布雷多，距離洛杉磯二十哩遠。爸說這裡曾經是一個沒有圍牆、綠意盎然的富裕小鎮，年輕時他一心只想離開這裡。他跟凱司一樣，想要逃離單調乏味的羅布雷多，到大城市尋找刺激的生活。當時洛杉磯還不像現在這麼危險。他在洛杉磯住了二十一年，直到二〇一〇年他爸媽被殺，他才回老家繼承他們的房子。殺死他爸媽的兇手洗劫了他們的房子，砸爛全部的家具，卻沒有放火燒了房子。那時候還沒有街坊圍牆。

住在沒有圍牆保護的房子簡直是瘋了。即使在羅布雷多，街頭遊民（霸佔空屋的人、酒鬼、毒蟲，總之就是無家可歸的人）多半都很危險，不是走投無路就是精神失常，或是兩者都有。不管是誰變成這樣都很危險。

對我來說更慘的是，他們常常都不太對勁。他們割掉彼此的耳朵、手臂、大腿……他們身上有病或潰爛的傷口。他們沒錢買水洗澡，所以連沒受傷的人身上都有膿瘡。因為吃不飽，所以都營養不良，不然就是吃了不乾淨的食物，害自己中毒。騎車經過時，我盡量不去看他們，但還是會忍不住看著——收集著——這些人的痛苦不幸。

我已經學會接收大量痛苦也不會崩潰。但是今天，我看見的每個人都讓我愈來愈難受，踩著腳踏車要跟上其他人實在很難。

爸爸不時會回頭瞄我一眼。他告訴我：「你可以打敗它，不一定要舉手投降。」一直以來他都假裝甚至或許也相信我的「超共感症候群」是我可以擺脫和遺忘的東西。畢竟那種感同身受不是真的。我能感受別人的痛苦或快樂，不是因為什麼神奇的力量或第六感，只是腦袋的錯覺。這點連我自己都承認。我弟凱司以前會假裝受傷，想騙我跟他假裝的一樣痛苦。有次他為了讓我流血，還用紅色墨水假裝成血。那時我才十一歲，看到別人流血，皮膚仍會滲出血。我控制不了自己，無時無刻不在擔心家裡以外的人會因此知道我的祕密。

十二歲來月經之後，我看到別人流血就不再會跟著流血。這對我是一大解脫。要是其他共感能力也跟著消失該有多好。凱司只有那一次成功騙我流血，後來我把他痛扁了一頓。

小時候我很少打架，因為那根本是自討苦吃。我能感受到自己揮出去的每一拳，那就像在打自己一樣。所以一旦決定非打架不可，我就會不顧一切豁出去，比其他小孩出手還狠。我把麥克．托卡打到手骨折，把魯賓．昆塔尼拉打到鼻梁斷掉，還打掉了席維亞．唐的四顆牙齒。他們全都活該，甚至還便宜了他們。每次打人我都會被處罰，我恨死了。畢竟那對我來說是雙重的處罰，我爸跟我繼母都知道，即使如此他們還是照罰不誤。我想他們這麼做是為了安撫其他小孩的爸媽。但痛扁凱司那一次，我早就知道柯莉或我爸一定會處罰我，說不定兩個都會，畢竟我打的是我可憐的弟弟。所以我一定要我可憐的弟弟先付出代價。我對他做的事要值得我之後受的處罰。

果然值得。

後來我們兩個都被爸爸處罰，我被罰是因為打年紀比我小的小孩，凱司是因為差點讓「家務事」傳出去。爸很注重隱私和「家醜不可外揚」。有很多事我們出了家門就會閉緊嘴巴，絕不洩漏出去。第一件事就是跟我媽和我的共感力有關的事，還有兩者之間的關係。對我爸來說，這整件事都是「家醜」。他是堂堂的牧師、教授和系主任。前妻是毒蟲，女兒難逃毒害，這些都不是他會想跟人誇耀的事。幸好是這樣。我死都不會想跟人誇耀我是世界上最脆弱的人。

無論爸怎麼想或希望我怎麼做，我對我的共感力都無可奈何。看到或覺得別人很痛苦，我就會跟著痛苦。醫生稱之為「器質性妄想症候群」。聽他在放屁。我只知道那很痛。因為我媽生我之前嗑旁若賽特科（俗稱愛因斯坦藥粉）嗑到掛，害我腦袋變得不正常。我常接收到來自別人的傷痛，雖然那不是我親身的經歷，但還是很痛。

照理說除了痛苦，我應該也要能感受別人的快樂，問題是現在快樂的事並不多。我唯一喜歡跟人共享的快樂，大概就只剩下性了。我能同時感受到自己的和對方的快感，但我幾乎希望不要。我住在一個狹小封閉的社區裡，前面是死巷，四周是圍牆，我爸爸是牧師。性行為對我來說再怎麼樣都很有限。

總之，我腦袋裡的神經傳導物質一團亂，而且要改善很難，但只要其他人不知道我的事，我就還能正常生活。不走出圍牆我就沒事，但今天騎車出來簡直要我的命。街上的人來來去去，身上有我感受過最折磨人的痛苦——一個個像行屍走肉，身體會突然抽搐扭曲，痛到不行。

只要不盯著那些傷口看太久，我就不會太痛苦。有個光溜溜的小男孩全身布滿大紅瘡；有個男人右手剩下的殘肢有大片結痂；一個大約七歲大的裸身小女孩腿上鮮血直流；一個女人被揍得鼻青臉腫、血流滿面……

我看起來一定很緊張。我像隻小鳥左看右看，不讓視線停留在一個人身上太久，只要確定對方沒朝我走過來或拿東西瞄準我就趕緊移開目光。

爸大概從我的表情猜到我的感受。我努力不讓表情洩露情緒，但很難逃得過他的眼睛。有時候大家會說我臉很臭，那樣好過讓他們知道真相。他們最好這樣想，而不是知道要傷害我有多麼容易。

爸堅持受洗要用乾淨新鮮的飲用水。他當然買不起。誰買得起呢？這就是另外四個小孩加入的原因。

席維亞．唐、赫克特．昆塔尼拉、科提斯．托卡、德魯．巴爾特，再加上我的兩個弟弟凱司和馬可。其他小孩的爸媽贊助了費用，他們認為一個像樣的洗禮是值得花些錢和冒點險的大事。我是其中年紀最大的，科提斯第二，我跟他差了大概兩個月。我雖然討厭受洗，但更討厭科提斯也在。雖然不想，但我就是在意他，在意他對我的想法。我擔心有天我會在大庭廣眾下崩潰，他就會看見我出洋相。但不會是今天。

抵達兼作堡壘的教堂時，我因為一路上一下咬緊牙一下鬆開，下顎都痛了，整個人已經沒力。

來做禮拜的只有六七十個人，足夠擠滿我們家的前廳，看起來很大一群。但教堂設了圍牆、護欄和鐳射線，還有武裝警衛，裡頭又大又空曠，相較之下教徒顯得很單薄。這樣也好。要是來一大群人，那些人的痛苦說不定會害我出糗，那就慘了。

洗禮都按照計畫進行。大人把小孩趕進廁所換白袍（「分男廁和女廁」、「請不要把任何紙張丟進馬桶」、「左邊水桶是用來清洗的水」……）。大家換好之後，科提斯的爸爸帶我們去準備室排隊輪流上台，從那裡可以聽到牧師講道，今天說的是《約翰福音》的第一章和《使徒行傳》的第二章。

我排最後一個，我猜是爸爸的意思。鄰居的小孩先，再來是我的兩個弟弟，最後才是我。因為一些我不太明白的原因，爸爸認為我應該比別人更謙卑。但我認為我生理上的缺陷

（或是恥辱）已經低人一等了，還要我多謙卑？

管他的，反正總得有人排最後一個。我只希望自己一開始有勇氣逃避這整件事。

於是，「以聖父、聖子、聖靈之名……」

天主教徒在嬰兒時期就受洗了，要是浸信會教徒也是就好了。我希望自己跟包括我爸在內的很多人一樣，相信這是一件重要的事。要是沒辦法，我也希望自己不要那麼在乎。

問題是我在乎。最近我常思考上帝的事。我會注意其他人信仰什麼或有沒有信仰；如果有，他們又信仰什麼樣的上帝？凱司說，上帝只是大人用來嚇唬小孩的方法，逼你乖乖聽他們的話。這些話他可不敢在爸面前說。凱司相信他看見的，問題是擺在眼前的事他也經常視而不見。要是爸知道我信仰什麼，我想他大概也會這麼說我。或許他說的沒錯，但那也無法阻止我看見自己看見的一切。

很多人相信的上帝就像高高在上的父親、警察或國王，他們相信的上帝是超人般的存在。有些人相信上帝是大自然的代名詞，而大自然代表幾乎所有他們無法理解或掌控的東西。

也有些人說上帝是一種精神、一種力量、一種終極的現實。問七個人這些是什麼意思，你會得到七種不同的答案。那麼，上帝到底是什麼？不過就是另一個讓你覺得自己與眾不同並獲得庇佑的名稱嗎？

墨西哥灣提早颳起了一場巨大的暴風。這場暴風席捲墨西哥灣，從佛羅里達到德州再到墨西哥都有人因此喪命，目前已經奪走七百多條人命。一場颶風害慘了多少人？之後會有多少人因為農作物受損而挨餓？這就是大自然。那是上帝嗎？死去的人多半是街頭遊民，這些人沒聽到警報，來不及靠兩條腿逃到安全的地方。但哪裡對他們才是安全的地方？窮是一種罪嗎？我們自己都快變成窮人了。工作機會愈來愈少，新生兒愈來愈多，很多小孩漸漸長大卻對未來不抱希望。無論如何，我們總有一天都會變成窮人。大人說情況會好轉，但從來就沒好轉過。等我們變窮之後，上帝——我爸的上帝——會怎麼對待我們呢？

上帝存在嗎？如果存在，他（她或它？）在乎我們嗎？班傑明．富蘭克林和湯瑪斯．傑佛遜這樣的自然神論者相信上帝創造了人類，然後就丟下我們不管了。

我問爸對自然神論者的看法，他說：「這些人都弄錯了。他們對《聖經》上的訓示應該更有信心才對。」

我不知道墨西哥灣的人對上帝是否還有信心。以前人類遭遇天災人禍也仍然保有信心。類似的故事我讀過很多。我讀了很多書是真的。《聖經》中我最喜歡的是《約伯記》。我認為裡面對我爸的上帝和一般認知的神的描寫，比我讀過的其他書都更透澈。

在《約伯記》裡，上帝說他創造了一切，全知全能，所以沒人有資格質疑他做的任何一件事。好吧，說得通。《舊約》的上帝就是翻臉無情的大自然。但那樣的上帝感覺很像宙斯，到哪裡都所向無敵，像我弟弟對待他們的玩具兵一樣。砰砰！七個玩具兵倒地斃命。他們是你的玩具，所以規則由你來訂，誰在乎玩具在想什麼。把玩具的全家人消滅，再給它一個全新的家庭就好了。玩具的小孩跟約伯的小孩一樣，是可以互換的。

或許上帝就是一個玩弄自己玩具的大孩子。要是這樣，七百人在颶風中喪生又怎麼樣？七個小孩前往教堂泡在一大池昂貴的水裡又怎麼樣？

但如果這一切都錯了呢？如果上帝根本不是這樣呢？

# 3

我們不崇拜上帝
我們感知上帝，侍奉上帝
向上帝學習
憑著遠見和努力
我們塑造上帝
最後我們臣服於上帝
我們適應變化，堅持到底
因為我們是地球之籽
而上帝就是改變

《地球之籽：生者之書》

二〇二四年7月30日星期二

最近一次火星任務有個太空人不幸罹難。她身上的太空衣出了問題，隊友還來不及把她送回太空艙，她就一命嗚呼。街坊鄰居說她根本就不應該飛去火星。地球上有那麼多人買不起水、食物或遮風避雨的地方，他們卻浪費那麼多錢在太空旅行上。

水又漲價了。今天我聽新聞說，最近又有更多賣水的小販被殺。他們賣水給霸佔空屋的人、街頭遊民，還有努力守住家園卻付不出水電費的人。慘遭殺害的水販被割喉，錢跟手推車都被洗劫一空。爸說現在水比汽油貴很多倍。但除了縱火犯和有錢人，大多數人都不買汽油了。我認識的人沒有一個還在使用燃油的汽車、貨車或機車。那類交通工具現在都丟在車道上生鏽，或是整輛拆解，只為了取出裡面的金屬和塑膠。

你可以不買汽油，但不買水太難了。

打扮得宜能避免惹禍上身。全身髒兮兮才安全。要是很乾淨，你就會變成明顯的攻擊目標，旁人會覺得你在炫耀自己比他們好。在小孩的圈子裡，乾淨要挨揍很快。柯莉不會讓我們髒兮兮在自己街坊跑來跑去，但我們都有到圍牆外面穿的髒衣服。即使在這裡，我的弟弟們只要走出家門就會往自己身上抹泥巴。那樣總比老是挨揍要好。

今天晚上，我們街坊的最後一台大視窗電視壽終正寢。我們在電視上看見死去的太空人，火星的紅色岩石包圍著她；看見乾巴巴的水庫，還有三個慘死的水販，手臂上戴著髒掉的藍色臂章，頭被砍掉一半。我們還看見洛杉磯一整區用木板釘死的建築燒成一片，當然沒有人會浪費水去撲滅那種大火。

接著，視窗電視整個黑掉。聲音忽大忽小持續了好幾個月，但螢幕還真的名符其實，一直就像一扇敞開的大窗。

亞尼斯家靠著讓人來家裡看視窗電視賺錢。爸說這種未經許可的生意是非法的，但有時他也會讓我們去看，一來他不覺得那有什麼壞處，二來這樣也能幫到亞尼斯一家人。其實很多小生意都是非法的，即使沒傷害到任何人，甚至還能讓一兩個家庭活下去。亞尼斯家的視窗電視差不多跟我一樣老。視窗佔據他們家客廳的西牆，當初買的時候他們的生活應該還算優渥。不過這兩年來，他們都會收入場費，但只讓街坊鄰居進來，還兼賣水果、果汁、橡實麵包或核桃。反正園子裡多的東西，他們就會想辦法賣出去。他們播放自己收藏的電影，也讓我們看新聞和其他電視節目，但沒錢訂閱那些新的多重感官影音內容，反正家裡的舊型視窗電視多半也接受不到。

他們沒有實境背心、觸控指環或頭戴式耳機，只有螢幕薄薄一片的簡單視窗。

我們這個街坊只剩下三台古老又模糊的小電視、兩台工作電腦，還有收音機。每戶人家至少都還有一台能用的收音機。我們每天接收的新聞很多都來自收音機。

不知道亞尼斯太太現在要怎麼辦。有兩個姊妹來投靠她，但她們都還有工作，所以或許還好。一個是藥劑師，一個是護士。她們雖然賺不多，但至少亞尼斯太太的房子是自己的。那是她爸媽留給她的房了。

三個姊妹都是寡婦，總共生了十二個小孩，年紀全都比我小。亞尼斯先生是牙醫，兩年前從有圍牆還有警衛的診所騎電動腳踏車回家途中被殺。亞尼斯太太說他遇到交火行動，從兩個方向被夾擊，之後又近距離挨了一槍，腳踏車也被偷走。警察來調查，收了錢，卻什麼都查不出來。隨時有人這樣送命。除非事發地點剛好在警察局前，不然別想找到證人。

## 二〇二四年8月3日星期六

死去的太空人會被帶回地球。她想葬在火星上，知道自己快死的時候她就這麼說過。她說火星是她一輩子的夢想，現在她要永遠跟它合而為一。

但航太部長說不行。他說她的遺體可能會汙染火星。白痴。

他難道認為她體內的微生物有機會在那麼冰冷、稀薄又致命的大氣裡存活甚至長存嗎？或許吧。航太部長不需要懂科學，只要懂政治就好。航太部是最晚成立的內閣部門，卻已經快要撐不下去。今年的總統候選人克里斯多福・莫培斯・唐納承諾當選之後就要廢除航太部。爸爸也同意唐納的看法。

「麵包和馬戲，」每次收音機出現太空新聞，爸爸就會這麼說。「政治人物和大財團得到麵包，我們得到馬戲。」

「太空可能是我們的未來，」我說，而且也這麼相信。對我來說，太空探險和太空殖民是上世紀遺留至今少數對我們來說利大於弊的政策。可是走出牆外就是一片民不聊生的景象，實在很難讓人看清這點。

爸爸看著我，搖搖頭說：「你不懂。你不知道那個所謂的太空計畫有多浪費時間和金錢。」他打算把票投給唐納。他是我認識的人當中唯一會去投票的，大多數人早就對政治人物不抱希望。畢竟打從我有記憶以來，政治人物就承諾要重現二十世紀的繁榮、富裕和秩序。這就是近年來的太空計畫鎖定的目標，至少政治人物是這麼說的。嘿，我們可以建立太空站，在月球上插旗，再不久就能移民火星。那不就證明我們還是一個偉大、強盛又眼光遠大的國家嗎？

最好是。

我們早就不像一個國家，但幸好還沒放棄太空。我們一定得另謀出路，不然就只能等死了。

我很難過那個太空人要被帶回地球，不能留在她自己選擇的天堂。她名叫艾莉希亞·卡特琳娜·戈蒂娜茲·里爾，原本是個化學家。我想要記住她，覺得可以把她當作我的榜樣。她把畢生心力都投入火星任務——充實自己，成為太空人，加入火星團隊，前往火星，研究如何讓火星變得適合人類居住，開始在火星建立人類能居住和工作的庇護所……

火星是一塊大石頭，冰冷，空曠，空氣稀薄，死氣沉沉，但從某方面來說它卻又是天堂。我們可以在夜空中看到它，一個跟地球截然不同的世界，卻又離把地球搞得一團糟的人類那麼近，彷彿伸手可及。

## 二〇二四年8月12日星期一

今天席姆斯太太舉槍自盡。或者應該說，幾天前她舉槍自盡，今天柯莉和爸發現了她的屍體。之後柯莉有點情緒失控。

可憐、蒼老，又假裝虔誠的席姆斯太太。以前每星期日她都會坐在我們充當教堂的前廳，手拿一本大字版《聖經》，高聲應和：「是，主耶穌！」「哈利路亞！」「謝謝你，耶穌！」「阿門！」平常她縫衣服，編籃子，顧園子，把園子能賣的蔬果拿去賣，照顧學齡前兒童，對不像她自以為的那麼虔誠的人指手畫腳。

她是我認識的人當中唯一獨居的，自己一個人住一間大宅，因為跟媳婦互看不順眼，又只有一個兒子。兒子一家雖然窮，但也不肯跟她一起住。真慘。

她對各種人都懷有根深蒂固的恐懼。她不喜歡許家人，因為他們是中國人和西班牙人混血，而且老一輩的中國人還是佛教徒。雖然她家跟許家一直以來都只隔幾戶，他們在她眼中還是跟外星人沒兩樣。

許家人不在附近時，她就會大剌剌地說他們「崇拜偶像」。至少她還不想搞壞鄰居關係，只會在背後說他們壞話。上個月她家被偷，許家人還帶桃子、無花果和一塊很不錯的棉布給她。

那次被偷是席姆斯太太的第一個大劫。三個男人翻過圍牆，割斷上面的帶刺鐵絲網和鐳射線。鐳射線很可怕，又利又細，小鳥要是沒看到或看到卻要停在上面，翅膀或腳就會被削掉。不過人永遠可以想辦法從上面、底下或中間穿過去。

席姆斯太太雖然難相處，但家裡被偷之後大家都帶東西給她，吃的、穿的、現金等等都有。我們也在教會幫她募款。小偷把她綁起來，偷完東西之後就丟下她，其中一個人還強暴了她。連那樣的老太太都不放過！他們拿走她所有的食物、她母親留給她的首飾、她的衣服，最糟的是她身邊的現金。她把全部現金都放在廚房櫃子的藍色塑膠攪拌盆裡。可憐又瘋狂的老太太。被偷之後她跑來找我爸哭鬧，說她買不起自己種的蔬果以外的食物，也付不出水電費跟就快寄來的房產稅，到時就會被趕出房子，流落街頭！過著有一餐沒一餐的日子！

爸一再告訴她，教會絕不會讓這種事發生，但她不相信他，嚷嚷著她要變乞丐了，爸跟柯莉在一旁努力安撫她。好笑的是，她其實也不喜歡我們，因為爸娶了「那個叫柯什麼頌的墨西哥女人」。要把「柯拉頌」說對也沒那麼難，如果你決定這麼叫她的話，但大家多半都叫她柯莉或歐拉米那太太。

柯莉從來不會面露不悅，兩人說話都好來好去的。為了和諧共處，一點點虛偽是必要的。

上禮拜，席姆斯太太的兒子連同五個小孩、太太、小舅子、小舅子的三個小孩，全都葬身火窟，因為有人在他們家縱火。他們的房子在我們的北邊和東邊的無圍牆區，靠近小山丘。那區不算糟，但還是窮，毫無防護。有天晚上有人放火燒了房子。可能是仇人為了報復放的火，也可能是瘋子純粹為了好玩而縱火。我聽說有種新毒品會讓人想要縱火。

總之，沒人知道在席姆斯／波耶家縱火的是誰，現場當然也沒有目擊者。

而且沒有半個人逃出來。怪了。屋裡有十一個人，卻沒有一個人逃出來。

所以大概三天前，席姆斯太太舉槍自盡。爸說他聽警察說大概是三天前的事，也就是她聽到兒子死訊之後兩天。今天早上爸去看她，因為她昨天沒來教會。柯莉強迫自己跟著去，因為覺得該這麼做。要是她沒去就好了。對我來說，屍體很噁心，會發臭，如果放太久還會生蛆，但管他的，人都死了，沒有痛苦了。如果他們生前你就不喜歡，死了又何必為他們難過？柯莉很難過。她責備我看到活人受苦就跟著痛苦，結果她看到死人還不是一樣。

我寫下席姆斯太太的這些事，因為她選擇了自殺。我難過的是這點。她跟爸一樣，相信人要是自殺就會下地獄，永世遭受火刑。她對《聖經》上說的一切照單全收。但當現實超過她的負荷時，她卻決定用一時的痛苦交換生生世世的痛苦。

她怎麼能這麼做？

她真的相信任何事嗎？還是只是假裝相信？

或者她純粹就是瘋了，因為她的上帝對她要求太多。她不是約伯。在現實生活中，有多少人是？

## 二〇二四年8月17日星期六

席姆斯太太一直在我腦中揮之不去。不知道為什麼，她自殺跟死去的太空人被逐出「天堂」的事，在我腦中全部攪和在一起。我必須寫下我相信的事。我必須開始整理我從十二歲開始寫的那些關於上帝的零散詩句。大部分都寫得不太好。雖然說出了我要說的話，但說得不是很好，只有少數還可以。那些詩句像這兩個人的死一樣重壓在我心上。我試著用工作來逃避，家裡的、教會的、柯莉為鄰居小孩成立的學堂等等的工作。事實上，那些事我全都不在乎，但那可以讓我忙到精疲力盡，每天睡覺幾乎都不會做夢。而且，爸聽到有人稱讚我聰明又勤勞就會眉開眼笑。

我愛他。他是我心目中最好的人，我在乎他怎麼想。雖然希望自己不在乎，但我就是在乎。

無論如何，以下就是我相信的事。我花了很多時間理解，之後又花了更多時間藉由字典和辭典的幫助，用最貼切的方式把它說出來——必須如此說出來。過去一年，我反反覆覆改寫過二十五或三十次。這是最後的確定版，是我一再回顧的版本：

上帝是力量
無邊無際
無法抗拒
無法阻擋
中立超然
同時，上帝也能屈能伸
是騙子
是老師
是混沌
是黏土
上帝存在是為了供人塑造
上帝就是改變

一字一句都是真理。

你無法抗拒或阻擋上帝，卻可以塑造和專注於上帝。這表示上帝不是你禱告的對象。禱告只對禱告的人有幫助，而且唯有當禱告能強化和集中一個人的決心才有效。若是如此，禱告就能幫助我們跟上帝建立唯一真正的關係——幫助我們塑造上帝，接受上帝加諸於我們的形象，並與這個形象一同合作。上帝就是力量，最終會戰勝一切。

但如果了解上帝是為了供我們塑造而存在，而且無論我們想不想或有沒有這樣的遠見都不會改變，我們就能用對自己有利的方式操縱這個遊戲。

這就是我知道的事，至少是其中一部分。我不像席姆斯太太，不是那種一心想成為約伯的人，長期活在痛苦之中，頑固不知變通，最後不是臣服於全知全能的神，就是徹底毀滅。我的上帝不愛我、不恨我也不看顧我，甚至根本不認識我，我不愛祂也不效忠祂。我的上帝就只是存在而已。

或許以後我會更像那個太空人艾莉希亞．里爾。我跟她一樣，只相信我即將毀滅、否認現實又留戀過去的同胞真正需要的東西。我的想法還不夠完整，甚至不知道該如何傳遞目前的想法，還有得學呢。想到自己還有很多東西得學，我就覺得害怕。要怎麼學？

這些都是真的嗎？

這個問題很危險，有時我也不知道答案。我懷疑自己，懷疑我以為自己知道的事，但又努力拋開這樣的想法。可是如果這些都是真的，為什麼沒有其他人知道？所有人都知道改變無可避免。從熱力學第二定律到達爾文的進化論，從佛教說的無常和虛妄表象帶來的痛苦到《傳道書》的第三章（「凡事都有定期……」），都在說改變就是生命、存在，和普世智慧的一部分。但我不認為有人去探討其中的意義，甚至連開始都沒有。

我們口頭上說接受，好像這樣就夠了。之後還是繼續打造超人（超人父母、強人國王和王后、超人警察）來當守護我們的神，充當我們跟上帝之間的中介者。但上帝其實一直都在我們左右，塑造著我們也被我們塑造，方法各式各樣，就像變形蟲——或癌細胞。混沌。

儘管如此，為什麼我不能像其他人一樣，忽略這些顯而易見的事實，過正常人的生活。在這個世界裡光要過正常人的生活就夠難了。

但這件事（概念？思想？新宗教？）一直糾纏我，就是不放過我，教我想忘也忘不了。或許……或許這跟我的共感力一樣，是我腦中另一種根深蒂固的離奇妄想，我想甩也甩不掉。但總有一天我還是得面對它。無論爸會怎麼說或怎麼做，無論牆外的世界多麼腐敗墮落，甚至有一天我也可能流落街頭，我都得要面對它。

這個覺悟把我嚇得半死。

二〇二四年11月6日星期三

威廉・特納・史密斯總統輸了昨天的選戰。克里斯多福・查爾斯・莫培斯・唐納當選新總統。之後我們會面臨什麼挑戰？唐納之前就說過，明年就職之後他會盡快解散「浪費錢、無意義也沒必要」的月球和火星計畫。通訊和實驗相關的近太空計畫則將民營化——賣給私人企業。

此外，唐納也打算幫助人民重返就業市場。他希望修法，暫停實施「限制過多」的最低薪資規定，以及保護環境和勞工的法律，為那些願意接納無家可歸的員工、提供他們職業訓練和合宜食宿的老闆大開方便之門。

怎麼樣才叫合宜？我很好奇。是房子還是公寓？或是一間房間？一張床？簡易床？室內的一個角落？戶外的一個角落？人口眾多的家庭又該怎麼辦？會不會被視為賠本的投資？公司僱用單身者、沒有孩子的夫妻，或頂多只有一兩個孩子的夫妻，難道不會比較划算？

至於那些暫停實施的法律，難道只要你提供勞工食物、水和死去的地方，毒害、殘害或害人染病就是合法的？

爸最後決定不要把票投給唐納。結果他誰也沒投。他說政治人物讓他反胃。

# 2025

智能是個體不斷適應變化的能力。高智能物種在一代內可能適應的變化，其他物種卻要經過多代的汰弱換強才能完成。但智能的發展耗時費力，若是意外或刻意被帶往錯誤的方向，汰弱換強的過程可能全面失控。

《地球之籽：生者之書》

# 4

上帝的受害者
藉由學習適應變化
或許能成為上帝的伙伴
上帝的受害者
憑著遠見和計畫
或許能成為上帝的塑造者
也有可能，上帝的受害者
因為短視和恐懼
仍舊還是上帝的受害者
上帝的玩具
上帝的獵物

《地球之籽：生者之書》

二〇二五年2月1日星期六

今天發生了火災。大家都很怕火災，但小孩找到機會就會玩火。這次我們很幸運。原來是三歲的艾咪・唐在自己家車庫點的火。

火勢一度蔓延到圍牆，艾咪嚇到跑進屋裡。她知道自己做錯了事，所以不敢跟別人說，跑到奶奶的床底躲起來。

後面車庫的乾柴燒得又快又旺。羅蘋・巴爾特看見黑煙，跑去按我們這條街安全島上的警鈴。羅蘋才十歲，但很聰明，是我繼母的學堂裡的優等生。多虧她臨危不亂，一看見黑煙就立刻警告大家，不然火勢可能一發不可收拾。

聽到警鈴，大家都跑出去看是怎麼回事。唐家住在我們對街，所以我一眼就看到黑煙。

後來的發展猜也猜得到。大人抓起院子的水管、鏟子、濕毛巾和毛毯開始滅火，男女都有，沒有水管的人抓起泥土往火裡丟。跟我同年齡的小孩到需要我們的地方幫忙，撲滅到處亂飛的餘燼引起的新火苗。我們拿水桶去裝水，還有鏟子、毛毯跟自己的毛巾。好多人跑出來，大家都睜大眼睛，隨時留意四周狀況。老人看著小孩，不讓他們礙事或惹麻煩。

沒人發現艾咪不見了。沒人在唐家後院看到她，所以也沒人想起她。很後來她奶奶才找到她，從她口中問出真相。

車庫面目全非。艾德溫・唐救回了一些園藝和木工器具，但不多。車庫旁邊那棵葡萄柚樹和後面兩棵桃樹也燒掉一半，但可能還活得下來。園子裡的蘿蔔、南瓜、羽衣甘藍和馬鈴薯都被踩得一團亂。

不過當然沒人打電話叫消防隊。沒人會為了救一間沒人住的車庫負擔消防費用。這裡的人家反正多半也付不起另一張帳單。光是用來滅火消耗的水，帳單就夠他們頭痛了。

不知道可憐的小艾咪會怎麼樣。沒有人關心她。她的家人餵飽她，偶而幫她洗澡，但他們不愛她，甚至不喜歡她。她母親崔西只比我大一歲，十三歲就生下艾咪。強暴她多年的舅舅把她的肚子搞大，那時她才十二歲，舅舅二十七歲。

問題是，德瑞克舅舅是個高大英俊的金髮帥哥，聰明又風趣，大家都喜歡他。而崔西笨笨的，長相抱歉，臉很臭，看起來髒兮兮。即使乾乾淨淨的時候，她看起來還是灰灰土土。她的問題有部分可能是因為長年被德瑞克舅舅強暴。德瑞克舅舅是崔西的母親最小也最疼愛的弟弟。但知道他幹的好事之後，街坊的男人集結起來，要他搬走，大家都不希望他接近自己家的女兒。跟往常一樣荒謬的是，崔西的母親怪崔西害她弟弟被趕走，也害她丟臉。通常，街坊的女生生下小孩之前會先把某個男生拖來找我爸，要他幫他們主持婚禮。但沒人要娶崔西，她也沒有錢去做產檢或墮胎。可憐的艾咪，長愈大愈像崔西，又瘦又乾，灰灰土土，頭髮又細又少。我不覺得她有天會變漂亮。

崔西生下小孩之後沒有母愛大爆發，我甚至懷疑她母親克莉絲瑪斯・唐根本沒有母愛這種東西。大家都知道唐家的瘋子特別多。他們家住了十六個人，至少有三分之一是瘋子。不過艾咪沒有瘋。目前還沒有。她只是缺乏關愛，很寂寞，而且就像所有常被冷落的小孩，她會自己找樂子。

我從沒看過有人打罵過艾咪，唐家人很在意別人的眼光，只是也沒人會去關心她，大多時間她都自己在沙堆裡玩，還會吃土或她找到的各種東西，包括蟲子。但不久之前，我因為好奇帶她回我們家，把她全身擦乾淨，然後教她認字和寫自己的名字。她很喜歡。她的小腦袋很靈活，也渴望學習，而且她喜歡有人關心她。

今天晚上我問柯莉能不能讓艾咪提早上學。原本柯莉只收五歲或快五歲的小孩，但她說如果由我負責照顧，就可以讓艾咪進來。我雖然不想，但早料到會這樣，反正我本來就在幫她帶五六歲的小孩。我從小就開始照顧小孩，早已厭倦這份工作。但現在要是沒人幫助艾咪，她遲早會做出比燒了自家車庫還嚴重好幾倍的事。

## 二〇二五年2月19日星期三

席姆斯老太太的親戚繼承了她的房子。他們很幸運還有房子可以繼承。要不是我們有圍牆，房子早就被破壞或佔領，不然就是洗劫一空之後被人放火燒光光。事實上，大家只是去把當初她家被偷之後帶去給她的東西拿回來，還有拿走她屋裡剩下的食物。沒必要任由食物腐壞。但我們沒拿她的家具、地毯或電器。雖然可以那麼做，但我們沒有。我們不是小偷。

但華德爾．派瑞許和羅莎麗．潘恩可不這麼想。他們都跟席姆斯太太一樣嬌小、黝黑、繃著一張臉。他們是席姆斯太太的親戚的小孩，生前她很努力跟這位親戚維持聯繫和良好的關係。華德爾．派瑞許是死過兩個太太的鰥夫，沒有小孩；羅莎麗．潘恩是死過一次丈夫的寡婦，有七個小孩。他們不只是兄妹，還是雙胞胎。或許因為如此兩人才處得來，他們跟其他人絕對都處不來。

今天他們要搬進來。之前他們就來看過幾次房子，我猜他們喜歡這裡想必勝過自己父母的房子，因為那裡除了他們還住了十八個人。之前我都在學堂幫班上的小朋友上課，所以直到今天才看到他們。不過我聽見爸在跟他們說話，也聽見他們坐在我們家客廳暗指我們在他們抵達之前就把席姆斯太太家搜刮一空。

爸忍住脾氣。「你們知道她死前一個月家裡遭了小偷，」他說。「你們可以去跟警察求證——如果還沒有的話。後來社區的人就一起保護那棟房子。我們沒有擅自使用或搬光裡面的東西。如果你們決定要住進來，就應該了解這點。這裡的人都互相幫助，不偷不搶。」

「你當然會這麼說，想也知道，」華德爾．派瑞許嘟嘟噥噥。

他的雙胞胎妹妹趕緊出面圓場，阻止他繼續說下去。「我們沒有要指控誰的意思。」沒有才怪。「只是想不通……我們知道瑪裘瑞有些很不錯的東西，是她從她母親那裡繼承的首飾……很值錢……」

「去問警察吧，」我爸說。

「是，我知道，可是……」

「這是個小社區，」我爸說。「大家彼此認識，也互相依賴。」

一陣沉默。雙胞胎大概聽懂了他的暗示。

「我們不太社交，」華德爾．派瑞許說。「不喜歡多管閒事。」

他妹妹又打斷他：「我相信都會很順利的，我們一定能相處愉快。」

聽他們說話我就不喜歡他們，親眼見到又更不喜歡。他們看我們的眼神好像我們身上很臭，自己很香。不過我喜不喜歡他們當然不重要。有些鄰居我也不喜歡，可是我信不過潘恩和派瑞許這對兄妹。他們的小孩感覺還可以，但大人……我才不會想要依賴他們，就算是瑣碎小事也不想。

潘恩和派瑞許〔譯注：Payne and Parrish 跟 pain 和 perish 諧音，後者分別是痛苦和死亡的意思〕。名字跟他們還真是絕配。

## 二〇二五年2月22日星期六

今天我們遇到一群野狗。本來我們一行人要去山坡上打靶，包括我、我爸、喬安·加菲爾、她表哥和男朋友哈洛（哈利）·巴爾特、我男朋友科提斯·托卡、他弟弟麥克，還有奧拉·莫斯和她哥哥彼得。另一個護送我們的大人是喬安的爸爸傑伊。他是個好人，也是個神槍手，爸喜歡跟他共事。問題是，加菲爾和巴爾特家是白人，我們其他家都是黑人，現在這樣可能會引來危險。除了自己族群的人，街上的人都彼此害怕和仇視。但只要我們帶著武器，小心警覺，他們最多只會瞪著我們看，不敢輕舉妄動。我們的社區太小，禁不起這種互相排擠的遊戲。

剛開始一切如常。托卡兄弟吵來吵去，後來還跟莫斯兄妹吵了起來。莫斯兄妹老是把自己的錯怪在別人身上，幾乎跟所有人都有吵不完的架。最糟糕的是彼得·莫斯，因為他老是想學他老爸，而他老爸又是個大爛人。他爸有三個老婆，而且還是同時三個：凱倫、娜塔莉和札拉。三個都生了他的小孩，但目前最年輕也最漂亮的札拉只生了一個。正宮是凱倫，但她放任他先後帶兩個女人進門，還光明正大喊她們老婆。我猜她大概覺得自己沒辦法一個人帶那麼多小孩，他把娜塔莉帶進門時她已經生了三個，札拉來的時候又多了兩個。

莫斯家的人沒來教會。理察．莫斯結合《舊約聖經》和西非習俗，自創了一個宗教。他聲稱上帝希望男人成為一家之主、統治者、女人的保護者，還有父親，而且兒女愈多愈好。他是大型水公司的工程師，所以有錢把流落街頭的漂亮年輕女人帶回家，過著三妻四妾的生活。只要養得起，他要帶二十個女人回家都可以。我聽說其他社區很多這樣的人。有些中產階級男人同時跟很多女人維持或長或短的關係，以此證明自己是男人。有些上層階級男人證明自己是男人的方法則是娶一個老婆，但旁邊很多年輕漂亮的女傭來來去去。下流！這些女人要是懷孕，有錢的雇主若是不保護她們，雇主的老婆就會把她們趕出家門挨餓。

這就是以後的世界嗎？我不由納悶。這就是我們的未來嗎？一大堆人困在總統當選人唐納或理察．莫斯版本的奴役制度裡。

我們騎腳踏車到河流街的最高點，經過最後幾道街坊圍牆，經過最後幾間沒有圍牆的破房子，經過最後一段坑坑疤疤的柏油路和破布樹枝蓋的棚屋，還有用空洞可怕的眼神盯著我們看的遊民，沿著黃土路騎上山坡。最後我們下車用牽的，沿著狹窄小徑走進我們跟其他人用來練習打靶的峽谷。這次看起來還好，但我們還是不能大意。大家會利用峽谷來做各種事。若是在峽谷裡發現屍體，我們就會暫時避開一陣子。爸努力保護我們不被外在世界傷害，但沒辦法保護我們一輩子，所以他也開始教我們保護自己。

我們多半都在家用ＢＢ槍打過自製標靶，或是松鼠和鳥。這些我都打過。我的槍法很準，但實在不喜歡射鳥和松鼠。爸堅持要我學會打小動物，他說活動目標用來練瞄準很有幫助。我覺得不單單只是因為這樣。他應該也想看我做不做得到——打小鳥或松鼠會不會引發我的共感力。

並不會。我雖然不喜歡，但並不覺得痛苦。那感覺像一記力量很大但又軟綿綿的無形重擊，好比被一大團空氣打，卻感覺不到一絲涼風。雖然軟綿綿的，但打松鼠（有時是老鼠）還是比打小鳥的力道更大。但這三種動物都非死不可，誰叫牠們會吃掉或毀掉我們的食物。果樹尤其慘，桃子、李子、柿子、無花果、堅果等等。還有草莓、黑莓、葡萄……無論我們種什麼，牠們都會想辦法偷走。最討厭的是鳥，因為牠們可以飛進來。但我喜歡鳥，我羨慕牠們會飛。有時我會一大早起床，趁還沒有人趕走或開槍打牠們之前出去看鳥。現在我已經長大，禮拜六可以跟大家一起去打靶了，所以不管爸怎麼說，我都不想再射小鳥。再說，能開槍打小鳥或松鼠不代表我就能對人開槍，例如闖進席姆斯太太家的小偷。我不確定自己能不能做到，就算可以，我也不知道自己會怎麼樣。我會當場死掉嗎？

我們在槍和射擊上面花那麼多精神都要怪我爸。他只要離開街坊，一定帶著一把九毫米自動手槍，而且都掛在髖部，讓大家都看得到。他說那樣能遏阻錯誤的行動。帶槍的人雖然也會被殺，多半是遇到兩方交火或被人突襲，但沒帶槍的人死的更多。

爸也有一把九毫米消音衝鋒槍，但多半都放家裡，以防他不在時有突發狀況，柯莉就有槍能用。兩支槍都是德國牌子 Heckler & Koch（HK）。爸從沒說過衝鋒槍是從哪弄來的，那當然是非法的，所以我不怪他。一定花了他一大筆錢。他只帶到外面幾次，為了讓柯莉跟我還有他自己更上手。等弟弟們再大一點，他也會要他們這麼做。

柯莉有一把舊的史密斯威森點三八左輪手槍，婚前就有了，她已經駕輕就熟。今天她把槍借給我。我們的槍雖然不是街坊裡最好或最新的，但都能用。爸和柯莉把槍保養得很好，現在我也得幫忙保養。他們會花時間練槍，還會花錢買彈藥，認為這些都不能省。

以前開社區會議時，爸力勸每一家的大人都要擁有自己的武器，不只要好好保養，也要學會如何使用。「要練到很上手，」他說過不只一次。「不管是凌晨兩點或下午兩點都要能保護自己。」

一開始有少數鄰居不太喜歡他的這番言論。老一輩認為保護他們是警察的工作，年輕一輩擔心小孩會拿到槍，虔誠教徒認為傳福音的牧師不該需要槍。那是好幾年前的事了。

我爸跟他們說：「警察或許能替你伸張正義，但沒辦法保護你。情況已經愈來愈糟。至於小孩……沒錯，是有風險。但孩子小的時候，你可以把槍放在他們拿不到的地方，等他們長大再訓練他們。我自己就打算這麼做。我相信如果你能夠保護他們，他們能長大成人的機會就更高。」他停下來看看大家，接著又說：「我有太太和五個小孩，我會為他們所有人祈禱，也會教他們怎麼保護自己。而且只要我有能力，我一定會挺身保護家人不受傷害。」他再度停下來。「這是我必須做的事。你們也要做你們必須做的事。」

如今，家家戶戶至少都有兩把槍。爸說他懷疑有些人把槍藏得太好，碰到緊急時刻根本找不到，比方席姆斯太太。他正在想辦法改善。

來我們家上課的小孩都會學槍枝操作方法。等他們學會並滿十五歲之後，街坊就會有兩三個大人帶他們到山坡上打靶。那對我們來說就像一種成年禮。我弟凱司常常吵著要跟打靶隊伍一起去，但年齡規定很嚴。

凱司常想碰槍讓我很擔心。爸似乎不擔心，但我會。

山腰上最後幾間棚屋再過去，總是會有幾群遊民和野狗。人跟狗獵捕兔子、負鼠、松鼠，還有彼此，但不管是人或動物都會吃死屍。野狗本來是人養的——應該說更久以前的人。問題是狗吃肉，但現在窮人或中產階級都沒有肉能分給狗吃。有錢人仍然養狗，要不就是本身喜歡狗，要不就是養狗看守土地、飛地或事業。有錢人雖然有很多其他種安全設施，但養狗可以多一層防護。狗能嚇唬人。

今天我射了幾槍。靠在巨石上看別人射擊時，我發現不遠處有隻狗盯著我看。只有一隻，是公的，黃褐色，尖耳短毛。牠沒有大到會把我吃了，而且我還帶著那把史密斯威森手槍，所以牠打量我的時候，我也好好把牠看個仔細。牠雖然瘦，但看起來並不餓，眼神警覺又好奇。只見牠嗅了嗅空氣，我這才想起狗的嗅覺應該比視覺靈敏。

「你看，」我對站在附近的喬安．加菲爾說。

她一轉頭就倒抽一口氣，倏地舉起手中的槍瞄準那隻狗。狗立刻躲進乾枯的樹叢和巨岩裡。喬安轉身四顧，好像以為會看到更多隻狗圍上來，結果沒有。她嚇得直發抖。

「對不起，我不知道你怕狗，」我說。

她深吸一口氣，看著剛剛那隻狗站的地方。「我也不知道，」她輕聲說。「我從來沒有跟狗離那麼近過。我……應該要仔細看看牠。」

就在這一刻，奧拉．莫斯放聲尖叫，發射了她父親的 Llama 自動槍。

我跳起來，轉身就看見奧拉持槍指著岩石，嘴巴動個不停。

「牠在那裡！」她慌慌張張，口齒不清。「是某種動物——髒髒黃黃的，牙齒很大，嘴巴張開，好大一隻！」

「你這個笨女人，差點打到我！」麥克．托卡說。我看見他躲到一顆巨石後面，差點就被奧拉的子彈打中，但看起來沒受傷。

「奧拉，槍放下，」我爸說。他壓低聲音，但其實很生氣。不管奧拉聽不聽得出來，我知道他生氣了。

「是動物，」她還不死心，「很大一隻。牠可能還在附近。」

「奧拉！」我爸提高聲音，語氣也變強硬。

奧拉看著他，似乎終於發現她要擔心的不只是一隻狗而已。她看看手中的槍，皺了皺眉，笨拙地扣上保險栓，把槍收回槍套裡。

「麥克？」我爸問。

「我沒事，」麥克．托卡說。「多虧她幫的倒忙！」

「又不是我的錯！」奧拉立刻回嘴。「我看見一隻動物，牠可能會吃了你！牠正偷偷摸摸接近我們！」

「我想那只是一隻狗而已，」我說。「剛剛也有隻在那裡盯著我們看。喬安一動，牠就跑了。」

「你們應該殺了牠才對，」彼得．莫斯說。「不然你們想怎樣？等牠攻擊人再說嗎？」

「那隻狗在做什麼？只是看？」傑伊．加菲爾問。

「對，」我說。「看起來沒生病也不餓。沒有很大隻。我不認為牠會對任何人造成危險。我們人很多，而且都很高大。」

「我看到的那隻很大，而且還張大嘴巴！」奧拉又說。

我走去她那裡，因為腦中閃過一個念頭。「剛剛牠在喘氣，」我說。「狗覺得熱就會喘氣，不表示生氣或肚子餓。」我看著她，遲疑片刻。「你不會從沒看過狗吧？」

她搖搖頭。

「狗雖然大膽，但也不敢攻擊一大群人。用不著擔心。」

她看起來不太相信我，但應該稍微鬆了口氣。莫斯家的女生雖然會被欺負，但也受到很好的保護。大人幾乎都不准她們走出圍牆。平常媽媽就在家裡教她們爸爸東拼西湊的宗教，也警告她們要遠離外面世界的罪惡和毒害。我很驚訝奧拉竟然可以跟我們一起學操作槍械和出來打靶。我希望這對她有好處——也希望我們其餘的人能存活下來。

「你們全部留在原地，」爸說。他瞄了傑伊．加菲爾一眼就爬上岩石和矮橡樹，看看奧拉到底有沒有打中什麼。他握著槍，保險栓已經開啟，但消失不到一分鐘就又走回來。

我看不懂他臉上的表情。「把槍放下，我們回家了，」他說。

「我殺死牠了？」奧拉問。

「沒有。去牽車。」他跟傑伊．加菲爾交頭接耳片刻，傑伊嘆了口氣。我跟喬安好奇地看著他們，心裡知道除非他們準備好要告訴我們，不然我們什麼都別想知道。

「跟一條死狗無關，」哈洛．巴爾特在我們後面說。喬安走去他旁邊。

「跟一群狗或一群人有關，」我說，「或是一具屍體。」

後來我才知道其實是一家人的屍體，包括媽媽、一個約四歲的小男孩，還有一個剛出生的嬰兒，屍體全都被啃過。但這些事爸回到家才告訴我。在峽谷那裡，我們只知道他心情低落。

「要是附近有屍體，應該會聞到味道，」哈利說。

「如果還沒腐爛就不會，」我說。

喬安看著我，跟她父親一樣嘆了口氣。「要是這樣，不知道我們下次要去哪裡打靶。什麼時候會有下次也不知道。」

彼得．莫斯跟托卡兄弟為了奧拉差點打中麥克是誰的錯而吵了起來，爸爸不得不出面制止。後來爸問奧拉沒事吧，還跟她說了些話。我聽不到他們說什麼，只看見她流下眼淚。她很容易哭，一直都這樣。

爸一臉苦惱地從她身邊走開，帶領大家走出峽谷。我們牽著腳踏車，不斷四下張望，這才看到附近還有其他隻狗。我們被一大群狗盯上了。傑伊．加菲爾殿後保護大家。

「他說我們不能散開，」喬安跟我說。她看到我回頭瞄她爸爸。

「你跟我？」

「對，還有哈利。他說我們要互相保護。」

「我不覺得這些狗有笨到或餓到會在大白天攻擊我們。晚上牠們才會找落單的遊民下手。」

「拜託你閉嘴。」

先上坡再走出峽谷的路很窄，不是對抗狗群攻擊的好地方。有人可能跌倒，從搖搖欲墜的懸崖邊掉下去，也可能被狗或人撞下懸崖。掉下去有好幾百呎深。

我聽到底下傳來狗打架的聲音。我們可能已經接近牠們的巢穴或棲身的地方。但我想，或許我們只是接近牠們的食物。

爸爸穩住聲音小聲地說：「如果牠們過來就：定住、瞄準、開槍，那樣會救你一命。其他的都沒用。定住、瞄準、開槍。張大眼睛，保持冷靜。」

走上之形彎路時，我不斷在腦中重複這幾個字。爸顯然就是想要我們這麼做。我看見奧拉還在流眼淚，一張臉擦得烏漆麻黑，跟小孩一樣。她陷在自己的痛苦和恐懼裡，幫不上什麼忙。

我們快爬到最頂了，但什麼事都沒發生。大家似乎漸漸放下了戒心。我已經很久沒看到狗。接著，隊伍前面響起三下槍聲。

所有人都愣在原地，大多數人都看不到是怎麼回事。

「繼續走，」我爸說。「沒事。只是有隻狗靠得太近。」

「你還好嗎？」我大聲問。

「沒事，」他說。「繼續走就對了，保持警覺。」

我們一個接一個走近那隻被射殺的狗，從牠旁邊經過。牠比我看到的那隻更大，顏色更灰，很美，很像我在照片上看過的狼。牠卡在一片懸空的巨石下，就在離我們只有幾步遠的峭壁上。

牠還在動。

狗掙扎扭動時，我看見牠血淋淋的傷口。我知道牠一定很痛，當那種痛也變成我的痛時，我咬住舌頭。怎麼辦？繼續走？我沒辦法。再一步我就會癱在地上，痛到無可奈何，也可能摔進峽谷。

「牠還活著，」我後面的喬安說。「還在動。」

牠的前腳做出跑步的微小動作，爪子刮著岩石。

我覺得自己快吐了，肚子愈來愈痛，痛到最高點時感覺自己從中間被貫穿。我左手靠在腳踏車上，右手拿出手槍瞄準，往那隻漂亮野狗的頭部開一槍。

我感覺到子彈的衝擊，就像一拳狠狠打在身上——那感覺超越了痛苦。接著我感覺到那隻狗慢慢死去。我看見牠全身一震，抖了一下，伸長身體，然後就不動了。我親眼看著牠死去，感受牠死去，像火柴一樣熄掉，痛苦剎時消失。牠的生命突然沸騰又熄滅。我有點木然。要是沒有腳踏車，我應該會癱掉。

大家聚集到我的前後方。我先是聽到聲音，後來才清楚看見他們。

「牠死了，」我聽見喬安說。「可憐的東西。」

「什麼？」我爸問。「又一隻？」

我集中精神看著爸。他一定是繞到懸崖邊，一路走回來查看狀況，而且還用跑的。

「是同一隻，」我說，努力挺直腰桿。「剛剛牠還沒死，我們看見牠在動。」

「我打了三發子彈，」他說。

「歐拉米那牧師，剛剛牠還在動，而且看起來很痛苦，」喬安又說。「就算蘿倫沒開槍打牠，遲早也得有人這麼做。」

爸嘆了口氣。「牠現在不痛苦了。我們走吧。」接著他似乎聽懂了喬安說的話，看著我問：「你還好嗎？」

我點點頭。我不知道自己看起來怎麼樣，但看大家的反應，好像不覺得我有異樣，所以我應該沒有洩露我的祕密。我想只有哈利・巴爾特、科提斯・托卡和喬安看到我射殺了那隻狗。我看著他們，科提斯咧嘴對我笑。他靠在腳踏車上，慢動作抽出一把想像的槍，仔細瞄準死去的那隻狗，發射想像的子彈。

「砰，」他說。「她那樣子好像老手一樣。砰！」

「走吧，」我爸說。

我們繼續沿著小路走。離開峽谷之後，我們往下朝著街上走去，再也沒看到野狗。

我本來用走的，後來恍恍惚惚騎上腳踏車，腦中還沒擺脫剛剛死在我手中的那隻狗。

我感受牠死去，我卻沒死。我感受到牠的痛苦，好像牠也是人類一樣。我感覺到牠的生命沸騰又熄滅，而我卻還活著。

砰。

# 5

信仰
引發也引導行動——
或者一事無成

《地球之籽：生者之書》

二〇二五年3月2日星期日

下雨了。

昨天晚上我們聽收音機說，有場暴風雨來勢洶洶，正從太平洋席捲而來，但大多人都不信。「到時候會颳風，或許下幾滴雨，也可能只是天氣變涼。那就太好了。但最多也就是這樣，」柯莉說。

六年以來都是如此。我還記得六年前的那場雨，後院淹起了大水，雖然不至於漫進屋裡，卻吸引了想玩水的弟弟們。永遠都在擔心傳染病的柯莉不准他們出去玩，她說他們會泡在我們平常用來澆蔬果的髒水裡，潑來潑去都是細菌。也許她說的沒錯，但那天所有鄰居小孩都滿身泥巴和蚯蚓，結果也都沒事。

但那一次比較像熱帶暴風雨，是熱天裡來得又快又猛的九月大雨，不過只是襲擊墨西哥太平洋沿岸的颶風的周邊氣旋。這次則是冷颼颼的冬季暴風雨。今天早上大家來教會時就開始下雨。

我們在唱詩班裡唱著激勵人心的古老聖歌，伴隨著柯莉的鋼琴伴奏和外面的打雷閃電。那感覺棒透了。不過有些人沒聽完布道就趕回家把找得到的鍋碗瓢盆都拿出來接水。也有人回家在屋裡放水桶盆子接雨，因為屋頂漏水。

我不記得誰曾經叫人來修過屋頂。大家的屋頂鋪的都是西班牙瓦片，那很好，因為瓦片屋頂應該比木瓦或瀝青瓦更安全耐用。但時間、風雨和地震還是造成了破壞。樹枝也是。可是沒人有多餘的錢能花在修屋頂這種非必要的事情上。最多就是鄰居幾個男人拿些他們找得到的材料爬上屋頂，隨便補一補。連這種事都已經很久沒有人做了。要是六七年才下一次雨，何必那麼麻煩？

我們的屋頂目前還撐得住。今天早上做完禮拜之後我們拿出去接水的鍋碗瓢盆不是滿了，就是快要滿了。從天而降的免費乾淨用水。要是更常下雨該有多好。

## 二〇二五年3月3日星期一

雨還在下。

今天沒打雷了，雖然昨天晚上還有。多半是毛毛細雨，偶而來場滂沱大雨，整天都沒停。跟平常很不一樣，很美。我從沒有過這種被水淹沒的感覺。我走出門在雨中散步，直到整個人都濕透。柯莉不希望我這麼做，但我沒理她。那感覺太棒了。她怎麼會不懂？既不可思議又如此美好。

二〇二五年3月4日星期二

艾咪．唐死了。

才三歲，沒人關心她疼愛她，就這樣死了。感覺毫無道理，甚至根本不可能。她會認簡單的字，還會數到三十，是我教她的。艾咪太喜歡被人關注的感覺，所以上課都黏著我，快要把我逼瘋。連我上廁所都要跟著我。

死了。

我漸漸開始喜歡她，即使她真的很煩。

今天下課後我陪她走回家。因為唐家不會派人來接她，所以我養成了陪她走路回家的習慣。

「她認得路，」她外婆克莉絲瑪斯說。「叫她自己走回來。她沒問題。」

我相信她沒問題。她只要往對街看，視線越過中間的安全島，就能從我們家看到他們家。但艾咪很愛亂跑，要是讓她自己回家，她可能乖乖回家，也可能跑去蒙托亞家的院子吃草，或去莫斯家把兔子從兔子屋放出來。所以我才陪她過街走回家，也很高興有藉口再到雨中散步。艾咪也很愛，我們在安全島的那棵大酪梨樹下站了一會兒。安全島的另一頭有棵肚臍柑，我摘了兩顆成熟的柑橘，一顆給艾咪，一顆給我，然後把兩顆的皮都剝掉，跟艾咪一起吃。雨水把艾咪黯淡稀疏的頭髮黏在頭皮上，看起來好像禿頭一樣。

我陪她走到家門前，把她交給她媽媽。

「也不用讓她淋得那麼濕吧，」崔西抱怨。

「不如趁下雨的時候好好享受。」說完我就走了。

我看見崔西把艾咪帶進去，然後關上門。但艾咪不知道為什麼又跑了出來，晃到街坊的大門附近，對面就是加菲爾／巴爾特／多里家。後來是傑伊．加菲爾以為又有人丟包裹進來，出門查看時才發現了她。有時會有人丟東西給我們，都是一些表達嫉妒和恨意的禮物。比方長了蛆的動物屍體、一袋糞便，甚至偶而會看到被割下的四肢或死掉的小孩。大人的屍體只會被丟在圍牆外。但那些都是外面的人，艾咪是我們的一分子。

有人隔著金屬大門射殺了艾咪。一定是意外，因為從外面看不到裡面。兇手不是對站在大門前的人開槍，就是直接對大門、對這個街坊、對我們，還有他以為我們享有的富裕和特權開槍。子彈多半不會穿過大門，這扇門應該要能防彈才對。但之前門上方就被射穿過幾次，現在底下有六個新彈孔，外加一個凹痕，是子彈擦過去但沒射穿門而留下來的長條平滑痕跡。

我們常聽到槍聲，從早到晚都有，有砰的一聲，也有一陣一陣的自動槍連續掃射聲，偶而甚至有重型火砲、手榴彈和大型砲彈的轟炸聲。最後那種最可怕，但很少發生。要偷到大型武器比較難，而且這附近買得起非法武器的人不多——至少爸是這麼說的。重點是，我們太常聽到槍聲，都已經習以為常，有聽見跟沒聽見差不多。巴爾特家有兩個小孩說聽到了槍聲，但也像平常那樣沒去管它，反正聲音在牆外。大多數人除了雨聲，什麼都沒聽見。

再過兩個禮拜艾咪就四歲了。我原本計畫要跟我帶的幼稚園小朋友幫她慶生。

天啊，我恨這個地方。

不對，我愛這個地方。這裡是我的家，這些人是我的同伴。可是我恨死它了。這裡就像鯊魚環伺的小島，但除非你跳進水裡，鯊魚也不會來惹你。問題是我們這裡的陸上鯊魚正在步步逼近，總有一天會餓到飢不擇食。

二〇二五年3月5日星期三

今天早上我又出門淋雨，雖然冷，但很舒服。艾咪已經火化。不知道她母親是不是覺得終於解脫了。看起來沒有。她從來就不喜歡艾咪，卻還是哭了，我不覺得她是裝的。唐家雖然拮据，但還是花錢請了警察調查兇手是誰。我猜這麼做只會有一個好處，那就是趕走睡在人行道上和最靠近我們圍牆的街頭遊民。那樣好嗎？遊民還是會再跑回來，還會因為我們找警察趕人而懷恨在心。他們那樣在街上搭帳篷（雖然是不得已）是違法的，所以警察對他們動粗，搶走他們身上值錢的東西，然後將他們驅離或抓進牢裡。不幸的人只會更加不幸。這些都幫不了艾咪，但唐家人大概覺得替艾咪出了一口氣。

這禮拜六，爸會主持艾咪的喪禮。真希望我不用到場。喪禮從來不會困擾我，但這一場例外。

我跟喬安・加菲爾抱怨這件事時，她說：「你關心艾咪。」今天我們一起在我房間吃午餐，因為雨仍斷斷續續下個不停，而且家裡其他地方都是沒回家吃午餐的小孩。但我的房間還是屬於我的空間。那是世界上少數我可以獨處、誰都不能隨便進來的地方。認識的人之中只有我有自己的房間，現在連爸和柯莉進我房間都會先敲門。這是當家裡的獨生女最大的好處。雖然我常常得把弟弟們趕出去，但至少我可以趕他們出去。喬安雖然是家裡唯一的小孩，卻要跟三個女孩共用一間房間——一個是煩死人又愛抱怨的麗莎；一個是聰明又愛傻笑、智商逼近天才的羅蘋；一個是說話小聲、頭低低、你瞪她一眼她就會哭出來的隱形人潔西卡。她們三個都是巴爾特家的人，也就是哈利的妹妹，喬安的表妹。兩個阿姨和姨丈，還有他們的八個小孩、他們的爸媽多里夫婦，所有人都擠在一間只有五個房間的屋子裡。這還不是這個街坊最擁擠的，但我很慶幸自己不用跟那麼多人住。

「幾乎沒人關心艾咪，」喬安說。「但你關心她。」

「那次火災之後吧，」我說。「我為她感到害怕。在那之前，我跟所有人一樣對她不理不睬。」

「所以現在你很自責？」

「沒有。」

「你有。」

我驚訝地看著她。「真的沒有。她死了我很難過，也很想念他，但那不是我造成的。我只是無法否認這件事代表的意義。」

「什麼意義？」

我覺得自己快要對喬安說出我從沒說過的話。我曾經把那些話寫下來，有時候寫下來只是為了避免自己發瘋。有好多好多事我都不放心跟任何人說。

但喬安是我的朋友，比大多數人都了解我，而且她是有腦袋的人。為什麼不跟她說呢？我遲早都得說出來。

「怎麼了？」她問。她打開塑膠盒裝的豆子沙拉，然後放在我的床頭櫃上。

「難道你沒想過，說不定幸運的是艾咪和席姆斯太太？」我問。「我是說，難道你沒想過，我們其他人之後會怎麼樣嗎？」

轟隆隆的雷聲隱約傳來，突然又下起傾盆大雨。收音機的氣象報告說，今天是一連四天的暴風雨的最後一天。真希望不是。

「當然想過，」喬安說。「外面有人開槍打死小孩，我怎麼可能沒想過這個問題？」

「打從有人類開始，就有人這麼做了，」我說。

「這裡的人沒有，以前沒有。」

「對，沒錯。這次的事是一個警訊。又一個警訊。」

「什麼意思？」

「艾咪是這裡第一個這樣送命的，但不會是最後一個。」

喬安嘆了口氣，聲音有點顫抖。「所以你也這麼覺得。」

「對。但我不知道你也會想這些事。」
「到處是強暴、搶劫，現在還加上殺人，我怎麼可能不想。大家都會吧。大家都很擔心。要是能離開這裡就好了。」
「要去哪裡？」
「問題就在這裡。我們沒地方可去。」
「或許有。」
「沒錢哪裡都去不了。如果只會照顧小孩和煮飯，又有哪裡可以去？」
我搖搖頭。「你會的才不只這些。」
「也許吧，可是那都不重要。問題是我根本讀不起大學。找工作或搬出去也都不可能，因為我能做的工作都養不活自己，也沒有安全的地方可去。拜託，我爸媽現在都還跟他們的爸媽住在一起。」
「我知道，」我說。「這樣已經夠糟了，但問題還不只這些。」
「這樣就夠多了！」她開始吃豆子沙拉。看起來很不錯，但我怕自己就要毀了她的食慾。
「南密西西比州和路易斯安那州正在流行霍亂，昨天我在廣播上聽到的，」我說。「很多窮人——不識字、沒工作、無家可歸的人——沒有像樣的衛生設備或乾淨的水。他們雖然不缺水，但水很多都受到汙染。還有，你知道那種會讓人想放火的毒品？」
她邊咀嚼邊點頭。

「現在又開始流行了，剛開始在東岸，現在已經傳到芝加哥。新聞說嗑那種藥會覺得看火比性愛還刺激。真不知道記者是在譴責它，還是替它打廣告。」我深吸一口氣。「龍捲風重創阿拉巴馬、肯塔基、田納西，還有另外兩三個州，目前已經死了三百人。一場暴風雪在北中西部造成的死傷甚至更多。在紐約和紐澤西，好多人因為感染麻疹而喪命。麻疹耶！」

「這個我聽過，」喬安說。「很奇怪。就算沒錢打疫苗，得麻疹應該也不會死掉才對。」

「那些人早就只剩半條命，」我說。「經歷了寒冬，又吃不飽，早就生病了。而且他們當然沒錢打疫苗。我們很幸運，爸媽還有錢讓我們打疫苗。等我們有小孩，我甚至不知道我們要怎麼負擔得起這筆錢。」

「我知道我知道。」她的口氣幾乎有點無聊。「情況很糟。我媽希望那個叫唐納的新總統能讓情況慢慢恢復正常。」

「正常，」我喃喃地說。「我不知道什麼叫正常。你也這麼想嗎？」

「沒有。唐納不會成功的。他只會盡可能解決問題，可是哈利說他的想法很可怕。哈利說他會害國家倒退一百年。」

「我爸也說過類似的話。我很驚訝哈利也這麼想。」

「他是啊。他爸覺得唐納是神。哈利什麼事都跟他唱反調。」

我哈哈笑，一時分了心，想到哈利跟他爸之間的戰爭。街坊鄰居的衝突像煙火，儘管火光四射，但沒有真正燒起來。

「你怎麼會想談這些事？」喬安問，把我拉回真正的火焰裡。「我們又不能怎麼樣。」

「我們非採取行動不可。」

「什麼行動？我們才十五歲！能做什麼？」

「我們可以做好準備啊。這就是我們現在該做的事。準備面對即將發生的事，準備好好活下來，準備在那之後重建生活。總之就是集中心力做好各種存活下來的準備，不要只是被瘋子、暴徒、走投無路的人，還有不知道自己在做什麼的領導者追著打。」

她睜大眼睛看著我。「我不知道你在說什麼。」

我一說就停不下來——或許一下說太快。「喬，我在說這個地方，這個圍了圍牆的死巷。我在說有一天，牆外那一大群飢餓、發瘋、走投無路的人會決定殺進來。而我們得在那之前採取行動，才能夠活下來和重建生活，或者至少活下來躲過災難，避免淪為乞丐。」

「你是說有人會直接破牆而入？」

「更可能是炸掉牆或炸掉大門。遲早會有這麼一天。你跟我一樣清楚。」

「哪有。」她坐直，身體有點僵硬，暫時把午餐忘在一旁。我咬了一口滿滿都是乾果和堅果的橡實麵包。這是我的最愛，但我嚼一嚼就吞下肚，不管它嚐起來味道如何。

「喬，我們麻煩大了。你自己也承認。」

「對，」她說。「愈來愈多槍聲，愈來愈多人闖進門。我的意思是這樣。」

「那樣會持續一段時間，但願我能猜到多久。我們會一次又一次被攻擊，直到有一天情況一發不可收拾。如果我們不先做好準備，到時候就會像耶利哥城一樣瓦解。」〔譯注：《約書亞記》中記載，約書亞帶領以色列人繞耶利哥城行軍，到第七天城牆就倒了，以色列人便進城殺死男女老幼及牲畜。〕

她直挺挺地反駁我：「你哪知道！你又不能預知未來。沒人可以。」

「你可以，如果你想，」我說。「那雖然可怕，但一旦克服恐懼就容易了。洛杉磯有些比這裡還大還堅固的圍牆社區現在已經不存在，只剩下廢墟、老鼠，還有霸佔空屋的人。發生在他們身上的事也可能發生在我們身上。除非我們現在就開始準備，想出存活的方法，不然我們遲早會死在這裡。」

「如果你這麼想，為什麼不去告訴你爸媽？警告他們，看他們會怎麼說。」

「只要想到能讓他們聽進去的方式，我就會去跟他們說。不過……我認為他們早就知道了，至少我爸知道。我想大人多半都知道。雖然不想，但他們心裡有數。」

「我媽對唐納的看法也可能是對的。他說不定真的會做些有用的事。」

「不會，不可能。唐納只是一種人體欄杆。」

「什麼？」

「我是說他就像……過去的一種象徵，讓我們被推向未來時有東西可以抓。他很沒料，很虛。可是，美國總統已經延續兩個半世紀，他是最近的一個，有他在會讓人民覺得這個國家還有伴隨他們長大的文化還存在——讓人民覺得我們將會渡過逆境、重回正常生活。」

「我們可以的，」她說。「或許真會有這麼一天。我想有天我們會的。」她才不那麼想。她太聰明了，無法從否認事實中得到真正的安慰。但我猜即使是表面的安慰也總比沒有好。

我決定改換另一種策略。

「你有讀過中世紀鼠疫的書嗎？」

她點點頭。喬安跟我一樣什麼書都讀。「那時候很多大陸都死了很多人，」她說。「有些存活下來的人以為世界末日到了。」

「對。但一旦覺悟到這並非世界末日，他們也發現有很多空地任由他們使用，而且如果有一技之長，還可以要求更高的酬勞。對存活者來說，很多事都改變了。」

「你想表達什麼？」

「改變。」我想了想。「跟這裡可能發生的事比起來，那些改變很緩慢，但有些人經過一場瘟疫才領悟到世界是**可能**改變的。」

「所以呢？」

「很多事現在也在改變。大人因為沒有被瘟疫徹底消滅，所以還活在過去，期待過去的美好時光有天能再回來。但很多事都改變了，以後的變化還會更多。世界一直都在變。只不過這次是翻天覆地的巨變，不是那種比較容易接受的逐步改變。人類改變了地球的氣候，卻還在等過去的日子復返。」

「你爸說不管科學家怎麼說，他都不相信人類改變了氣候。他說只有上帝能對世界造成這麼大的改變。」

「你相信他嗎？」

她張開嘴，看看我，之後又合上嘴，過了一會兒才說：「我不知道。」

「我爸有他的盲點，」我說。「他是我心目中最好的人，但即使是他也有盲點。」

「反正也沒差，」她說。「不管一開始氣候是怎麼改變的，我們也沒辦法把它變回來。你跟我都沒辦法。這個街坊也沒辦法。我們什麼都無能為力。」

我失去了耐心。「那我們乾脆現在就自殺，一了百了！」

她皺起眉頭，一臉嚴肅，圓圓的臉有點生氣，伸手去拿肚臍柑剝皮。「不然呢？」她問。「我們能怎麼辦？」

我放下最後一口橡實麵包，繞過她走去床頭櫃，從最下面的抽屜拿出幾本書給她看。「這就是我這幾個月來一直在做的事——讀書和研究這些東西。這些書都很老了，這棟房子裡的書都是。除了看書，我爸說可以的時候，我也會用他的電腦吸收新知。」

她皺著眉頭看了看。三本講野外求生，三本講槍枝和射擊；處理緊急傷病、加州原生和外來植物及其用途，還有基本生活技能（蓋木屋、飼養牲畜、栽種植物、製作肥皂等等）各兩本。喬安立刻會意過來。

「你在做什麼？」她問。「學習怎麼靠土地維生？」

「我在想辦法學習能在外面世界存活下來的方法。我認為我們所有人都該看看這一類的書。我們應該把錢和其他必需品埋在地下，小偷才找不到。我也覺得我們應該做抓了就能跑的緊急避難包，以防有天得倉促離開這裡，裡面裝錢、食物、衣服、火柴、毯子等等東西。我認為我們應該在外面準備哪天要是失散能會合的地方。總之，我想的事情很多很多，但我知道永遠都不足夠！每次到外面，我都會想像住在外面沒有圍牆保護會是什麼樣子，然後發現自己什麼都不會。」

「那為什麼要——」

「我想要活下來。」

她瞪大雙眼。

「我想趁還能學的時候學會這一切，」我說。「如果不幸流落街頭，說不定我學的東西能幫助我活久一點，然後學會更多東西。」

她緊張地對我笑了笑。「你看太多冒險故事了。」

我皺起眉頭。要怎麼才能讓她產生共鳴？「喬，我不是在說笑。」

「那不然呢？」她吃掉最後一片肚臍柑。「你想要我說什麼？」

「我想要你認真看待我的話。雖然我知道自己懂的不多，其實我們所有人都是，但我們可以多學一點，然後再教會彼此。我們可以停止否認現實或希望問題神奇地自動消失。」

「我才沒有那樣。」

我望著外面的雨絲片刻，讓自己平靜下來。

「好好好。那你做了什麼？」

她一臉不自在。「我還不確定我們真的可以做什麼事。」

「喬！」

「不然你說，我做什麼才不會惹上麻煩或讓大家以為我在發神經。你說啊！」

這一刻終於到來。「你讀過你們家裡全部的書了嗎？」

「只有一些，沒有全部。不是全部都值得讀，書也不能拯救我們。」

「什麼都不能拯救我們。我們要是不自己救自己就完蛋了。現在你想像一下：假如你困在外面，你家書櫃上有什麼書可能幫得上你嗎？」

「沒有。」

「你答得太快了。回家再看一次。然後照我說的，發揮你的想像力。想想看百科全書、名人傳記等等的書，有沒有什麼存活方面的資訊能幫助你靠土地維生和保護自己。就算是小說也可能有用。」

她睨我一眼，說：「對啦。」

「喬，如果你永遠用不到那些資訊，對你也沒壞處啊，只會比以前懂得更多，所以又有什麼關係？對了，你看書的時候會做筆記嗎？」

她露出防備的眼神。「有時候。」

「這本你拿去看。」我把其中一本植物書遞給她。這本講的是加州的印第安人，還有他們使用的植物和使用方式，是本有趣又好玩的書，她看了會很驚訝。書裡沒有任何內容會嚇到她或威脅到她或給她壓力。我覺得這方面我做得夠多了。

「要寫筆記，」我跟她說。「這樣會記得更清楚。」

「我還是不相信你的話，」她說。「情況不一定會像你說的那麼糟。」

我把書塞給她。「保持做筆記的習慣，」我說。「特別留意這裡跟沿岸之間，還有這裡跟奧勒岡沿岸之間長的植物。我有做標記。」

「我說我不相信你。」

「我無所謂。」

她低頭看手上的書，撫摸硬紙板上的黑色布面書皮。「所以我們要學會吃草和住在灌木叢裡，」她低喃。

「我們要學會存活，」我說。「這是本好書。把它收好。你也知道我爸很寶貝他的書。」

## 二〇二五年3月6日星期四

雨停了。我房間的窗戶在屋子的北邊，所以我看見雲層逐漸散開，越過山脈，往沙漠飄去。沒想到雲移動的速度那麼快。風又大又冷，應該會吹斷幾棵樹。

不知道要過幾年我們才會再看到下雨。

# 6

溺水者有時
會在抵抗救援者的過程中
喪命

《地球之籽：生者之書》

二〇二五年3月8日星期六

喬安這個大嘴巴。

她把我跟她說的話告訴她媽，她媽再告訴她爸，她爸又去告訴我爸，於是我爸就把我找去促膝長談。

該死，**她真該死！**

今天我在艾咪的喪禮上看見她，昨天也在學堂看到她，但她隻字不提她幹了什麼好事。原來她星期四就跟她媽媽說了，或許她們說好把這當作兩人之間的祕密。可是唉，斐麗達．加菲爾太關心我，太擔心我的狀況，而且她不喜歡我這樣嚇喬安。喬安嚇到了嗎？看來也沒嚇到想要動動腦袋。喬安似乎一直都是個理智的人。難道她以為我要是碰到釘子，危險就會解除嗎？會才怪。不過就是一再否認現實，陷入「只要我們不談不好的事，那些事或許就不會發生」的笨遊戲。白痴！以後我再也沒辦法跟她說重要的事了。

要是我說得更多會有什麼下場？要是我跟她談起宗教會怎麼樣？以後我要怎麼才能跟任何人談這件事？

今天晚上，我對喬安說的話又輾轉傳回我耳中。喪禮過後，加菲爾先生去找我爸說話。那很像小朋友玩的傳話遊戲，傳的話一路從「我們陷入了危險，必須設法拯救自己」，變成「蘿倫想要逃走，因為她害怕外面的人會鬧事，拆了圍牆，把我們全部殺光」。

好吧，有些確實是我說的，喬安也擺明了她不同意我的看法。但我又不是只說「我們會死光光嗚嗚」這種危言聳聽的話。那樣有什麼意義？儘管如此，傳回我耳中的卻只剩下負面的話。

「蘿倫，你跟喬安說了什麼？」我爸問我。晚餐過後，他本來應該為明天的布道做最後的準備，卻跑來我房間，在唯一的一張椅子上坐下來盯著我看，眼神好像在說：「你在想什麼？你是怎麼回事？」那個眼神再加上喬安的名字，我立刻猜到發生了什麼事，而現在又是什麼狀況。還虧她是我的朋友。**真該死！**

我在床上坐下來，看著爸說：「我告訴她我們陷入危險又可怕的困境。我提醒她我們現在應該盡可能學習，以後才能存活下來。」

於是爸開始跟我說喬安的媽媽有多不安、喬安有多不安，還有她們兩人都覺得我該「找個人談談」，因為我覺得我們的世界就要終結。

「你認為我們的世界就快終結嗎？」爸爸問我。上一秒我還好好的，下一秒就差點哭出來，但竭盡所能不讓眼淚掉下來，心裡想著：「不，我認為**你的**世界就要終結，而你說不定也會跟著一起消失。」太可怕了，我從來沒有這樣從個人的角度想過這件事。我轉頭看窗外，好讓自己平靜下來。重新轉回去看他時，我說：「對。你不這麼認為嗎？」

他皺眉，應該沒想到我會這麼說。「你才十五歲，還不了解這裡發生了什麼事，」他說。「我們現在的問題，是從你出生之前的久遠年代累積到現在。」

「我知道。」

他仍然眉頭深鎖。我納悶他希望我說什麼。「那你在做什麼？為什麼要跟喬安說那些事？」

我決定盡可能對他說實話。我討厭對他說謊。「我說的都是真的，」我堅決地說。

「你用不著把你認為自己知道的事都說出來，」他說。「這點難道你還不明白？」

「我跟喬安是好朋友，」我說。「我以為我可以放心跟她說。」

他搖搖頭。「那些事會嚇到人，能不說出口最好。」

「可是爸，那就好像……客廳失火了，可是因為我們都在廚房，還有家裡失火這件事太可怕，所以我們就不去管它。」

「不要去警告喬安或你的其他朋友，」他說。「至少現在先不要。我知道你認為自己是對的，但這麼做對誰都沒好處，只會引起大家的恐慌。」

為了壓下心中怒火，我只好稍微轉變話題。有時候要說服爸爸，只能從不同方向切入。

「加菲爾先生有把你的書還給你嗎？」我問。

「什麼書？」

「我借給喬安一本講加州植物和印第安人怎麼利用那些植物的書。那是你的書。抱歉我把書借給她了。那本書那麼客觀中立，我沒想到會惹來麻煩，但好像還是惹了麻煩。」

他一臉訝異，之後幾乎啞然失笑。「對，之後我是得把那本書要回來。要是沒有那本書，你也沒有你最愛的橡實麵包可吃——更別說其他一些我們視為理所當然的東西。」

「橡實麵包……？」

他點點頭。「你知道這個國家的人多半都不吃橡實，之前沒有那種習慣，所以他們不知道怎麼處理橡實，也因為某些原因，他們覺得吃橡實很噁心。我們有些鄰居還想砍掉我們全部的大橡樹，改種其他有用的樹。你不會相信我花了多少時間改變他們的想法。」

「那以前的人都吃什麼？」

「用小麥和其他穀物做成的麵包，比方玉米、黑麥、燕麥之類的。」

「太貴了吧！」

「以前不會。你要記得跟喬安拿回那本書。」他深吸一口氣。「好了，言歸正傳。你打算做什麼？你想說服喬安逃走嗎？」

我嘆了口氣。「當然不是。」

「她父親說你是。」

「他錯了。我的重點是活下來，學會怎麼在外面生活，要是這天到來我們才不會手足無措。」

他看我的眼神好像能看穿我的心思。小時候我以為他真的可以。「好吧，」他說。「或許你是好意，但以後別再說那些嚇人的話。」

「那些才不是嚇人的話。我們的確需要趁還來得及的時候盡量學。」

「那不是你說了算，蘿倫。這個社區不是由你當家作主。」

要命，我不是太過壓抑，就是管太多、太急著說出自己的想法，為什麼就不能找到一個平衡點？「是，遵命。」

他往後靠，注視著我。「把你跟喬安說的話原原本本告訴我。」

於是我全盤托出，刻意保持語調平穩、毫無情緒起伏，但從頭到尾無一遺漏。我想要他知道、理解我相信的事，至少是非宗教的那部分。說完之後我停下來，等著他的反應。他似乎期待我說更多，只是坐在原地盯著我看，我看不出他有何感想。他可以完全不讓人看出他內心的感受，但大多時候我都可以。可是現在我卻覺得自己被擋在門外，對此無能為力，只能等著他開口。

最後他吐了口氣，好像一直憋住呼吸似的。「以後別再說那些話了。」他的口氣擺明了不許回嘴。

我看著他，不想給他虛假的承諾。

「蘿倫。」

「爸。」

「我要你答應我，以後不會再說那些話。」

我要說什麼？我不想答應他，也沒辦法答應他。「我們可以做地震避難包，就是那種抓了就能跑的緊急避難包，以防有天我們得快速離開這裡。要是我們稱那是地震避難包，大家說不定就不會這麼不安，畢竟大家本來就會擔心地震。」我一口氣把話說完。

「女兒，我要你答應我。」

我肩膀一沉。「為什麼？你明知道我說的是對的，甚至加菲爾太太也一定知道。到底為什麼？」

我以為他會吼我或處罰我。他的聲音已經開始出現那種警告語氣，我跟弟弟後來都稱那是「響尾音」，就像響尾蛇發出的警告聲。要是你把他逼到發出「響尾音」還不罷休，你就倒大楣了。要是他叫你「兒子」或「女兒」，你也很可能倒大楣。

「為什麼？」我還是不放棄。

「因為你不知道自己在做什麼，」他回答，皺起眉頭並揉揉額頭。當他再度開口時，那種警告語氣消失了。「蘿倫，與其讓人害怕，不如教導他們。假如你嚇到了他們，結果什麼事都沒發生，以後他們就不會害怕了，你在他們心中也會失去分量。之後你要再讓他們害怕、教導他們、贏回他們的信任就會變得更困難。最好還是從教導開始。」他彎起嘴角對我笑。「你選擇從借書給喬安開始做起，很有意思。你有想過教大家那本書上的內容嗎？」

「教……你是說教我班上的幼稚園小朋友？」

「有何不可。讓他們贏在起跑點上。你甚至可以為大一點的小孩或大人開班。就好像伊巴拉先生的木雕課、巴爾特太太的縫紉課，還有年輕的羅伯．許的天文學課。反正大家都很無聊。既然亞尼斯家的電視壞了，他們也不介意多一堂非正式課。如果你能想到寓教於樂的方法，讓他們既能學到東西又能娛樂到，你就可以把自己的理念傳播出去。而且大家還不會低頭往下看。」

「低頭往下看……？」

「看腳下的深淵啊，女兒。」看來我暫時安全了。「你才剛注意到那個深淵，」他接著說。「但這個社區的大人在深淵邊緣努力保持平衡，比你來到世上的時間還久。」

我起身走到他旁邊，握住他的手。「爸，情況愈來愈糟了。」

「我知道。」

「也許該是低頭往下看的時候了，找看看有沒有手可以抓、腳可以踩的地方，免得哪天有人把我們推下去。」

「所以我們才每星期去打靶，還裝了鐳射線和警鈴。你說的緊急避難包是個好主意。有些人早就有準備，不過是為了地震。如果我提出來，有些人也會跟著做。當然了，也有些人什麼都不會做。永遠都有這種人。」

「你會提出來嗎？」

「會。下一次開社區會議的時候。」

「我們還能做什麼？這些都太慢了。」

「那也沒辦法。」他站起來，像一堵又高又寬的人牆。「你何不到處問問，看這裡有沒有人懂武術。要學會可靠又有用的肉搏技巧，光靠一兩本書是不夠的。」

我眨眨眼。「好。」

「去問問許老先生和蒙托亞夫婦。」

「蒙托亞夫婦？」

「對。跟他們談談開課的事，而不是談世界末日。」

我抬頭看他，他站在原地等我回應，看起來比任何時候都像一堵牆。但他已經給我很多幫助，而那可能是我能得到的所有幫助。我嘆了口氣。「好吧，我答應你，爸。我不會再去嚇唬誰。我只希望目前的狀況能維持久一點，還來得及照你說的方式去做。」

他也嘆了口氣。「終於。好。現在跟我到後面來。有些重要的東西埋在後院的密封容器裡，你也該知道藏在哪裡了——以防萬一。」

## 二〇二五年3月9日星期日

今天，爸布道時講了《創世紀》第六章：挪亞造方舟。「耶和華見人在地上罪惡很大，終日所思想的盡都是惡，耶和華就後悔造人在地上，心中憂傷。耶和華說：我要將所造的人和走獸，並昆蟲，以及空中的飛鳥，都從地上除滅，因為我造他們後悔了。惟有挪亞在耶和華眼前蒙恩。」

後來上帝當然就跟挪亞說：「你要用歌斐木造一隻方舟，分一間一間地造，裡外抹上松香。」

爸把重點放在這件事的兩個面向上。上帝決定消滅天地萬物，只留下挪亞一家和一些動物。**但**如果挪亞倖免於難，就有很多辛苦的工作等著他。

禮拜結束後喬安來找我，說她很抱歉引起那麼大的風波。

「嗯，」我說。

「我們還是朋友？」她問。

我拐著彎說：「至少不是敵人。把我爸的書還給我，他想拿回那本書。」

「書我媽拿去了。我沒想到她會那麼不安。」

「書不是她的，把書還給我，不然就叫你爸拿給我爸。都可以。反正他想拿回他的書。」

「好。」

我看著她走出門。她看起來那麼值得信賴，高䠷又挺拔，認真又聰明。我還是想要信任她，卻沒辦法。我已經不信任她了。她不知道要是我再多說一點，讓她用我說過的話來對付我，我會受到多麼大的傷害。我不認為自己從此以後還能再信任她。這件事讓我難過。她曾經是我最好的朋友。現在不是了。

## 二〇二五年3月12日星期三

昨天晚上有人翻進院子偷東西。小偷摘光許家和托卡家院子裡的柑橘，過程中還把冬天沒採完的蔬果和春天新種的大半植物踩得亂七八糟。

爸說我們得找人輪流看守。今天晚上他本來要把街坊鄰居找來開會，但有些人晚上要上班，包括蓋瑞．許，每次要親自匯報時他都會留在工作的地方過夜。反正星期六就要開會了。不過，爸還是找了傑伊．加菲爾、懷特和凱拉．托卡、亞歷克斯．蒙托亞和艾德溫．唐，兩人一組輪班持槍巡邏社區。這就表示，除了本來就是一對的托卡夫婦（家裡院子被偷把他們氣炸了，我不由同情起惹到他們的小偷），其他人都得自己找伴。

「找個你信任的人來保護你的安全，」我聽見爸跟他們說。從天黑到天亮，每組要負責巡邏兩小時。第一組人會到每家後院巡一圈，趁所有人還清醒的時候讓大家習慣晚上有人巡邏。

「輪第一班的人一定要讓大家看到你，」爸說。「看到你們，他們就會想到整晚都有人守夜。我們可不希望有人誤以為你們是小偷。」

有道理。為了省電，大家天黑就會上床睡覺，但晚餐到天黑之間，他們會在門廊或院子裡消磨時間，那裡才不會那麼熱。有些人在前面或後面的門廊聽廣播。偶而會有人聚在一起聽音樂、唱歌、玩桌遊、聊天，或是到外面的柏油路上打排球、觸身式橄欖球、籃球或網球。以前我們也打棒球，但後來實在負擔不起修理窗戶的錢。也有少數人趁還有光線找個角落看書。那是大家開心又放鬆的休閒時間。現在卻要用提醒人殘酷現實的巡邏制度毀了它，不是很可惜？但是沒辦法。

柯莉問爸：「如果抓到小偷你會怎麼做？」爸排第二班。出門巡邏之前，他跟柯莉很難得地在廚房一起喝咖啡。咖啡只有特殊時刻會出現。我清醒地躺在房間裡，不可能不聞到那個香味。

我在偷聽他們說話。雖然沒有拿水杯靠在牆上或蹲下來耳朵貼牆，但天黑之後小孩都應該上床睡覺的時候，我常不睡覺在床上躺很久。廚房跟我房間只隔一條走廊，飯廳靠近走廊的盡頭，爸媽的房間就在飯廳隔壁。這間老房子的隔音很好，門若是關上，我就聽不太到隔壁房間的對話。但晚上燈幾乎全關之後，我可以把房門打開一小縫，如果另一邊的門也開著，我就能聽清楚。我聽到的事可多了。

「把小偷趕走，希望是這樣，」爸說。「大家說好了。我們會好好嚇嚇對方，讓他們知道想從這裡撈錢可沒那麼容易。」

「撈錢……？」

「沒錯。我們的小偷不是因為肚子餓才偷走所有食物。他們摘光樹上的果子，拿走所有能拿的東西。」

「我知道，」柯莉說。「今天我拿了些檸檬和葡萄柚給許家和懷特家，跟他們說需要就摘我們的水果去吃。我還帶了些種子給他們。他們兩家的幼苗都損失慘重，幸好春天才剛開始，應該還能補救。」

「嗯。」我爸頓了頓。「但你懂我的意思。那些人偷東西是為了賺錢，不是因為走投無路。他們只是貪心的危險分子。我們或許能嚇跑他們，讓他們去找更容易到手的目標。」

「但要是不行呢？」柯莉問，幾乎像耳語。她的聲音壓得好低，我擔心會漏聽了什麼。

「要是不行，你會對他們開槍嗎？」

「會，」他說。

「會？」她的聲音一樣細小。「會？就這樣？」她這樣子讓我想起喬安——又一個否認現實的人。那樣的人是從哪個星球來的？

「對，」我爸說。

「**為什麼！**」

良久的沉默。爸再度開口時，聲音柔和許多。「寶貝，那些人偷的愈多，我們就會被迫擠出更多錢買食物，不然就只能等著挨餓。現在我們手頭已經很緊了，你也知道有多不容易。」

「可是……難道不能直接報警嗎？」

「報警能怎樣？我們付不起費用，而且除非真的有人犯罪，警察才不會理你。就算報警，警察也要好幾個小時才會出現，甚至說不定要兩三天。」

「我知道。」

「那你何必明知故問？難道你要孩子們挨餓嗎？你要那些小偷食髓知味，偷完院子換偷屋裡嗎？」

「但他們還沒這麼做。」

「誰說沒有。席姆斯太太只是最近的一個受害者。」

「她獨居。我們一直說她不該獨居的。」

「只因為我們家有七個人，你就想說服自己他們不會傷害你或小孩？寶貝，我們不能假裝現在還是二三十年前，以為這樣就能活下來。」

「可是你可能因為這樣去坐牢！」她哭了，但不是啜泣，而是用那種她有時能控制住的哽咽聲音說話。

「不會的，」爸說。「如果我們得對某個人開槍，那也是大家一起。要是開槍打死人，我們就把屍體搬到最近的一間房子裡。現在射殺擅闖民宅的人還是合法的。之後再製造一些破壞的痕跡，然後確保大家的說法一致。」

長之又長的沉默。「你還是可能惹上麻煩。」

「我願意冒這個險。」

又是漫長的沉默。「不可殺人，」柯莉輕聲說。

「《尼希米記》第四章第十四節，」爸說。

就這樣。幾分鐘後，我聽見爸走出門。等聽到柯莉走回房間並關上門之後，我才起身關門並把燈移位，這樣門縫底下才不會透出光線。我打開燈，翻開奶奶的《聖經》。她有很多本《聖經》，爸讓我留著這一本。

《尼希米記》第四章第十四節：「我察看了，就起來對貴冑、官長，和其餘的人說：『不要怕他們！當記念主是大而可畏的。你們要為弟兄、兒女、妻子、家產爭戰。』」

真有趣。有趣的是爸爸早就有所準備，而柯莉也認得他引用的章節。或許他們以前就談過這件事。

二〇二五年3月15日星期六

巡邏隊正式成立。

現在我們有了固定的守望相助會。成員來自每個家庭十八歲以上、懂得用槍（自己或別人的槍皆可）、我爸和之前巡邏過社區的人認為負責可靠的人。由於這些人從沒當過警察或警衛，所以值班時都兩兩一組，守護彼此也守護社區的安全。必要時他們會用哨子呼救。此外，他們一週聚會一次，一起討論和練習武術及射擊技巧。蒙托亞夫婦之後還會開武術課，但不是因為我的提議。許老先生背痛，所以有一陣子不能教課，但現在有蒙托亞夫婦似乎就夠了。我決定盡可能去旁聽，只要大家練習時的痛不會讓我太痛苦。

今天早上爸來我房間拿走他全部的書。我只剩下自己的筆記，但無所謂。多虧翻牆進來偷東西的小偷，現在大家都在做最壞的打算。我幾乎有點感激那幾個小偷。

不過他們沒再出現——我是說小偷。要是出現，我們應該就能殺得他們措手不及。

二〇二五年3月29日星期六

昨天晚上小偷又上門了。

或許不是同一批人，但目的都一樣：偷走別人辛苦培育且賴以維生的東西。

這次他們的目標是理察．莫斯的兔子。幾年前克魯茲和蒙托亞家養過雞，但目前那些兔子是社區唯一的家畜。兔子才剛長大就被偷了，因為發出的聲音讓外面的人知道了牠們的存在。莫斯家的兔子原本一直都是我們的祕密，但今年理察・莫斯堅持要把兔肉和他太太用未加工或鞣製過的兔皮做的東西賣給牆外的人。莫斯夫婦當然一直賣給我們兔肉、兔皮、肥料等等各種東西，就差沒賣活生生的兔子。那些他都藏起來，用來繁殖更多兔子。但如今，頑固、傲慢又貪心的莫斯先生為了賺更多錢決定把商品拿到外面兜售，所以風聲就傳到了街上。昨天晚上才會有人闖進來偷那些該死的兔子。

莫斯家的兔子養在改建過的車庫裡，爸說那個三車位車庫是一九八〇年代加蓋的。很難相信以前有家庭一口氣養三部車，而且還是燃油車。但我還記得理察・莫斯改建前的舊車庫很大，地上停車子的地方有三片黑色油漬。後來理察・莫斯修補了牆壁和屋頂，加裝窗戶以利通風，把整個地方弄得幾乎連人住都很舒適。事實上，那比外面現在很多人住的地方要好太多了。他在裡面釘了一排又一排籠子（兔子屋），然後裝上更多電燈和吊扇，吊扇還可以靠小孩發電。他把吊扇接到舊的腳踏車車架上，莫斯家的小孩只要年紀大到踩得到踏板，遲早都會被叫去幫吊扇發電。小孩都討厭這份差事，但也知道不配合的下場。

我不知道現在莫斯家有幾隻兔子，但總覺得他們老是在殺兔子、剝兔皮、對兔皮做噁心的事。即使只是小小的獨佔事業，也值得大費周章。

巡邏員發現那兩個小偷時，他們已經把十三隻兔子塞進帆布袋裡。當時值班的人是亞歷山大・蒙托亞和朱莉亞・林肯（桑妮・亞尼斯的姊妹）。蒙托亞太太有兩個孩子得了流感，所以她有陣子不用輪班。

林肯太太和蒙托亞先生按照巡邏隊開會擬定的步驟展開行動。兩人二話不說就對空開了兩三槍，同時使出全力吹響哨子。他們趕緊躲起來，但莫斯家有人醒過來，打開兔子屋的電燈。這個錯誤對巡邏員可能造成致命的後果，幸好他們躲在石榴叢裡。

兩個小偷落荒而逃，跑得跟兔子一樣快。

兩人拋下袋子、兔子、鐵撬、一長條繩子、鐵絲剪，甚至還有一把很不錯的長鋁梯，一溜煙爬上梯子翻牆而過。我們的圍牆有三米高，上面黏了碎玻璃，還圍了常見的帶刺鐵絲網跟幾乎看不見的鐳射線。全部鐵絲網都被剪斷，枉費我們當初圍得那麼辛苦。只可惜我們負擔不起通電鐵絲網或其他陷阱，但至少碎玻璃——最古老、最簡單的手法——傷到了其中一個小偷。今天早上我們在圍牆內面發現一大片乾掉的血。

我們還發現有個小偷掉了一把克拉克19手槍。換句話說，林肯太太和蒙托亞先生有可能中槍。要不是小偷嚇到失去理智，可能會爆發一場槍戰，莫斯家或其他家的人也可能受傷或送命。

今天晚上，廚房只剩他們兩個人之後，柯莉拿這件事質問爸。

「我知道，」爸說，聽上去疲憊又難受。「別以為我們沒想過這些事，所以我們才想要嚇跑小偷。即使對空鳴槍也不安全，沒有什麼是安全的。」

「這次他們跑了，但不會每次都那麼好運。」

「我知道。」

「所以呢？你們保住了兔子或柑橘，卻可能害一個小孩沒命？」

沉默。

「**我們不能過這種生活！**」柯莉大吼。我嚇了一跳。我從沒聽過她那麼激動。

「我們過的就是這種生活，」爸說，聲音中沒有一絲憤怒，對她的怒吼沒有任何情緒反應。什麼都沒有。疲倦。悲傷。我第一次聽到他這麼累，這麼……幾乎像被打敗了一樣。但他明明贏了。他的方法擊退了一對持槍的小偷，而且沒有傷害到任何人。那兩個小偷要是傷了自己，也是他們自找的。

他們當然會再回來，不然其他小偷也會進來。無論如何都會有那麼一天，柯莉說的沒錯。下次小偷可能不會丟了槍落跑。所以呢？難道我們要坐以待斃，任由他們拿走我們所有的東西，期望他們把院子吃光抹淨就滿足走人？就算滿足，那樣可以撐多久？挨餓是什麼感覺？

「沒有你，我們不可能辦到，」柯莉說，不再大吼大叫。「在外面跟歹徒對峙的也可能是你。下次很可能就是你。你可能會為了保護鄰居的兔子而中槍。」

「你有發現嗎，昨天晚上沒輪班的巡邏員聽到哨子聲全都跑了出來？」爸說。「他們都為了保護自己的社區挺身而出。」

「我不在乎他們！我擔心的是你！」

「不行，我們不能再那樣想事情，」他說。「柯莉，除了上帝和我們自己，沒有人能幫助我們。我會保護莫斯的家，無論我對他有何看法，他也會保護我的家，無論他對我有何看法。大家彼此守護，互相照顧。」他停頓片刻。「我保了很多險。你跟小孩不用擔心生活，就算我——」

「不是那樣的！」柯莉說。「你以為只是那樣嗎？因為錢？你以為——？」
「不，寶貝，不是的。」停頓。「我知道被拋下那種孤伶伶的感覺。這不是個適合單打獨鬥的世界。」

漫長的沉默，我想他們的對話應該到此為止。我躺在床上，不知道該不該起床關門，這樣我才能開燈寫字。但他們還沒說完。

「你如果死了，我們要怎麼辦？」她問，聽起來像在哭。「如果他們為了幾隻該死的兔子對你開槍，我們要怎麼辦？」

「活下去！」爸說。「這是目前大家都能做的事。活下去。撐住。想辦法存活。我不知道美好的時代會不會回來，但可以肯定的是，如果不先熬過去，那些也都不重要了。」

兩人的對話到此結束。我在黑暗中躺了很久，思考著他們說的話。柯莉又說對了。爸有可能受傷，或是送命。我不知道該怎麼想才好。雖然可以寫下來，但我沒有切身的感受。我打從心裡不相信會這樣。也許我跟大家一樣擅長否認現實。

所以柯莉說的對，可是那又怎樣？爸說的也對，只是還不夠深入。上帝就是改變，到最後上帝會戰勝一切。但上帝的存在就是為了供人塑造。光是存活下來，一跛一跛前進，照常營生，眼睜睜看著情勢愈來愈糟，這對我們來說還不夠。如果那是我們塑造的上帝，那麼有天我們一定會變得弱不禁風，貧病交迫，無力保護自己。到時候我們只能等著被消滅。

我們一定能做更多事，一定能塑造更好的命運。一定有更好的地方，更好的方式，更好的選擇！

# 7

你我都是上帝之籽
與宇宙萬物並無二致
上帝之籽就是一切——
一切都變動不息。地球之籽將
地球生命散播到新地球。宇宙即
上帝之籽。唯有我們是地球之籽
而地球之籽的命運
就是在宇宙星辰中扎根。

《地球之籽：生者之書》

二〇二五年4月26日星期六

命名——賦予事物名字，或是發掘事物的名字——有時有助於理解。知道名字進而理解，讓我更能掌握一件事。

我認為「上帝就是改變」這個信仰系統是對的，我決定將它命名為「地球之籽」。以前我就幫它取過名字，後來失敗就這樣放著，不再命名，但無論怎麼做還是不太舒服。對我來說，名字加上目的等於專注。

然而今天，我找到了它的名字。我在後院除草，想著植物藉由風力、動物和水流將種子散播到離母株很遠的地方，於是就想到了這個名字。種子靠自己的力量根本沒辦法跑很遠，但它們也沒有留在原地不動。連種子都不一定要坐以待斃。世界上有些偏遠的島嶼，例如夏威夷群島和復活島，同樣有植物把種子散播到那裡，早在人類抵達前就在那裡扎根。

地球之籽。

我就是地球之籽。任何人都可能是。我想有天地球之籽會無所不在。我認為我們應該把自己像種子一樣散播出去，離這個日漸凋零的地方愈遠愈好。

我從不覺得這一切是我自己編的，包括地球之籽這個名字，還有其他所有一切。意思是說，我一直都覺得這一切確實存在，所以這是發現而非發明，是探索而非創造。我希望自己能相信這一切是超自然現象，而我只是從上帝那裡接收到了神祕訊息。可是話說回來，那樣的上帝我才不信。我所做的事就是觀察和記錄，盡量用我感受到的那種強大、簡單又直接的方式寫下來。可是我怎麼也做不到。不斷嘗試卻還是失敗。我寫作或寫詩（無論我需要的是哪種能力）的功力不夠好，這方面我也不知道如何是好。有時候這件事差點把我逼瘋。雖然慢慢有進步，但實在好慢。

重點是，即使寫作功力有待加強，但每次多了解一點，我都很納悶自己怎麼會這麼久才發現。在這之前，我怎麼會不了解如此顯而易見又確確實實存在的道理。

這一切只有一個謎，一個矛盾之處，或者該說不合邏輯的推論或循環推論，不管你怎麼稱呼它。

宇宙為什麼存在？
為了塑造上帝。

上帝為什麼存在？
為了塑造宇宙。

我擺脫不了它。我嘗試要改變或放棄它，但都沒辦法。我**做不到**。那感覺就像是我寫過最千真萬確的字句。那跟我讀過的其他解釋上帝或宇宙的文字一樣神祕、一樣無可置疑，只不過對我來說，其他文字寫得再怎麼好都好像少了什麼。

地球之籽的其他部分只剩下解釋。解釋上帝是什麼、上帝做些什麼、我們是什麼、該做什麼、不可避免會做什麼等等等等。試想：無論你是人類、昆蟲、微生物或是石頭，這首詩說的事都千真萬確。

凡你觸碰過的，
皆因你而改變。

凡你改變的，
也將改變你。

唯一不變的真理
即萬物變動不息。

上帝就是改變。

我打算重翻以前寫的日記，把寫過的詩整理成一冊。現在社區剩下的電腦太少，柯莉只好發給大一點的孩子練習簿，我打算把那些詩抄在練習簿上。為了高中作業能交差了事，我在練習簿上寫了很多沒用的東西，現在我要好好利用其中一本練習簿。等到有一天大家願意專心聽我說話，而不是只在意我今年幾歲的時候，我就要用這些詩幫助他們掙脫日漸瓦解的過去，甚至鼓勵他們拯救自己，建立一個有意義的未來。

前提是，世界不能太快崩壞，一切都要再多撐幾年才行。

二〇二五年6月7日星期六

我終於為自己準備好了一個小小的求生包，碰到緊急狀況可以拿了就跑。為了這個求生包，我還得去翻車庫和閣樓，以免有人抱怨我拿走他們需要的東西。我找到了一把手斧，還有兩個又小又輕的金屬罐。類似的東西到處都找得到，因為現在沒人會丟掉有天可能用得上或能拿去賣的東西。

我把自己存的幾百元放進去——將近一千。如果我能留著錢，而且慎選買的東西和買的地方的話，這筆錢說不定能讓我撐兩個禮拜。一直以來我都會留意物價，爸跟其他鄰居去添購生活必需品時我會問他們價錢。食物貴得離譜，不斷上漲，從沒跌下來過。大家都怨聲載道。

我還找到一個舊水壺和塑膠瓶，兩個都是裝水的。我下定決心兩個都要保持乾淨並且裝滿水。再來是火柴，一整套換洗衣服（包括鞋子，以防得半夜爬起來逃跑），梳子，肥皂，牙刷和牙膏，棉條，衛生紙，繃帶，大頭針，針線，酒精，阿斯匹靈，兩支湯匙和叉子，開罐器，小摺刀，幾包橡實粉，乾果，烤過的堅果和可食用種子，奶粉，一點鹽和糖，我的求生筆記，幾個或大或小的塑膠袋，很多可種植的種子，我的日記，我的地球之籽筆記本，還有幾條曬衣繩。這些東西我全放在一組舊枕頭套裡，兩個套在一起讓它更堅固，然後像毯子一樣捲起來，再用曬衣繩綁住，這樣就能抓起來就跑，也不怕東西會掉。但因為拉鍊向上，我要打開拿日記、換新鮮的水、換食物和檢查種子（比較不常）就很方便。我可不想要打開才發現裡頭不是可種植的種子或能吃的食物，而是一大袋小蟲。

要是能帶一把槍就好了。我自己沒有槍，爸也不肯讓我在自己房間放一把槍。我打算要是哪天出事就想辦法拿到槍，但也不一定能如願。到了外面要是一臉害怕，身上又只有一把刀，那可就慘了，但確實可能發生這種事。今天爸和懷特．托卡帶我們去打靶，之後我試著說服爸讓我在房間放一把槍。

「不行，」他說，在書桌後面坐下來。他的辦公室堆滿雜物，他看上去一臉疲憊、滿身灰塵。「白天你不管放哪裡都不安全，弟弟又老在你房間進進出出。」

我遲疑片刻，接著跟他說了我準備的緊急避難包。

他點點頭。「你第一次提的時候我就覺得這是個好主意，」他說。「可是蘿倫，你仔細想想，那對小偷來說就像天上掉下來的禮物，錢、食物、水、槍……什麼都有。小偷很少碰到這種好事，想要的東西全都包成一袋等著他們去拿。我們不能讓闖進門的小偷那麼輕易就拿到槍。」

「那看起來就像一卷毛毯，放在衣櫃裡跟其他捲起來或折起來的寢具混在一起，根本沒人會注意到。」

「不行。」爸搖搖頭。「不行。槍還是放原位。」

討論到此為止。我想他擔心弟弟們到處窺探勝過於擔心小偷。我的弟弟們從小就被告誡不能亂碰槍，但葛雷才八歲，班才九歲。爸還不打算用更多誘惑考驗他們。十一歲的馬可比很多大人還可靠，但快滿十三歲的凱司就難說了。他不會偷爸的東西，他不敢。但他偷過我的東西，目前為止都是些小東西。不過他想要一把槍，那股渴望就像口渴的人想喝水一樣強烈。他迫不及待想長大成人，一天都不想再等。所以或許爸是對的。我雖然討厭他的決定，但或許他是對的。

於是我改變話題：「如果我們被迫離開這裡，你會去哪裡？你要帶我們去哪裡？」

他吁了口氣，腮幫子瞬間鼓起。「去投靠鄰居或學校，」他說。「我們大學有為家裡燒掉或被迫離開家園的員工提供臨時收容所。」

「然後呢？」

「重建生活，加強防禦，盡我們所能地活下去、遠離危險。」

「你有沒有想過離開這裡，往北走，去一個水沒那麼缺乏、食物也沒那麼貴的地方？」

「沒有。」他直直看著前方。「我在這裡的工作已經算很穩定了，到北部找不到工作的。新移民就算得到工作，也只能用工作換取食物。經驗再多、學歷再高也沒用，因為太多人找不到工作。大家為了填飽肚子做牛做馬，甚至得露宿街頭。」

「可是我聽說北部生活沒那麼辛苦，」我說。「奧勒岡、華盛頓，還有加拿大。」

「已經封鎖了，」他說。「要進奧勒岡只能偷偷潛進去，要潛進華盛頓甚至更難。每天都有人為了潛進加拿大被擊斃。沒有人歡迎加州廢物。」

「可是還是有人離開。一直有人前往北部。」

「有沒有成功就不知道了。他們已經走投無路，而且反正也已經一無所有，但我不是。這裡是我的家。除了稅，我一毛錢都沒欠。你們姊弟在這裡從來沒有一天餓過肚子，上帝若是應允，永遠都不會有那麼一天。」

我在我的地球之籽筆記本裡寫下：

一棵樹
無法在父母的庇蔭下
成長茁壯

有必要寫下這種事嗎？這個道理誰都懂。這件事現在代表什麼？假如你住在一個圍牆高築的封閉社區，這點意味著什麼？如果你能住在有圍牆的封閉社區已經是天大的好運，這又意味著什麼？

二〇二五年6月16日星期一

今天的廣播有一段很長的報導，談到月球上的英日宇宙大觀測站的發現。觀測站利用規模龐大的望遠鏡和目前最靈敏的光譜儀器，偵測到更多圍繞著附近的恆星運轉的行星。該觀測站持續偵測行星已經長達十二年，甚至有證據指出，他們發現的行星有些可能存在生命。我聽了也讀了我能找到的所有相關資料，發現反駁外星生命存在的論證愈來愈少。這個想法日漸受到科學界的認同。不過，當然沒有人知道太陽系以外的外星生命會不會只是無以數計的微生物。推測外太空可能存在高等生命雖然樂趣無窮，但沒有人宣稱已經找到任何可以溝通的外星生命。我不在乎。光有生命本身就足夠了。這件事讓我……興奮不已、大受鼓舞，但我不知該如何解釋。這件事的重要性也不是我能解釋清楚的。外太空存在著生命。

幾光年外存在著有生命存活的世界，而美國卻忙著從我們附近的無生命世界——月球和火星——撤退。我了解他們為什麼這麼做，但我希望他們沒有這麼做。

我想，有生命的外星世界跟地球沒有綿長且成本高昂的連結，我們或許會比較容易適應和存活下來。**比較容易**，但也絕對不簡單。無論如何，這都是一大壯舉。因為我不認為好幾光年以外的星球跟地球會有任何連結。我想那些前往太陽系以外的世界的人只能靠自己，遠離政治人物、商業人士、衰退的經濟和被破壞的生態，也遠離各種幫助。遠遠脫離父母的庇蔭。

二〇二五年7月19日星期六

明天我就十六歲了。才十六，我覺得自己更老。我想要更老，也需要更老。我討厭當小孩。時間過得好慢！

崔西．唐不見了。艾咪死了之後，她一直很消沉，話變很少，只要開口就說死，說自己想死或該死。大家都希望她能克服悲傷（或內疚），好好生活。或許她就是做不到。爸跟她談過很多次。我知道他為她擔心。她的瘋狂家庭也幫不了她。他們對待她就像她對待艾咪一樣：不理不睬。

傳聞說她昨天某個時間走了出去。莫斯家和潘恩家的一群小孩說他們放學後就看見她從大門走出去。之後就再也沒有人看過她。

二〇二五年7月20日星期日

以下是今天早上醒來時浮現我腦海的生日禮物——只有短短兩行。

地球之籽的命運
就是在宇宙星辰中扎根

幾天前，當發現新行星的新聞引起我的注意時，這就是我想表達的事。這件事不但千真萬確，而且顯而易見。

以目前來說，這件事不可能成真。世界一團亂，連富裕國家都不如歷史預期的那樣欣欣向榮。唐納總統不是唯一中斷並出售科學及太空計畫的國家元首。沒有人想要擴大沒有立即收益或未來不一定能有龐大收益的探險行動。目前的情勢不適合進行大家可能認為根本不必要或浪費錢的任何計畫。然而，

地球之籽的命運
就是在宇宙星辰中扎根

我不知道這要如何成真或何時會成真。光是要起步，就有很多事要做。這也是理所當然的。人總是要歷盡千辛萬苦才能上天堂。

# 8

想與上帝和睦共處
就要思考你的行為造成的後果

《地球之籽：生者之書》

二〇二五年7月26日星期六

　　崔西．唐還是沒回家，警察也沒找到她。我想她不會回來了。雖然才不見一週，但在外面一週就像在地獄一週。人到了外面就消失了。他們像亞尼斯先生一樣走出大門，大家都在等著他們回家，卻永遠等不到他們回來——不然就是變成骨灰罈回來。我想崔西．唐已經死了。

　　比安卡．蒙托亞懷孕了。不是八卦，是真的，這件事對我很重要。比安卡今年十七歲，未婚，瘋狂愛上了荷黑．伊圖貝。荷黑住在伊巴拉家，他是尤蘭達．伊巴拉的哥哥。荷黑承認他是孩子的父親。我不懂他們為什麼不在事情曝光之前結婚。荷黑二十三歲了，至少應該有點理智。總之，他們現在要結婚了。伊巴拉和伊圖貝家為了這件事跟蒙托亞家吵了一個禮拜。有夠無聊。你會覺得他們真是閒著沒事幹。至少兩家都是拉丁家庭，這次沒有爆發不同種族之間的紛爭。去年才精彩。克雷格．唐是白人，還是唐家少數頭腦比較正常的一個；希蒂．莫斯是黑人，還是理察．莫斯的大女兒。兩人做愛時被人撞見，當時我還以為有人會沒命。真是瘋了。

但我的重點不是誰跟誰睡覺或反目成仇。我要說的是——我的問題是——世界那麼亂，人到底要怎麼結婚和生小孩？

我當然知道一直都有人結婚生小孩，可是現在……我們無處可去，無事可做。一對情侶要是結婚，幸運的話他們會住進一間房間或車庫，期待有天情況好轉的希望是零，但情況惡化卻大有可能。

比安卡選擇的生活也是我的選項之一。雖然不是我會選的選項，卻大概是街坊鄰居期待我或跟我同年齡的女孩選的選項。再大一點就結婚生小孩。科提斯．托卡說，結婚之後伊圖貝一家能住進半個車庫，另外一半住的是荷黑的妹妹西莉亞．伊圖貝．克魯茲和她的丈夫小孩。兩對夫妻，沒有一個有支薪工作。他們能期望的最好發展，就是搬進有錢人的大宅當傭人，用工作換食宿，不用想存到錢或找到更好的工作。

要是他們想去北方，到奧勒岡、華盛頓或加拿大尋求更好的生活呢？帶著一兩個小孩旅行的難度更高，要避開兇惡警衛的耳目或潛入州界或國界也更危險。

我不知道比安卡是勇敢還是笨。她跟她妹妹忙著修改媽媽以前的結婚禮服，大家都在煮東西，準備婚禮派對，好像過去的美好時光回來了一樣。**他們怎麼有辦法？**

我很喜歡科提斯，也許我愛他。有時我覺得我是愛他的。他說他愛我。但如果未來我只能期待跟他結婚生子，過著只會更糟不會更好的貧窮生活，我想我會殺了自己。

二〇二五年8月2日星期六

今天我們去打靶，自從我殺了那隻狗之後，這是我們第一次再度發現屍體。這次大家都看見了——是個上了年紀的女人，全身赤裸，身上爬滿蛆，一半被吃掉，慘不忍睹。

這次奧拉·莫斯受夠了。她說她再也不要來打靶。再也不要。我試著說服她，但她說反正保護我們是男生的工作，女生根本沒有必要練習用槍。

「要是你得保護弟弟妹妹呢？」我問她。她經常得照顧弟弟妹妹。

「我已經知道怎麼保護他們了，」她說。

「不練習會生疏的，」我說。

「反正我不會再出來了，」她堅持。「不關你的事。我又不一定要去！」

我說不動她。她因為害怕而豎起防備。爸說我應該等到她淡忘屍體的事再去說服她。

我想他說得對。真正讓我生氣的是莫斯的態度。理察·莫斯放任他的妻子和女兒耍一些小手段。平常他在院子、兔子屋和家裡把她們當奴隸一樣使喚，但每當社區要她們盡一份力，他看著她們在外面裝「淑女」也不管。她們要是不想參與，他還會替她們撐腰。這樣做既危險又愚蠢，一定會引來不滿。所以莫斯家的女人從來沒排班巡邏過。注意到這件事的人不只我一個。

潘恩家兩個最大的小孩第一次跟我們一起去打靶。他們運氣真背，不過倒是沒被嚇跑。多爾和瑪格麗特。這兩人挺強悍的，他們不會有事的。他們的舅舅華德爾・派瑞許本來不想要他們來。他把爸說得很難聽，批評他的自大、他的「私人軍隊」和「義警隊」，還有他繳的稅——說他這輩子繳的稅多到能靠警察保護他。諸如此類。他是個奇怪、孤單又愛抱怨的男人。我聽說他以前很有錢。爸跟我都覺得他不可信任。但他不是多爾和瑪格麗特的父親，而他們的母親羅莎麗・潘恩不喜歡別人教她該怎麼養她的五個小孩。這世上她有權力支配的也只有她的小孩和錢了。錢她確實有一點，是從爸媽那裡繼承的，但她的雙胞胎哥哥的錢都沒了。這樣他還想對她下指導棋，告訴她不該讓小孩做什麼，實在是很笨。他應該要識相一點才對——不過幸好他就是那麼笨，小孩才不會任他擺布。

我弟凱司跟往常一樣求爸讓他跟我們一起去。再過幾天——八月十四日——他就十三歲了；還要再等兩年才滿十五歲，他一定覺得遙遙無期。那種感覺我懂。等待很難熬。等著長大比其他種等待更難熬，因為你無能為力使它更快來到。可憐的凱司。可憐的我。

至少爸准許凱司拿家裡的BB槍射小鳥和松鼠，但凱司還是抱怨個沒完。「不公平，」他說，已經是今天的第十二或十三次。「蘿倫是女生，你都讓她去。她做什麼你都准。我可以學幫你們把風，把搶匪嚇跑……」有一次他一時大意，說要幫忙「射殺搶匪」而不是「嚇跑搶匪」，結果換來爸的一頓訓話。爸幾乎沒打過我們，但他一根手指頭都不用動也可以很嚇人。

今天凱司當然沒跟來。打靶過程都很順利，直到我們發現那具屍體。這次沒看見狗。

不過最讓我不舒服的是，上山途中到了河流街那裡，就會看到幾間破布、樹枝、紙箱和棕櫚葉搭成的棚屋。每次經過好像都覺得愈來愈多間。住在裡面的人除了乞討和咒罵，其實不會來煩我們，但總是瞪著眼睛盯著我們看。騎車經過那些人對我來說一次比一次痛苦。其中有些就像會走路的骷髏，瘦得只剩下皮包骨和牙齒，能找到什麼就吃什麼。

有時候我會夢到他們看我們的眼神。

這時家裡也不平靜。我弟凱司從大門溜了出去。他偷走柯莉的鑰匙，自己一個人跑到社區外面。我跟爸回到家才知道這件事。凱司還是不見蹤影，這時柯莉已經確定他人在外面。她去問了社區的其他人，唐家的六歲雙胞胎艾麗森和瑪麗說她們看見他走出大門。那時候柯莉剛回到家，發現她的鑰匙不見了。

爸又累又生氣，也很著急，打算立刻再出門去找他。但他正要出去，凱司就回來了。柯莉、馬可和我陪爸一起走去前廊，我們三個人都在猜凱司跑去哪了，馬可跟我還自願要幫爸一起找。那時天都快黑了。

「你們回屋裡，別亂跑，」爸說。「一個孩子跑到外面就夠糟了。」他檢查衝鋒槍，確定已經填滿子彈。

「爸，你看。」我看見三間房子過去有東西在動——一抹黑影沿著加菲爾家的門廊快速移動。我不知道那就是凱司，只是好奇是誰在附近鬼鬼祟祟、躲躲藏藏。

爸反應很快，黑影還沒躲進加菲爾家的廊下他就看到了。他立刻起身抓起槍，走過去查看。我們其他人看著他，屏息以待。

不一會兒，柯莉說她聽見家裡有個怪聲。我全副精神都放在爸身上，還有外面的動靜，沒聽見她說什麼，也沒留意她。她走進屋裡。我跟馬可還留在門廊上，突然間聽見她尖叫一聲。

我跟馬可面面相覷，然後轉頭看門。馬可一個箭步衝向門，我大聲喊爸。爸不見人影，但我聽見他回應我。

「快來！」我大喊，然後就衝進屋裡。

柯莉、馬可、班尼和葛雷利都在廚房裡，把凱司團團圍住。凱司癱在地上喘個不停，全身上下只剩一條內褲。他全身是傷還流血，弄得髒兮兮。柯莉噙著眼淚跪在他旁邊查看他的傷勢，問他問題。

「發生了什麼事？是誰幹的？你為什麼跑到外面？你的衣服呢？你——」

「你偷的鑰匙到哪去了？」爸打斷她。「他們拿走了嗎？」

大家都嚇了一跳，抬頭看爸，然後又低頭看凱司。

「我是不得已的，」凱司說，還是很喘。「我不是故意的，爸。他們有五個人。」

「所以他們拿走了鑰匙。」

凱司點點頭，迴避爸的眼神。

爸轉頭大步走出門，幾乎是用跑的。現在太晚了，沒辦法找喬治或布萊恩．許來換大門的鎖，只能等到明天了，另外也得打新鑰匙發給大家。爸一定是去警告大家，找更多人輪流巡邏。我也想去幫忙但還是作罷。爸看起來很生氣，這個時候不會願意接受自己小孩的幫助。等爸回來，凱司就慘了。他死定了。凱司身上的褲子、襯衫和鞋子都不見了。柯莉一直不想要我們跟其他小孩一樣光著腳丫到處跑，除非在家裡。髒兮兮不健康的皮膚，都不是她定義的文明。即使鞋子很貴，我們又一直長高得換更大的鞋子，柯莉還是一樣堅持。無論有多貴，我們每個人至少都有一雙可以穿的鞋子，雖然那要花很多錢。現在得想辦法湊錢再幫凱司買一雙鞋了。

凱司抱著身體縮成一團躺在地上，鼻子和嘴巴流的血弄髒了地磚。爸走了之後，他哭了出來。柯莉花了兩三分鐘才把他拉起來，半揹進浴室。我想幫她，但她瞪我的眼神好像把他揍得半死的人是我，所以只好算了。我也不是真的想幫忙，只是覺得應該要幫忙。我感受得到凱司有多痛，幾乎要承受不住。

我擦乾淨地上的血，免得有人滑倒或踩得到處都是。之後我去煮了晚餐，自己吃也餵三個弟弟吃，剩下的放一邊留給爸、柯莉和凱司。

二〇二五年8月3日星期日

今天早上凱司得在教會懺悔自己做的事。他得站在大家面前坦承一切，包括那五個惡棍對他做的事。之後他還得道歉——對上帝、對父母、對他置於危險和造成不便的教徒道歉。儘管柯莉反對，爸還是要他這麼做。

爸從沒揍過他，但昨晚一定很想這麼做。「你怎麼會做這種事！」他一次又一次問。

「我的兒子怎麼會那麼笨！為什麼不用用腦袋？你以為自己在做什麼？我在跟你說話！回答我！」

凱司回答了一遍又一遍，但那些答案都說服不了爸。「我不是小孩了！」他哭著說。不然就是：「我想向你證明，只是想向你證明而已！蘿倫做什麼事你都准！」或是：「我是男人！不應該躲在家裡，躲在圍牆裡面。我是男人！」

雙方你來我往，僵持不下，因為凱司不願承認自己做錯了事。他想證明自己是個男人，而不是膽小的女生。有一群人突襲他、痛扁他、搶走他身上的東西，並不是他的錯。他什麼都沒做，這一切不是他的錯。

爸用極度厭惡的眼神看他。「你不聽話。你偷了東西。你害這裡所有人的性命和財產陷入危險，包括你媽媽、你姊姊和你弟弟。如果你真是你說的男人，我會把你揍個半死！」

凱司怔怔看著前方。「不管有沒有鑰匙，壞人都會進來，」他喃喃地說。「他們遲早會進來偷東西。不是我的錯！」

爸花了兩個小時才讓凱司承認是他的錯，不再搬出一堆藉口。他做錯了。他不會再犯。我弟不是很聰明，但他用固執來彌補自己的不足。我爸則是又聰明又固執。凱司在他面前毫無勝算，但他也不讓爸輕鬆獲勝。隔天早上爸就報了仇。我不認為他覺得逼凱司認錯是報仇，但看凱司的表情，他應該這麼覺得。

看著這一幕時，馬可低聲跟我說：「我要怎麼離開這個家。」我很同情他。他得跟凱司共用一個房間，兩個人雖然只相差一歲，卻無時無刻不在吵架。現在狀況只會更糟。

柯莉最疼凱司。如果你問她，她會說她沒有最疼誰，但她就是有。她寵他，就算他偷懶、說點謊、偷點東西她也睜一隻眼閉一隻眼……或許這就是凱司搞砸了也覺得無所謂的原因。

今天早上的布道講的是十誡，爸還特別強調「當孝敬父母」和「不可偷盜」。我覺得爸講道時，怒火和沮喪都消了大半。凱司卻還是怒火騰騰，他面無表情，高頭大馬，看起來比實際年齡還大。我看得出來他內心藏著怒火，壓抑著怒火，無論如何都吞不下這口氣。

# 9

所有鬥爭
基本上都是
權力鬥爭。
誰能統治，
誰能領導，
誰能定義，
改善，
限制，
設計，
誰能掌控。
所有鬥爭
基本上都是
權力鬥爭，
而且多半
不比兩隻公羊
用頭互撞
聰明到哪去。

《地球之籽：生者之書》

## 二〇二五年8月17日星期日

我爸媽平常腦袋很清楚，但這禮拜我弟凱司生日那天，他們卻犯了大錯。他們給了他一把BB槍。不是新的，但還能用，而且看起來比實際上危險很多。槍是他一個人的，他不用跟別人分享。我猜他們這麼做是為了平撫他的心情，因為他還得等兩年才能碰史密斯威森，甚至是HK。當然也是想轉移他的注意力，希望他不再一天到晚想要溜出去，同時也能忘記在大家面前懺悔的羞辱。

凱司拿BB槍射鴿子和烏鴉，還威脅要射馬可——今天晚上馬可才告訴我這件事。然後昨天，他跑去沒人知道的地方，當然也帶著他的BB彈。大概有十八個小時都沒人看見他。他一定又跑去外面了。

## 二〇二五年8月18日星期一

今天爸出去找凱司，甚至還叫警察來。他說他不知道我們要怎麼付得起費用，但他很怕出事。凱司不見的時間愈久，就愈有可能受傷或沒命。馬可說他覺得凱司應該是去找痛扁他的那幾個人。我不相信。就算是凱司也不會只帶著一把BB槍去找五個人尋仇，哪怕一個也不可能。

柯莉比爸還不安。她著急又害怕，緊張到胃痛，眼淚不停流。我說服她去躺一下，之後就去幫她代課。以前她不舒服我就幫她代過四五次課，所以小孩也不覺得奇怪。我直接挪用柯莉的教案，上半天還把大孩子跟我教的幼稚園小朋友湊在一起上課，讓每個人都體驗一下教別人和從不同人身上學東西的感覺。有些學生跟我同年甚至比我大，其中有兩個人——奧拉・莫斯跟麥克・托卡——直接起身走人。他們明知道這份工作對我不是問題。將近兩年前我就完成高中學業，之後我跟著爸自修沒有學分的（免費）大學課程。這些麥克和奧拉都知道，但他們覺得自己已經長大，從我這樣的人身上學不到東西。管他們去死。不過我男友科提斯有麥克這樣的弟弟真可憐——可是弟弟也不是我們能自己選的。

二〇二五年8月19日星期二

凱司還是不見蹤影。我想柯莉已經開始在為他哀悼。今天又是我代課，爸又出去找人了。晚上回來時他一臉疲憊，柯莉淚流滿面對他咆哮。

「你根本沒有盡力！」她大吼，我跟三個弟弟在旁邊看。我們都跑出來看爸爸有沒有帶凱司回來。「你要是盡力早就找到他了！」

爸走向她，但她往後退，繼續大吼：「如果是你的寶貝蘿倫獨自在外流浪，現在你早就找到她了！你根本不在乎凱司。」

她以前從沒說過這種話。

我們一直以來都是柯莉和蘿倫。我是指，她從沒要我叫過她「媽媽」，我也從沒想過要這麼做。我一直都知道她是我的繼母。儘管如此……我仍然愛她。雖然想不通她為什麼最疼凱司，但我還是一樣愛她。我是她的小孩，但也不是她的小孩。不完全是。不真的是。但我一直以為她愛我。

爸把我們全部趕回房間睡覺。他走過去安撫柯莉，帶她回他們的房間。幾分鐘前，他進來房間看我。

「她沒那個意思，」他說。「蘿倫，她把你當親生女兒一樣疼愛。」

我看著他，沒說話。

「她要你知道她很抱歉。」

我點點頭，他一再叫我別亂想，然後就走了。

她很抱歉嗎？我不這麼認為。

她是那個意思嗎？就是吧。她就是那個意思。

爛斃了。

二〇二五年8月28日星期四

昨晚凱司回來了。

晚餐時間他直接走進門，好像只是去外面玩橄欖球，而不是從禮拜日就消失到現在。

這次他看起來還好，身上沒有受傷的痕跡，穿著一套乾淨的新衣服，甚至還換了新鞋。全身上下的行頭比他離家出走之前高檔很多，根本不是我們買得起的。

他還帶著那把BB槍，但後來爸把槍拿回來砸爛。

凱司怎樣都不肯說他去了哪裡、怎麼弄到這些新東西，於是爸把他揍個半死。

我只看過一次爸那麼生氣——我十二歲的時候。柯莉試圖阻止他，把他拉開，先是用英語對他大喊，後來改成西班牙語，後來只剩下聲音。

葛雷利吐在地上，班尼哇哇大哭。馬可溜出屋子，避開那個暴力場面。

然後就結束了。

凱司哭得像個兩歲小孩，柯莉抱著他。爸站在他們面前，一臉茫然。

我跟著馬可從後門溜出去，腳步踉蹌，差點摔在後門的階梯上。我不知道自己在幹嘛。馬可不見人影。外面溫暖漆黑，我坐在階梯上，任由身體跟著凱司的感受發抖、痛苦、乾嘔，卻無能為力。之後我猜自己昏了過去。

過了一會兒醒來時，馬可在旁邊搖著我，輕聲喊我的名字。

我站起來走回房間，馬可抓著我的手臂免得我摔倒。

回到房間我往床上一坐，頭暈目眩，還是很痛苦。馬可輕聲說：「讓我睡在這裡。睡地板也沒關係。」

「好吧，」我無所謂地說。我連鞋子都沒脫就躺下來，在床單上縮成胎兒的姿勢。我要不是這樣睡著了，不然就是又昏了過去。

二〇二五年10月25日星期六

凱司又跑出去了。是昨天下午的事。直到今天晚上柯莉才坦承這次他不只拿走她的鑰匙，還有她的槍。凱司拿走了她的史密斯威森手槍。

爸不肯出去找他。昨晚他睡在辦公室裡，今晚他又要睡辦公室。

我本來就不太喜歡凱司，現在我恨死他了，因為他把我們家害慘了，因為他把爸害慘了。我恨他。該死的，我恨他。

二〇二五年11月3日星期一

今天晚上爸到托卡家拜訪時，凱司回來了。我猜凱司應該是在附近晃來晃去，看到爸出門才行動。他回來看柯莉，拿了好厚一卷鈔票給她。

她怔怔盯著他看，然後收下鈔票。「這麼多錢，」她輕聲說。「凱司，你從哪裡弄來的？」

「給你的，」他說。「全都是給你的，不是他。」

他抓起她的手，把她的手合起來包住鈔票。柯莉沒有拒絕，雖然她一定知道那不是偷來的，就是販毒換來的，甚至更糟。

凱司送給班尼和葛雷利很貴的牛奶巧克力花生棒，但看到我跟馬可只是笑笑——擺明了「誰理你們」的那種笑。之後他就走了，免得爸回家看到他。柯莉沒想到他又要走，緊抓著他不放，幾乎要放聲尖叫。

「不要走！你在外面會沒命！你是怎麼搞的？留下來！」

「媽媽，我不會再讓他揍我，」他說。「不需要他來教訓我，告訴我要怎麼做。不用多久，我一天賺的錢就可以比他一週甚至一個月賺的錢還多。」

「你會沒命的！」

「不會。我知道自己在做什麼。」他上前親她，然後移開她環抱的手，動作意想不到地輕鬆。「我會回來看你的。我會帶禮物給你。」

說完他就走出後門，消失得無影無蹤。

# 2026

文明之於群體，有如智能之於個體，是結合眾人智能以求群體持續適應變化的方法。如同智能，文明可能發揮適當的功能，也可能難以順應變化，一敗塗地。文明若是無法發揮作用，勢必會走上瓦解之路，除非有內外的凝聚力量才可能避免。

《地球之籽：生者之書》

# 10

表面的穩定一旦崩潰
雖然這無法避免——
上帝就是改變——
人很容易屈服於
恐懼和沮喪
需求和貪婪。
若沒有力量大到能
團結眾人
人就會開始分裂對立
你爭我奪
個人對抗個人
群體對抗群體
求取生存、地位、權力。
他們記住舊恨，也生出新仇
製造混亂也煽動混亂
引發一次又一次殺戮
直到精疲力盡，家毀人亡
直到外來力量將他們征服

或直到他們其中一員變成
眾人群起追隨的
領袖
或眾人聞之喪膽的
暴君。

《地球之籽：生者之書》

二〇二六年6月25日星期四

昨天凱司跑回來，整個人變得更大隻，又高又瘦，不像爸又高又壯。雖然還不滿十四歲，但看起來已經像他迫不及待想成為的男人。我們歐拉米那家的小孩都這樣，高大又結實，長得又快。除了今年才九歲的葛雷利，我們全都比柯莉高。不過最高的還是我，但這陣子我的身高好像惹她不高興。不過她喜歡凱司——她的大兒子——的體型，她只是討厭他已經不住在這個家裡的事實。

「我有自己的房間了，」昨天他告訴我。我們聊了一下。柯莉去找她的姊妹淘杜洛媞．克魯茲，因為她剛生寶寶。其他弟弟到街上和安全島上玩了。爸去大學上課，而且晚上不會回來。如今出門最安全的方法，就是天亮就出門，隔天天亮再回來，如果你非出門不可的話。爸現在一週還是要出門一次。街上最可怕的寄生蟲還是晚上出沒，早上賴床。但凱司住在外面。

「我跟幾個人合住一棟房子，」他說。潛台詞：他跟朋友霸佔了一間空屋。他的朋友是誰？幫派嗎？還是一群妓女？嗑藥嗨到飛上天的「太空人」？小偷？還是以上皆是？每次他回家都會拿錢給柯莉，帶小禮物給班尼和葛雷利。

他怎麼能弄到錢？絕對不是光明正大的方法。

「你朋友知道你年紀多大嗎？」我問。

他咧咧嘴。「當然不知道。我為什麼要告訴他們？」

我點點頭。「看起來成熟一點有時確實有好處。」

「你想吃點東西嗎？」

「你要煮給我吃？」

「我為你煮過不知道幾百次幾千次飯了。」

「我知道。可是以前是不得不。」

「別傻了。你以為我不能跟你一樣，想逃避責任就逃避責任嗎？問題是我不想。你到底要不要吃？」

「當然要。」

我做了燉兔肉和橡實麵包，柯莉和弟弟們回來也夠吃。他在我附近打轉，看我料理食物，然後開始跟我聊天。這是破天荒頭一次。我們從來就不喜歡彼此。但他有我需要的資訊，而且好像也想講。我應該是他能傾訴的最安全人選。他不用怕會嚇到我，因為他根本不在乎我怎麼想。他也不怕我會去告訴爸或柯莉。我當然不會。何必讓他們痛苦？再說我也不是會打小報告的那種人。

「只是外面一棟破舊的老建築。」他說的是他的新家。「不過一旦走進去，你不會相信裡頭有多棒。」

「是妓院還是太空船？」我問。

「裡頭有你看都沒看過的東西。」他顧左右而言他。「有可以走進去的電視窗，而不是只是坐在前面看。還有頭戴式耳機、皮帶、觸控指環等等的，什麼都有，你看得到也感覺到所有一切，想做什麼都可以。什麼都可以！戴著那些超厲害的裝備你可以去很多地方、體驗很多事！除了買吃的，你再也不需要上街。」

「帶你進去的就是擁有那些東西的人？」我問。

「對。」

「為什麼？」

他注視我很久，然後突然笑出聲。「因為我能讀能寫，其他人都不會，」最後他說。「他們年紀都比我大，但沒人能讀能寫。他們偷了這麼多厲害的東西，卻連用都不會用。我進去之前，他們甚至因為讀不懂說明書而弄壞了一些設備。」

想當初我跟柯莉為了教他讀寫傷透了腦筋。他提不起興趣又沒耐心，根本不想學。

「所以你靠認字討生活？幫你那些新朋友學會使用那些他們偷來的設備？」

「對。」

「還有呢？」

「沒有了。」

這傢伙說謊也不打草稿。他一直都是這樣，從來不會良心不安，只是他不夠聰明，說的謊很沒說服力。「販毒？賣淫？搶劫？」

「就跟你說沒有了！你每次都覺得自己無所不知。」

我嘆道：「看來你還要繼續讓爸跟柯莉傷心難過？短時間都不會改變。」

他一副想要吼我或打我的樣子。要不是我提起柯莉，他可能早就動口或動手了。

「我管他去死，」他說，聲音低沉兇惡。他連聲音都開始像大人。什麼都有，就是少了大人的腦袋。「我為媽做的事比他還多。我給她錢和其他好東西。還有，我朋友……我朋友知道她住這裡，所以不會碰這個地方。他算什麼東西！」

我轉頭注視他，卻看見我爸的臉，只是膚色比較淺，比較瘦也比較年輕，但那是我爸的臉，不會有錯。「他就是你，」我輕聲說。「每次我看著你，就好像看見他。每次你看著他，你就看見你自己。」

「狗屁！」

我聳聳肩。

他過了好久才又開口：「他打過你嗎？」

「這五年來都沒有。」

「之前他為什麼打你？」

我想了想，決定說實話。他已經夠大了。「他在灌木叢裡逮到我跟魯賓・昆塔尼拉鬼混。」

凱司噗嗤大笑。「你跟魯賓？真的假的？你跟他做？不會吧？」

「我們才十二歲，哪管那麼多。」

「沒懷孕算你好運。」

「我知道。十二歲是可能做蠢事。」

他別開目光。「但他揍你不像揍我那麼狠！」

「那天他把你們男生趕去托卡家玩。」我給他一杯冰涼的柳橙汁，也給自己倒了一杯。

「我忘了，」他說。

「那時候你才九歲，沒人會告訴你發生了什麼事，」我說。「我記得我跟你說我在後門階梯摔了一跤。」

他皺起眉頭，似乎在回想。那時候我的臉應該很難忘。爸揍我雖然不像揍凱司下手那麼狠，但我看起來比他慘。他應該還記得。

「他有揍過媽媽嗎？」

我搖搖頭。「沒有，我從沒看過任何跡象。我不覺得他會。他愛她，你也知道。他真的愛她。」

「王八蛋！」

「他是我們的爸爸，也是我心目中最好的人。」

「他揍你的時候，你也這麼想嗎？」

「沒有。但後來我發現自己有多蠢的時候，我很慶幸他對我那麼嚴格。不過挨揍的時候，我只是很慶幸他沒把我打死。」

他又哈哈大笑——短短幾分鐘內的第二次，而且兩次都是因為我說的話。或許他終於願意對我稍微敞開心房。

「跟我說說外面的事，」我說。「你在外面怎麼生活？」

他喝光第二杯果汁。「我說過了，我在外面住得很好。」

「可是你第一次離家出走是怎麼活下來的？」

他看著我露出笑容，很像幾年前他用紅色墨水假裝受傷，騙我跟著一起流血時的笑容。那個邪惡的笑容我到現在還記得。

「你自己也想離開這裡，對吧？」他問。

「總有一天。」

「什麼，你不嫁給科提斯，然後生一堆小孩嗎？」

「對。」

「我不知道你為什麼要對我這麼好。」

食物聞起來快好了，於是我起身從烤箱拿出麵包，從櫥櫃拿出碗。本來想叫他自己去盛燉肉，但我知道他會把肉撈光，只剩下馬鈴薯和蔬菜給我們。所以我幫他跟我自己各盛了一碗，然後蓋上鍋子，轉成最小火，再拿毛巾蓋住麵包。

我讓他靜靜吃了一會兒，雖然其他弟弟應該隨時會飢腸轆轆地走進門。

後來我怕再等下去就沒機會了。「告訴我吧，凱司。我真的很想知道你第一次離家出走是怎麼活下來的。」

這次他的笑容沒那麼邪惡，或許是食物軟化了他的心。「在紙箱裡睡了三天，還有偷東西吃，」他說。「我也不知道自己為什麼一直跑回那個紙箱睡，明明也可以隨便找個舊街角。有些小孩拿紙箱墊在下面睡覺，這樣就不會直接睡在地上。」

「後來我從一個老先生那裡弄來一個睡袋。是新的，好像沒用過一樣，所以我就——」

「偷過來？」

他輕蔑地看我一眼。「不然你想我要怎樣？我身上沒半毛錢，只有那把槍——媽媽的點三八左輪手槍。」

對。上上上次回來的時候，他把槍連同兩盒子彈還給媽了。不過他當然沒說子彈從哪裡弄來的，還有他是怎麼拿到另一支槍，而且還是跟爸一樣的HK九毫米手槍。他只是帶著東西回來，還說只要有錢，外面什麼都買得到。他從沒坦承他的錢是從哪裡來的。

「好吧，」我說。「所以你偷了別人的睡袋，然後又去偷別人的食物？你沒被抓真是奇蹟。」

「那個老傢伙身上有點錢，我就拿去買吃的。之後我就開始往洛杉磯走。」

他從小的夢想。基於只有他自己明白的理由，他一直想去洛杉磯。但任何一個腦袋清楚的人，都會感謝我們跟那個膿瘡隔著二十哩的距離。

「高路公路上滿滿都是從洛杉磯出來的人，」他說。「甚至有人一路從聖地亞哥走上來，不知道要去哪裡。我跟一個男人攀談，他說他要去阿拉斯加。要命，阿拉斯加耶！」

「祝他好運，」我說。「他還要過很多關才能走到那裡。」

「他走不到的。從這裡到阿拉斯加應該有一千哩遠！」

我點點頭。「不只，而且途中還有嚴格管制的州界和各種邊界，但總之祝他好運。至少那是個合理的目標。」

「他包包裡有兩萬三千元。」

我不發一語，只是驚訝地看著他，過去對他的厭惡又加上新的厭惡。但這樣的結果可想而知。

「是你自己想聽的，」他說。「外面就是這個樣子，身上有槍就有分量，沒槍就是狗屁。沒槍的人多的很。」

「我以為大多數人都有——除了窮到沒什麼好搶的人。」

「我以前也這麼以為。但槍很貴，而且本來就有槍要再買到槍會比較容易，你知道？」

「要是那個阿拉斯加男身上有槍呢？你就死定了。」

「我趁他睡覺才偷偷靠近他。就是一路跟蹤他，等到他在路邊睡覺才行動。不過他害我偏離了往洛杉磯的路。」

「你對他開槍？」

那個邪惡的笑容又出現了。

「他跟你聊天，對你表達善意，結果你開槍打死了他。」

「不然你要我怎麼辦？等上帝施捨我一些錢嗎？我能怎麼辦？」

「回家啊。」

「放屁。」

「你奪走一個人的生命——你殺了一個人——難道完全不會過意不去嗎？」

他想了一想，然後搖搖頭。「不會。一開始我還會怕，但後來……真正動手之後，我什麼感覺都沒有。沒人看見我開槍。我拿了他的東西就丟下他走了。再說，或許他沒死。就算你開槍，對方也不一定會死。」

「你沒去確認？」

「我只是想要他的東西。反正他也瘋了。阿拉斯加耶！」

我閉上嘴巴，不再問他問題。他又繼續說了一會兒，說他遇到一些人，加入他們的行列，然後發現他們年紀雖然比他大，卻都不會讀寫。他成了他們的幫手，讓他們生活過得更輕鬆。或許這就是他們沒有等他睡著就斃了他、搶走他所有戰利品的原因。

過了一會兒，他發現我都不說話就哈哈大笑。「你還是去結婚生小孩比較好，」他說。「到外面你一天都撐不過去。你那個超共感什麼鬼的會把你拖垮，就算沒人碰你也一樣。」

「是你以為，」我說。

「嘿，我看到有個傢伙的兩顆眼珠子被挖出來，後來他們還放火燒他，看著他跑來跑去呼天搶地被燒成黑炭。你想你受得了嗎？」

「是你的新朋友幹的？」我問。

「當然不是！是一些神經病！就是那些彩色人。他們剃光身上的毛髮，包括眉毛，然後把皮膚塗成綠色、藍色、紅色或黃色。他們嗑縱火藥，殺掉有錢人。」

「他們什麼？」

「縱火藥是一種吃了會很想看火熊熊燃燒的毒品，有時是營火，有時是垃圾堆或住家的大火。有時候他們甚至會抓個有錢人，然後放火把人燒死。」

「為什麼？」

「不知道。他們瘋了。聽說其中有些人以前是富家子弟，所以我不知道他們為什麼那麼討厭有錢人。那種藥很可怕。有些彩色人瘋狂迷上火焰，整個人都湊上去，旁邊的朋友也不會把他們拉回來，眼睜睜看著他們燒死。那就好像……我不知道，就好像他們在幹火，而且從來沒有那麼爽過。」

「你從沒試過？」

「當然沒有！我不是說那些人都瘋了。你知道嗎，甚至連女生都把頭髮剃光。有夠醜的！」

「他們大部分都還是小孩吧？」

「對。跟你一樣大到二十歲左右都有。有幾個年紀大一點的，二十五，甚至有三十歲的。不過我聽說他們通常不會活那麼久。」

就在這個時候，柯莉和其他弟弟走進門。葛雷利和班尼因為支持的隊伍贏了橄欖球而興奮不已，柯莉正開心又羨慕地在跟馬可說杜洛媞．克魯茲生的女寶寶。大家看見凱司的那一刻，想也知道臉色瞬間改變。但那天晚上後來不算太糟。凱司帶了禮物給兩個弟弟，拿錢給柯莉，我跟馬可還是什麼都沒有。不過這次他對我有點不好意思。

「或許下次我會帶東西給你，」他說。

「不用了，」我說，想到那個要前往阿拉斯加的老人。「沒關係。我什麼都不想要。」

他聳聳肩，轉身去跟柯莉說話。

## 二〇二六年7月20日星期一

今天天黑之前凱司來找我。科提斯跟我說完生日快樂之後，我從托卡家走回家途中碰到了他。我跟科提斯一向很小心，但這次他不知從哪弄到一些保險套，雖然是舊式的，但還能用。而且托卡家的車庫一角有個沒人使用的暗房。

我原本還沉浸在濃情蜜意裡，卻被凱司嚇得猛然回過神。他一聲不響從兩棟房子後面跑出來。我根本沒察覺到有人，一轉身就看見他站在我面前。

他舉起雙手，笑咪咪地說：「帶了生日禮物給你。」他把東西放進我的左手心。是錢。

「凱司，不行，你拿給柯莉。」

「你拿給她。你想要給她就自己拿去。我是要給你的。」

我跟他一起走向大門，擔心巡邏員看到他會對他開槍。自從他離家，不再跟我們住之後，他長高了很多。爸在家，所以他不肯進門。我謝謝他給我的錢，說我會交給柯莉。我希望他知道，因為不想要他以後再帶任何東西給我。

他似乎並不介意。他親一下我的臉頰，說聲「生日快樂」就走了。柯莉的鑰匙還在他身上，爸雖然知道，但沒再叫人來換鎖。

二〇二六年8月26日星期三

今天，爸媽得去市區指認我弟弟凱司的遺體。

二〇二六年8月29日星期六

星期三到現在我完全無法動筆。不知道要寫什麼。是凱司的遺體沒錯。我當然沒看到。爸說他想盡辦法不讓柯莉看。有人在凱司死前對他做了……我不想寫下來，但又必須寫。有時候把事情寫下來會好過一點。

有人在他身上割了好多刀，還用火燒他。他遍體鱗傷，除了臉。他們燒了他的眼珠子，卻沒動臉的其他部分，好像希望他被認出來一樣。割了又燒、割了又燒……有些傷已經有好幾天。傷害他的人對他恨之入骨。

爸把我們全部叫去，告訴我們發生了什麼事，語調從頭到尾沒有變化。他想要嚇嚇我們，嚇嚇馬可、班尼，尤其是葛雷利。他想要我們知道外面有多危險。

警察說凱司受到的凌虐就是毒販折磨人的方式。他們凌虐偷他們東西的人，還有他們的競爭對手。我們不知道凱司有沒有做那些事，只知道他死了。他的屍體被丟在小鎮另一頭某間燒毀的老建築裡，那原本是養老院。他斷氣幾個小時之後被人棄屍在碎裂的水泥地上。兇手也可以把他丟進峽谷，那樣就只有野狗會發現他。但有人希望他被發現、被指認。難道是仇人的親友要他血債血還？

警察似乎覺得我們應該知道兇手是誰。他們問的問題讓我覺得他們根本就想逮捕爸或柯莉，或乾脆兩個一起抓回去。但爸和柯莉的生活很大部分都是公開的，兩人也沒有無故缺席或打斷日常作息。很多人都能提供他們的不在場證明。我當然絕口不提凱司跟我說過他做的事。說了又有什麼好處？人都死了，而且還死得那麼慘。無論是意外還是故意的，他的仇人都報了仇。

華德爾．派瑞許覺得自己有責任告訴警察，爸跟凱司去年大吵了一架。他當然聽到了。一半鄰居都聽到了。家庭紛爭是左鄰右舍都愛看的好戲，更何況爸又是牧師！

我知道跟警察打小報告的人就是華德爾．派瑞許。他最小的外甥女譚雅不小心說溜了嘴。「舅舅說他實在不想提起這件事，可是……」

最好是。可惡的混蛋！但沒人站在他那一邊。警察在社區到處打探，但除了他，沒人承認聽到有人吵架，畢竟大家都知道兇手不是爸。再說，他們也知道警察喜歡的破案方式就是「發掘」對他們認定有罪的人不利的證據。最好什麼都別跟他們說。有人跟警察求助時，他們從來不會幫忙，不只慢半拍，還常常把情況弄得更糟。

今天我們為凱司舉辦了追悼會。爸請他的朋友羅賓森牧師主持。他跟柯莉還有我們其他人坐在一起，駝著背，看起來好蒼老。一下子老了好多歲。

柯莉淚流不止，但多半都沒出聲。從星期三開始，她就斷斷續續哭個不停。馬可和爸試著要安慰她，連我都試了，但她看我的眼神……好像凱司的死跟我有關，好像她恨我似的。我一直想幫她忙，不知道自己還能做什麼。總有一天，或許她能夠原諒我不是她的女兒，原諒我還活著而她兒子卻已經死去，原諒我是爸跟別人生的女兒……？我不知道。

爸一滴眼淚都沒掉。從小到大我從沒看他哭過，今天我多麼希望他會。我希望他哭得出來。

科提斯．托卡今天幾乎都跟我黏在一起，陪我不停說話。我想我大概需要說說話，科提斯剛好也願意忍受我。

他說我應該哭一哭。他說無論我跟凱司、凱司跟這個家的關係有多糟，我都應該大哭一場。直到他提起這件事，我才想到自己也沒掉一滴眼淚。完全沒有。柯莉或許也注意到了。或許這是她對我不滿的另一個原因。

我沒哭並不是因為壓抑，刻意忍住眼淚。只是因為我討厭凱司的程度絕對不少於我愛他的程度。他是我同父異母的弟弟，但也是我親近的人之中最反社會的一個。如果能長大成人，他八成會變成怪物。或許他已經是了。他從不在乎自己做了什麼。只要他想做一件事，又不會馬上吃到苦頭，他就會去做，管這世界去死。

他毀了這個家，害我們家四分五裂，不再像一個家。就算這樣，我從來不希望他死掉。我從來不希望任何人那樣慘死。我想，殺他的人是比他邪惡好幾倍的怪物。我難以想像怎麼會有人能對另一個人做出那種事。要是更多人跟我一樣有超共感症候群，就沒人做得出那種事了。人就算逼不得已殺人，也必須承受殺人的痛苦，不然就會被那種痛苦擊潰。但要是每個人都能感同身受別人的痛苦，誰還會去折磨別人？誰還會去造成別人不必要的痛苦？以前我從沒想過我的問題或許對人有好處，但照目前的狀況看來確實如此。要是我能把這種能力分給別人就好了。如果不行，我希望能找到其他擁有這種能力的人，跟他們一起生活。身體內建的良心，總比完全沒有良心要好。

如果我真的要哭，那也是爸揍凱司的那天——當他終於住手，看見自己做的好事，我們在一旁都看見了凱司和柯莉注視他的眼神。當時我就知道，他們兩個永遠都不會原諒他。到死都不會。這個家從此失去了某種很珍貴的東西。

我希望爸能為失去了兒子而落淚，但我自己卻覺得完全沒有必要為凱司哭泣。只願他安息——無論是在骨灰罈裡，還是在天堂。

# 11

找出
能結出善果的改變
提防
會結出惡果的改變
上帝有無限的可塑性
上帝就是改變

《地球之籽：生者之書》

二〇二六年10月17日星期六

我們漸漸瓦解分裂。

社區、家庭、家庭成員……我們就像一條繩子，正一股一股斷裂。

昨晚又有人進來偷東西，但這次沒有得逞。希望到此為止。這次他們偷的不是院子的蔬果。三個人翻牆進來，撬開克魯茲家的門。克魯茲家當然有裝那種會叫得很大聲的防盜鈴、鐵窗，每扇門也都裝了家家戶戶會裝的安全門，但似乎都阻擋不了小偷。只要他們想進來就還是進得來。小偷只用了鐵撬、液壓千斤頂這類誰都拿得到的簡易工具就破門而入。我不知道他們是怎麼切掉防盜鈴的，但我知道他們剪斷了屋裡的電線和電話線。但防盜鈴有備用電池，照理說應該不受影響。無論他們做了什麼，或是什麼出了差錯，總之防盜鈴就是沒響。小偷撬開門走進廚房之後，還拿鐵撬對付杜洛媞．克魯茲七十五歲的奶奶。老太太淺眠，所以習慣晚上起床給自己泡一杯檸檬草茶。她的家人說，小偷闖進來時，她正要走進廚房泡茶。

接著，杜洛媞的兄弟赫克特和魯賓．昆塔尼拉抓著槍跑過來。他們的房間離廚房最近，所以聽到小偷闖進來和昆塔尼拉老太太被推倒撞上餐桌椅的聲音。他們當場斃了其中兩個小偷，卻讓另一個逃了。他可能受了傷，因為流了很多血。但昆塔尼拉老太太不幸喪命。

這是凱司死後的第七起竊盜案。愈來愈多人翻牆進來偷東西，或他們以為我們擁有的東西。我們這個住了十一戶人家的社區，不到兩個月就發生了七起小偷闖進屋裡或院子偷東西的竊案。如果連我們都這樣，那些真正的有錢人家不就更慘——不過或許他們有重型武器、私人保全和最先進的安全設備，所以也比較有能力反擊。或許這就是我們被盯上的原因。我們這裡有一些值得偷的東西，可是戒備又沒有那麼森嚴。這七起竊案有三起得逞。小偷進來偷走了一些東西，包括幾台收音機、一袋核桃、麵粉、玉米粉、首飾、一部老電視機、一台電腦……只要扛得走的都不放過。假如凱司告訴我的事不假，那麼盯上我們的小偷應該是苦哈哈的小偷。想必那些比較強悍聰明又有勇氣的小偷會去偷商店和公司行號。話雖如此，這群下層階級的小偷正一點一點把我們搞垮。

明年我就十八歲了，根據爸的標準，已經大到能輪晚班巡邏。真希望現在就可以。滿十八我就會加入，但這樣也還是不夠。

說來可笑，柯莉和爸用凱司給我們的一部分錢去救助被偷的人家。拿偷來的錢去幫助被偷的人。為了以防萬一，錢有一半藏在我們家後院。其實一直都有錢藏在那裡，現在已經多到能發揮一些效用。另一半錢進了教會基金，幫助亟需用錢的鄰居。即使這樣也還是不夠。

## 二〇二六年10月20日星期二

一種新勢力正逐漸崛起——或者該說可惡的舊勢力捲土重來？有家叫做KSF的公司（全名是Kagimoto, Stamm, Frampton, and Company）接管了名叫歐利瓦的沿海城鎮。一九八〇年代，歐利瓦併入洛杉磯，成為洛城的另一個市郊濱海住宅區。小巧而富裕，裡頭的產業不多，周圍多半是高低起伏的空地，還有一小段搖搖欲墜的海岸線。居民就像羅布雷多這裡的一些人，賺的薪水曾經可以過上優渥的生活。事實上，歐利瓦比我們富裕多了，但因為是沿海城市，課的稅比較高，也因為有些土地不穩固，所以有其他的問題。有些地方長年累月被鹽水侵蝕或滲透，逐漸沒入海中。海平面也因為氣候暖化而不斷上升，偶而還有地震。歐利瓦的平坦沙灘已經成了往日的記憶，曾經座落在沙灘上的房屋和商店也是。它就像世界各地的沿海城市一樣需要特別的幫助。過去這裡住了能夠呼風喚雨、有一定教育程度的白人上層階級。如今，就連靠它幫忙站上台的政治人物都棄它而去。整個州、整個國家、整個世界都岌岌可危，大家都知道。小不拉幾的歐利瓦有什麼好叫的？

有些比較富裕、地質也比較穩定的社區得到了幫助，例如蓋水壩、築防波堤、協助居民疏散之類的因應措施。歐利瓦位在大海和洛杉磯之間，一邊有海水源源湧入，另一邊有難民絡繹而來。它在較為平坦穩定的土地上蓋了一座太陽能海水淡化廠，為居民供應可靠用水。

儘管如此，也還是難以抵擋步步進逼的大海、逐漸崩解的土地、奄奄一息的經濟，或是走投無路的難民。對無法在家工作的人來說，即使上下班都變得很危險，就像在槍林彈雨中來回奔跑，跟我們這裡一樣。

然後，KSF的人出現了。經過許許多多承諾、討價還價、懷疑、恐懼、希望和法庭攻防，歐利瓦的選民和官員答應讓自己的城鎮被接收、出售、民營化。KSF將率先擴大海水淡化廠的規模，其他拓展計畫也將陸續展開。這間公司打算主導西南部大半地方的農業，以及水、太陽能和風能的販賣事業，而且早就用低廉的價格取得大片缺水的肥沃土地。目前為止，歐利瓦是他們買下的小型沿海城鎮之一，但這裡有渴望工作又受過教育的勞動力，這些人只比我大幾歲，能有的選擇非常少。如今KSF掌控了過去的公有土地，打算在這個大多數人都放棄希望的地方建立龐大的水資源、能源產業和農業。他們有長遠的計畫，而歐利瓦的居民決定加入他們——接受比他們這種社經地位的人過往拿的薪水更低的薪水，以此換取安全、工作、三餐溫飽，以及對抗太平洋的各種資源。

歐利瓦仍有人對這樣的改變感到不安。他們知道在早期的美國企業城裡，公司欺騙和虐待居民的事層出不窮。

但這次跟之前不一樣。歐利瓦的居民可不是膽怯又窮困的難民。他們能夠照顧自己、自己的財產和權益。他們都受過教育，不想在洛杉磯郡逐漸擴大的混亂中苟延殘喘。其中有些人在我們昨晚聽的廣播紀錄片中這樣說——讓全世界都知道他們把自己賣給了KSF。

「祝他們好運，」爸說。「雖然長遠來看，他們不會太好運。」

「什麼意思？」柯莉問。「我覺得這個方法很好，正是我們需要的。要是有大企業也想買下羅布雷多就好了。」

「省省吧，」爸說。「感謝上帝，還是不用了。」

「你不懂！為什麼不行？」

「羅布雷多太大、太窮、太多黑人和拉丁裔，誰都看不上眼。況且這裡也沒有海岸線，只有遊民、棄屍，還有曾經富過的記憶——樹蔭、山丘、大房子、峽谷。大多東西都還在，但大公司不會想要我們的。」

節目最後宣布KSF正在招募願意遷往歐利瓦、用工作換食宿的合格護士、老師和其他的專業人員。廣告當然不是這麼說的，但其實就是這個意思。柯莉記下電話號碼還立刻打過去。她跟爸都是老師，都有博士學位。她迫不及待要搶先報名。爸只是聳聳肩，任由她去。

食宿。他們給的薪水很低，就算爸跟柯莉都去工作，收入也不會比爸在大學賺的多。那些錢還得用來付租金和平常的開銷。如果把全部費用加起來，他們賺的錢要養活我們一家六口，很明顯會入不敷出。要是我能找到工作或許就另當別論，但歐利瓦不需要我。那裡有幾百甚至幾千個像我這樣的人。每個存活至今的社區都一樣，到處是沒工作、認得幾個字的小孩，或是沒工作也不認得字的小孩。

KSF僱用的人要靠那樣的薪水生活會很辛苦。我想不用過很久，這些新員工就會開始欠公司錢。這是企業城用的老伎倆——讓員工負債，牢牢抓住他們，然後操他們操得更兇，把他們變成還債奴隸。這在唐納主政的美國可能會成功，因為過去州或聯邦的勞工法如今都已不復在。

「我們可以**試試看**。」柯莉還是不死心。「說不定到歐利瓦就不用擔心安全。孩子們可以去上真正的學校，長大一點就在公司找到工作。畢竟，他們總有一天要出去闖蕩。」

爸搖搖頭。「別抱那種希望，柯莉。一旦成了奴隸就不用指望安全了。」

我跟馬可還醒著，在旁邊聽他們說話。兩個更小的弟弟去睡了。我們四個人圍在收音機旁。這次換馬可說話了。

「歐利瓦的人聽起來不像是奴隸啊，」他說。「那些有錢人絕對不會讓自己變成奴隸。」

爸黯然一笑。「現在還不會，一開始還不會。」他搖搖頭。「Kagimoto、Stamm、Frampton 各自代表日本、德國、加拿大。我年輕的時候，大家就說遲早會有這一天。你想想，如果我們要把自己賣掉，其他國家幹嘛不掏錢買走。我懷疑歐利瓦有多少人知道自己在做什麼。」

「應該不多，」我說。「我想他們不敢承認事實。」

爸看著我，我也看著他。即使可能賠上自由和生命，人還能多固執地否認現實，這點我還在學。但這種事爸看多了，真不知道他怎麼忍耐到現在。

馬可說：「蘿倫，你應該比誰都更想去歐利瓦這樣的地方吧。你看到別人受傷就會跟別人一樣痛，那裡的痛苦應該比其他地方少很多。」

「但警衛可不少，」我說。「我發現只要有一點權力的人都很喜歡用警衛。KSF帶來的那些警衛，他們不敢去打擾有錢人，至少一開始不敢。可是新來的那些瘦巴巴、用工作換食宿的員工……我敢說警衛一定會找他們麻煩。」

「沒有理由相信公司會允許這種事發生，」柯莉說。「為什麼你老是把每個人都想得那麼壞？」

「我們說的是持槍的陌生人，」我說。「我想這種時候懷疑會比信任更能幫助你活下來。」

她發出不以為然的尖銳聲音。「你對這個世界一無所知。你以為自己知道所有問題的答案，其實你什麼都不知道！」

我沒回嘴，跟她爭論沒有太大意義。

「總之，我不認為歐利瓦想找的是黑人家庭或拉丁家庭，」爸說。「巴爾特家或加菲爾家或許進得去，甚至唐家一些人也是，但我不覺得我們可以。就算我信得過他們，願意把家人交到KSF手中，他們也不會接納我們。」

「我們可以試試看，」柯莉堅持道。「應該要試試看！就算被拒絕，也不會比現在更慘。就算進去了不喜歡，我們還是可以再回來這裡。我們可以把房子租給這裡的大家庭，只收一點錢，然後——」

「然後身無分文回到這裡，還丟了工作，」爸說。「不行，我說真的。這門生意有一半聽起來像重回南北戰爭之前的時代，有一半像科幻小說的情節。我信不過。柯莉，自由很危險沒錯，但也很珍貴。你不能輕易把它丟掉或讓它溜走。你不能為了麵包和濃湯把它賣掉。」

柯莉盯著他看，不發一語。他也盯著她看，不肯示弱。最後柯莉起身走回他們的房間。幾分鐘後，我看見她坐在房間床上，抱著凱司的骨灰罈淚流滿面。

二〇二六年10月24日星期六

馬可告訴我，加菲爾家想辦法要前往歐利瓦。最近他很常跟羅蘋．巴爾特在一起，是她跟他說的。她希望他們不要去，因為她喜歡表姊喬安遠遠勝過自己的兩個姊妹，要是喬安去了歐利瓦，她怕以後就再也看不到她了。我想她說的沒錯。

我無法想像這個地方少了加菲爾一家人。喬安、傑伊、斐麗達……以前當然有人離開，但一整個家庭從來沒有過。我的意思是說……他們還會活在世上，可是……人卻走了。

我希望他們會被拒絕。我知道這樣很自私，但我不在乎。反正我希望怎樣也沒差。該死。我希望他們得到對他們最好的結果。我希望他們平平安安。

我弟弟馬可今年十三歲了，已經成了全家唯一我會說長得好看的人。跟他同年的女生趁他不注意的時候偷看他，圍在他身旁傻笑，一天到晚追著他跑，但他眼中卻只有羅蘋。羅蘋一點都不漂亮，又瘦又乾，但腦袋很好，人又幽默又講理。再過一兩年她就會漸漸長肉，我弟弟就會得到一個才貌雙全的女孩。到時候他們兩個如果還在一起，生活就會有趣多了。

我改變了心意。以前我總是想等一場大霹靂、大爆炸、突如其來的大浩劫把這個社區摧毀。然而，解體和瓦解的過程卻是一點一點發生的。蘇珊・托卡・布魯斯跟她丈夫向歐利瓦提出了申請。其他人也考慮要去申請。歐利瓦有間小學院，有致命的安全設施能把惡棍和遊民擋在門外，還有更多工作機會陸續開放……

或許歐利瓦是我們的未來——但也只有其中一個面向。大企業控制的城鎮是科幻小說裡老掉牙的題材。我奶奶留下一整櫃以前的科幻小說。描寫企業城的類型小說中，主角一定是個運用聰明才智打敗、推翻或逃離「企業」掌控的英雄。我還沒看過哪個主角拚了命要擠進企業城，爭取企業提供的低薪工作。但在現實生活中，事實就是如此。事實就擺在眼前。

所以我該怎麼做？我能怎麼做？再不到一年我就十八歲了，就是大人了，前途卻一片黯淡，只能在日漸瓦解的社區裡勉強活下去。或者，選擇地球之籽。

要把地球之籽散播出去，我非到外面不可。這我早已心知肚明，但這個念頭還是跟過去一樣令我害怕。

明年滿十八歲我就可以出發了。這表示現在我就得開始擬定計畫。

## 二〇二六年10月31日星期六

我打算往北走。爺爺奶奶以前常開車旅行，加州幾乎每一郡的地圖他們都有，甚至還有很多其他地方的地圖。其中最新的也已經有四十年的歷史，但無所謂。路應該都還在，只是比他們開著燃油車到處跑的年代狀況更差。我把這裡以北加州其他郡的地圖，還有我找到的幾份華盛頓和奧勒岡的郡地圖放進背包。

不知道外面會不會有人付錢要我教他們基本的讀寫，或替他們讀寫。這是凱司給我的靈感。或許我甚至可以在教人讀寫的時候，順便教他們地球之籽的詩句。如果可以選，我會選擇教書這個工作。就算為了餬口得做其他工作，我還是可以教書。如果教得好，就能吸引到人——把地球之籽介紹給他們。

成功的生命都能
適應變化
抓住機會
百折不撓
相連相繫，而且
豐饒多產
明白這點

善用這點
塑造你的上帝

幾個月前我寫了這幾句詩。裡頭說的跟其他句子一樣千真萬確。如今看來更是再真確不過，在我害怕時也更能安撫我的心。

我終於幫我的地球之籽詩集想到了書名——《地球之籽：生者之書》。西藏人和埃及人都有死者之書，爸也有幾本。我從沒聽過有哪本書叫「生者之書」，但就算有我也不驚訝。無所謂。重點是我試著說出——寫下——事實，力求清楚明瞭。我對華麗的詞藻或獨創的想法不感興趣，只要能夠清楚表達事實就夠了。要是外面有人宣揚跟我一樣的真理，我會加入他們的行列。要是沒有，我會在必要的時候適應變化，抓住我能找到或製造的機會，堅持到底，慢慢累積學生，把我知道的事教給更多人。

# 12

我們是地球之籽
一種能察覺自身不斷在改變的
生命

《地球之籽：生者之書》

二〇二六年11月14日星期六

加菲爾家向歐利瓦提出的申請通過了。下個月他們就會搬走。好快。我從小就認識他們，他們卻要走了。喬安跟我雖然有很多差異，但我們是從小一起長大的。我還以為我走了之後，她還會在這裡。不只是她，其他人也是。我以為就算我離開，他們也會永遠凍結在過去的歲月裡。但不可能的，那是不切實際的幻想。上帝就是改變。

今天早上我問她：「你想去嗎？」我們一起來摘早熟的檸檬、肚臍柑，還有黃澄澄就快成熟的柿子。我們先到我家摘，再換去她家，兩個人都樂在其中。天氣涼爽，在外面很舒服。

「我非去不可，」她說。「不然還能怎樣——其他人也是啊。這裡快不能住人了，你也知道。」

我直直看著她。我猜現在討論這些事沒關係了，畢竟她已經找到出路。「所以你就搬去另一個堡壘，」我說。

「比這裡更好的堡壘。至少不會有人翻牆進來殺了老太太。」

「你媽媽說，你們到那裡只有一間公寓，沒有庭院，沒有花園。到時候你們賺的錢也比較少，可是卻要花更多錢買吃的。」

「我們可以的！」她的聲音好尖，好像隨時會失控。

我放下摘水果的舊耙子，用來摘檸檬和柑橘滿好用的。「你會怕嗎？」我問。

她放下手中那把貨真價實的摘果器，上面有難操作的伸縮手把，還有小小的摘果籃，用來摘柿子最適合。她抱著雙臂，說：「我從小就住在這裡，有樹木有花園……我不知道關在公寓裡會是什麼感覺。雖然害怕，但我們可以的。一定要可以。」

「如果覺得失望，你還是可以回來這裡。你爺爺奶奶和阿姨家都還會在這裡。」

「哈利也是，」她細聲說，往自己家看過去。以後我就不能再把它當作加菲爾家的房子。哈利和喬安，至少跟我和科提斯一樣親近。我沒想過她離開他會是什麼樣的感覺。我喜歡哈利．巴爾特，還記得他剛跟喬恩在一起的時候我有多驚訝。他們一出生就住在同一個屋簷下，我一直以為哈利比較像她哥哥。但他們其實是表兄妹，後來兩人克服重重阻礙終於在一起。至少我是這麼認為的。多年來他們都只有彼此，大家以為他們再大一點就會結婚。

「嫁給他，帶他一起走，」我說。

「他不會走的，」她說，還是一樣輕聲細語。「我們談過很多次了。他想要我跟他留在這裡，等結婚之後就去北方……雖然前途渺茫，去了會怎麼樣也不知道。太可怕了。」

「他為什麼不肯去歐利瓦？」

「他跟你爸一樣，覺得那是個陷阱。他讀過描寫十九和二十世紀早期企業城的書，說無論歐利瓦看起來多好，到頭來我們只會負債累累和失去自由。」

我就知道哈利的腦袋很清楚。「喬，明年你就成年了。你可以先借住在巴爾特家，到時候再結婚。或是說服你爸讓你現在就結婚。」

「然後呢？加入遊民的行列？留下來，生更多小孩，讓那間房子更擁擠。哈利沒有工作，也沒有機會找到有薪水的工作。難道我們要靠哈利爸媽的薪水生活？那算什麼樣的未來？那樣的未來一點希望也沒有！」

有道理。保守，理智，成熟，大錯特錯——很合乎喬安的個性。

也許大錯特錯的人是我。也許喬安在歐利瓦會得到的保護，是一般人能得到的唯一保護。然而對我來說，歐利瓦提供的保護，不會比凱司最後在骨灰罈裡找到的保護更吸引人。

我又摘了幾顆檸檬和柑橘，心裡想著要是她知道我也打算明年離開會有何反應。會不會因為擔心我，急著找人阻止我做傻事，又跑去跟她媽媽說？可能會。她想要一個她可以理解和依靠的未來——一個跟她爸媽現在的生活看起來很像的未來。我不認為有可能。世界改變太多，也太快。誰能對抗上帝？

我們走上門廊把水果籃放進我家後門，然後再走去她家。

「那你呢？」走路時她問我。「你要繼續待在這裡嗎？我是說……你要留下來嫁給科提斯嗎？」

我聳聳肩，然後對她說了謊。「不知道。如果我要結婚，一定是跟科提斯。可是我不太懂婚姻，也跟你一樣，不想在這裡生小孩。不過，我很確定我們還會在這裡待一陣子。我爸不讓柯莉申請去歐利瓦。幸好，因為我也不想去那裡。但以後還會出現其他歐利瓦，誰知道以後會怎麼樣呢？」最後一句話或許不假。

「你覺得以後會有更多城市民營化？」她問。

「如果歐利瓦成功就一定會。這個國家會被當成廉價勞工和土地的來源被瓜分。要是其他地方的人也像歐利瓦人一樣想把自己賣掉，剩下的城市勢必會變成買得起的人的經濟殖民地。」

「天啊，你又來了，隨時都能把事情說得像天大的災難。」

「我看見外面的狀況，你也看見了，只是不肯承認。」

「你記不記得以前你覺得飢民有一天會爬進我們的圍牆，然後我們就得逃到山上吃草？」

**我記不記得**？我轉頭看她，雖然生氣（火都上來了），最後卻說「我會想念你的」，連我自己都很驚訝。

她一定察覺了我的情緒。「對不起，」她小聲說。

我們互相擁抱。我沒問她對不起什麼，她也沒再多說。

## 二〇二六年11月17日星期二

爸今天沒回家。他應該早上就要到家的。

我不知道這代表什麼，也不知道該怎麼想才好。我嚇死了。

柯莉打電話問學校、他的朋友、其他神職人員、他的同事、警察、醫院……

一無所獲。他沒有被捕或生病或受傷或死掉，至少沒人這麼說。今天一大早離開學校之後，朋友或同事就沒再看到他。那時他的腳踏車沒事，他人也沒事。

他跟三個住在我們這區其他街坊的同事一起騎車回家。三人的說法一致：他們一如往常在河流街和杜蘭路的交叉口跟他道別。那裡離這裡只有五個街區遠。我們家就在杜蘭路的盡頭。

他到底在哪裡？

今天，我們一群人帶著槍，從家裡騎腳踏車到河流街，再從河流街騎到大學。總共五哩長。我們找了後街小巷、空屋，還有我們想得到的所有地方。我也去了，還帶著馬可，因為如果不帶他一起去，他就會自己跑出門。我身上有史密斯威森手槍，馬可身上只有他的小刀。他使起刀來又快又靈活，而且以他這個年紀來說算是壯的，但他從沒拿刀對付過有生命的東西。要是他出了什麼事，我應該沒有膽子走進家門。柯莉已經擔心到要發瘋，更何況之前還失去了凱司……我不知道。大家都來幫忙。傑伊．加菲爾很快就要離開，也還是照樣來帶隊搜尋。他是個好人，想盡辦法要找到爸。

明天我們會去山丘和峽谷找找看。非去不可。沒人想去，但我們別無選擇。

二〇二六年11月18日星期三

今天是我有生以來第一次看到那麼髒亂的地方，那麼多人類屍骸和野狗。我必須寫下來。必須用紙筆把這些事傾倒出來，不能藏在心裡。以前看見屍體我從來不會難受，但這次……

我們當然是去找爸的屍體，但沒人說破。我無法否認這個事實或不去想它。柯莉又問了警察、醫院，還有我們想得到所有認識爸的人。

還是毫無所獲。

所以我們必須去山丘找找看。每次去打靶，除非為了確保安全，我們很少四處張望。我們不會刻意去找寧願不要看到的東西。今天我們三四人一組，找遍了最靠近河流街頂端的那一區。我不讓馬可離開我的視線範圍，但很難。男生為什麼就是喜歡脫隊，白白送死呢？下巴不過長了幾根毛，他們就想證明自己是男人。

「你保護我，我保護你，」我說。「我不會讓你受傷，你可別害我失望。」

他對我微微一笑，像在說他完全了解我的意思，但他愛怎麼做就怎麼做。我看了很火大，一把抓住他的肩膀。

「該死！馬可，你有幾個姊姊？有幾個爸爸！」我從來沒用難聽的話罵過他，除非事情真的很嚴重。這次他終於把我的話聽進去。

「別擔心啦，」他咕噥，「我會罩你的。」

接著，我們發現了那隻手臂。是馬可先看到我們走的小徑旁有個黑色不明物體掛在一棵矮橡樹上。

那隻手臂脫離主人沒有很久，還很完整，手掌和上下手臂都還在。是黑人的手臂，膚色跟我爸很像。手臂被割得傷痕累累，看起來卻仍然孔武有力——骨頭和手指都很修長，但也強壯又粗大……很眼熟嗎？

肩膀那端露出平滑的白骨。有人用利刃割下這隻手臂，骨頭沒有碎掉。對，有可能是他的手臂。

馬可吐了。我硬著頭皮走過去確認自己有沒有看過那隻手。傑伊．加菲爾想要阻止我，我把他推開，還叫他滾。我對他很抱歉，後來也跟他道了歉。我非去不可，但終究還是無法確認。那隻手臂上都是傷痕和乾掉的血跡，難以辨認。傑伊．加菲爾用他的小筆記本採了指紋，但我們沒把手臂帶走。我們怎麼能把它帶回去給柯莉？

大夥兒繼續搜尋，不然還能怎麼辦？喬治．許發現一條響尾蛇。蛇沒咬人，所以我們就饒了牠一命。我想現在大家都沒心情殺生。

我們也看到了野狗，但狗都離我們遠遠的。我甚至瞄到一隻貓從灌木叢底下偷看我們。貓看到人要麼拔腿狂奔，要麼蹲低定住。看牠們的反應很有趣。或者應該說，換成其他時候會很有趣。

接著，有人開始尖叫。我從沒聽過那種尖叫聲，一次又一次連續不斷。有個人不斷尖叫、哀求、祈禱：「饒了我，饒了我吧！哦，上帝，饒了我吧。求求你。天啊天啊天啊，**求求你！**」接著是粗嘎刺耳的慘叫聲，還有令人頭皮發麻的尖銳啜泣聲。

那是男人的聲音，不像我爸的聲音，但也不能說完全不像。我們找不到聲音的來源。聲音在峽谷裡迴盪，把我們弄得暈頭轉向，一下往那個方向跑，一下往另一個方向跑。峽谷裡到處是脫落的岩石和刺人的危險植物，我們只能沿著有路的地方走。

尖叫聲停住，接著又傳來噗嚕噗嚕的可怕聲音。

我刻意落在隊伍最後面，但不是因為快撐不住。聲音不會觸發我的共感力。我一定要親眼看見人受苦才能感受到對方的痛苦。我**無論如何**都不想看見那個人。

馬可也落到隊伍最後面，走在我旁邊問：「你還好嗎？」

「還好，」我說。「我只是完全不想知道那個人發生了什麼事。」

「凱司，」他說。

「對。」

我們牽著腳踏車走在大家後面，留意後方的動靜。凱拉．托卡跑過來查看我們的狀況。她本來不想來的，但既然我們來了，她也來了，她就會好好照顧我們。她就是這樣的人。

「聽起來不像你們老爸的聲音，」她說。「完全不像。」凱拉跟我生母一樣，都來自德州。有時候她說話好像從沒離開過德州，有時卻又好像從沒去過南方。她似乎可以靈活開關腔調。當她想要安慰人，還有威脅要給人好看時，她就會打開開關。有時候跟科提斯在一起時，我會在他的臉上看到她，好奇她會是怎麼樣的親戚——怎麼樣的婆婆。今天我想馬可跟我一樣，都很慶幸她在這裡。我們需要身邊有個像她這樣具有強大母性力量的人。

可怕的聲音停了。或許那個可憐人死了，終於脫離苦海。但願如此。

後來我們還是沒找到他，只找到人類和動物的白骨，還有五具散落在巨石之間的腐爛屍體。我們還找到一個已經冷掉的火堆，灰燼裡放著一根人類的大腿骨和兩個頭顱。

最後我們打道回府，把自己包覆在社區圍牆裡，躲回安全的假象中。

## 二〇二六年11月22日星期日

沒人找到我爸。社區幾乎每個大人都花了些時間幫忙找。理察・莫斯雖然沒有，但他的大兒子和女兒有。華德爾・派瑞許也沒有，但他妹妹和年紀最大的外甥有。我不知道還能做什麼，如果知道，我就去做了。

可是還是什麼都沒找到！警察完全沒發現他的蛛絲馬跡。他沒有在任何地方出現，消失得無影無蹤，甚至連那隻手臂的指紋都不是他的。

從星期三開始，每天晚上我都夢到那個恐怖的尖叫聲。後來我們一行人又去峽谷找了兩次，但還是一無所獲，只看到更多屍體和活得悽慘無比的人——只剩下睜得大大的眼睛和一身皮包骨。我全身上下的骨頭也跟著那些人痛了起來。有時候如果睡著沒夢到那個尖叫聲，我就會看到那群活死人。我一直看見他們，卻又好像從沒看見他們。

另一支搜尋隊伍看到有個小孩活生生被狗吃掉。他們殺了那幾條狗，然後無可奈何地看著男孩死去。

今天早上做禮拜時我上台說話。或許這是我的責任吧，我也不知道。大家走進教會，每個人都不安又沮喪，不知道該怎麼辦。我想大家想要團結在一起，而且多年來都習慣禮拜日早上聚集在我們家。雖然不安，雖然猶豫，但大家還是來了。

懷特．托卡和傑伊．加菲爾都自願上台說話，也真的說了幾句話，非正式地悼念我爸，只是沒有明說。我很怕大家都這麼做，那樣的話今天的禮拜就會變成一場令人難受的臨時喪禮。當我站起來的時候，不只是想說幾句話而已。我想帶給他們一些啟發，看能不能讓他們覺得今天說的已經綽綽有餘。

首先，我謝謝大家持續不斷地——特別強調「持續不斷」——勞心勞力尋找我爸。接著……接著我談到了堅持。我以「堅持」為主題對眾人布道，如果一個沒有牧師身分的小孩這樣上台說話可以稱作布道的話。沒人會阻止我。唯一可能阻止我的只有柯莉，但她整個人魂不守舍，除了非做不可的事，其他事都不管了。

我講了《路加福音》第十八章一到八節：糾纏不休的寡婦的比喻。這一段我一直很喜歡。有個寡婦堅持要法官替她申冤，最後這位既不怕上帝也不怕人的法官不勝其煩，只好讓步，為她申冤。

寓意：弱者只要堅持到底也能戰勝強者。堅持到底不一定安全，但往往是必要的。

儘管內憂外患夾攻，我爸和在場的大人仍舊打造了這個社區並維持至今。如今，不管我爸在不在，這個社區都必須堅持下去，團結起來奮力存活。我還提到我做的惡夢和這些惡夢從何而來。有些人或許不希望自己的孩子聽到這種事，但我不在乎。要是凱司多知道一些事，或許今天還活著。但我沒提到他。大家可以說凱司的下場都是他咎由自取，但沒人能這樣說我爸。我不希望有天有人能這樣說我們的社區。

「如果我們辜負了彼此，我的惡夢就會變成我們的未來，」我總結。「有一餐沒一餐，落入泯滅人性的人手中，被人肢解，死去。

「我們有上帝，我們有彼此。我們有這個社區，雖然像個孤島，雖然脆弱，但終究是個堡壘。有時候它顯得如此渺小脆弱，幾乎要活不下去。但就像耶穌比喻的寡婦，雖然她的敵人不怕上帝也不怕人，但她堅持不放棄。我們也一樣。無論如何，這都是屬於我們的地方。」

這就是我要傳達的訊息。我停在這裡，故意留下一種未完待續的感覺。我感覺得到他們還期待我接下去說，等意識到我說完了才開始認真思索我說的話。

這個時候，凱拉．托卡唱起一首老歌，時間抓得剛剛好。其他人也跟著唱，慢慢地，但很有感情：「我們不會，我們不會動搖……」

要是領唱的人聲音比較微弱，聽起來可能就很虛，甚至有點可憐。我想如果是我唱的就會聽起來虛虛的。我唱歌很一般，可是凱拉的聲音渾厚優美又清澈，而且控制自如。此外，誰都知道凱拉死都不會搬離這裡，除非她自己想。

後來禮拜結束，她要走的時候，我特地跟她道謝。她看著我。幾年前我就比她高了，她還得抬頭看我。「做得很好，」她說，點點頭，然後走回自己家。我好愛她。

還有其他人也稱讚了我，我想他們是真心的。雖然表達的方式不同，但大多是說「你說的很對」、「我不知道你那麼會講道」，還有「你爸會很以你為榮」。

但願如此。我是為他做的。他把這片聚落打造成一個社區，而現在他或許已經不在人世。我不會讓他們埋葬他的，但我其實心裡有數。否認和自我欺騙不是我擅長的事。其實我是在爸——不只是他，還有這個社區——的喪禮上布道。因為即使我多麼希望自己說的是真的，事實卻非如此。我們一定會被迫遷離，只是時間早晚、被誰，還有多少人能活到那時候的問題而已。

# 13

只要活著
世界對我們的挑戰就
永無止境

《地球之籽：生者之書》

二〇二六年12月19日星期六

今天，之前在他的教堂為我受洗的馬修．羅賓森牧師來主持我爸的喪禮。是柯莉安排的，雖然沒有遺體，沒有骨灰罈，沒有人知道我爸發生了什麼事。我們跟警察什麼都查不出來。我們很確定他死了。如果他還活著，一定會想辦法回家，所以我們確定他死了。

不對，我們不確定，一點都不確定。他病了？受傷了？因為沒人知道的原因被不知哪個牛鬼蛇神擄走？

這比知道凱司死了還慘。慘多了。雖然心痛，但至少我們知道他死了。無論他受了什麼折磨，我們都知道他解脫了。至少從這個世界解脫了。這些我們都**知道**。然而這次我們什麼都不知道。爸死了。但我們根本不**知道**他是死是活！

當初崔西消失的時候，唐家想必就是這種感覺。儘管唐家很多瘋子，儘管崔西自己就是瘋子，但他們一定也有這種感覺。那現在呢？崔西再也沒回來。要是她還沒死，她在外面會有什麼遭遇？女生孤身在外只有一種命運。到了外面我打算要女扮男裝。

我走了之後，他們會有什麼感覺？對柯莉、三個弟弟、社區的人來說，我就像死了一樣。考慮到另一種可能的結果，他們會寧願我死了。感謝爸爸把我生得又高又壯。

現在我不用丟下爸爸了，他已經離我而去。才五十七歲。有什麼理由要留一個五十七歲的男人活口？把他搜刮一空之後，他們要不放他走，要不就殺了他。如果是前者，他不管用走的、爬的，甚至瘸了腿，都一定會回家。

所以他死了。

就是這樣。

一定是這樣。

## 二〇二六年12月22日星期二

加菲爾家今天出發前往歐利瓦。斐麗達、傑伊和喬安三個人。一輛ＫＳＦ的裝甲貨車從歐利瓦開來載他們和他們的行李。社區裡的大人想盡辦法不讓小孩爬上裝甲車纏著駕駛問東問西。跟我弟弟們同年的小孩多半從沒靠近過會跑的貨車。莫斯家幾個年紀較小的小孩從沒看過任何一種貨車。以前亞尼斯家的電視還能看時，莫斯家的小孩甚至不准去亞尼斯家。

發現小孩不是想偷東西或破壞東西之後，ＫＳＦ的兩個人變得很有耐心。兩人穿著制服，身上配戴手槍、鞭子和棍棒，看起來不像來搬家，反而比較像警察。他們一定在車上放了更強大的武器。我弟班尼說他爬到車蓋上，看見車裡架設了更大支的槍。但如果想想那麼大台的貨車價值多少錢，會有多少人想搶走車子和車上的東西，那麼全副武裝也就不令人驚訝了。

那兩個人一黑一白，看得出來柯莉因此燃起希望。或許歐利瓦不會像爸預測的那樣變成白人專區。

柯莉逮到機會找那個黑人攀談，不肯輕易放過他。她想把我們弄進歐利瓦嗎？應該是。畢竟少了爸那份薪水，她非做些什麼不可。我不覺得我們有機會成功。保險公司不肯理賠，至少短時間不可能。他們不相信爸已經死了。只要沒有證據，依法七年內都不能宣告他死亡。他們可以扣留我們的錢那麼久嗎？我不知道，但他們這樣做我也不意外。這就表示這七年我們可能會常常挨餓。而柯莉一定知道，光靠她一個人在歐利瓦賺的錢要餵飽全家人、讓我們有地方可住絕對不夠。她希望也幫我找到工作嗎？我不知道我們該怎麼辦。

道別時，我跟喬安都哭得稀里嘩啦。我們約好要互通電話，保持聯絡。我知道很難，打電話到歐利瓦要額外花錢，我們負擔不起。我想她也一樣。我可能再也見不到她。從小跟我一起長大的人一個接一個從我的生命中消失。

貨車開走之後，我去找科提斯，拉他到那間舊暗房做愛。我們很久沒做了，我需要發洩一下。我希望能想像自己留在這裡，嫁給科提斯，跟他一起建立像樣的生活。

但那是不可能的，就算沒有地球之籽也一樣不可能。要是我現在離開，甚至可以說幫了家裡一個忙——少了一張嘴吃飯。除非我能想辦法找到工作……

結束之後我們躺在一起捨不得走，雖然危險，但不想那麼快失去那種親密感受。科提斯說：「我們也得離開這裡。」但那不是他真正想講的話。我轉頭看他。

「你不想走嗎？」他問。「你難道不想離開這個死路社區、離開羅布雷多？」

我點點頭。「我也在想這個問題。可是——」

「我要你嫁給我，然後我們一起離開這裡，」他輕聲細語地說。「這個地方快不行了。」

我用手肘撐起身體，低頭看他，這房間唯一的光線來自靠近天花板的一扇窗戶。上面一無遮蔽，玻璃也整個破了，儘管如此，射進來的光線還是很微弱。科提斯臉上陰影幢幢。

「你想去哪裡？」我問他。

「不要歐利瓦，」他說。「那裡到最後可能變成比這裡更大的死胡同。」

「那要去哪？」

「不知道。奧勒岡或華盛頓？加拿大？阿拉斯加？」

我想我應該沒有表現出任何興奮之情。大家都說從表情看不出我的喜怒哀樂。我的共感力一直都是個嚴格的老師。儘管如此，還是逃不過他的眼睛。

「你早就在考慮離開這裡對吧？」他問。「所以你才不提結婚的事。」

我把手放在他光滑的胸膛上。

「你打算自己一個人離開！」他抓住我的手腕，好像隨時會把我推開。接著他握住我的手，緊緊不放。「你打算離開這裡，拋下我。」

我轉過頭，不讓他看見我的臉，因為覺得自己的情緒一覽無遺：茫然、恐懼、希望……我當然打算自己離開，我當然沒把這件事告訴任何人。而且我還不確定爸失蹤對這個決定會有什麼影響。有些可怕的問題我非面對不可。我該負起哪些責任？要是我把弟弟們丟給柯莉照顧，他們會變怎樣？他們是她親生的，所以她無論如何都會照顧他們，讓他們吃飽穿暖有地方住。但她一個人辦得到嗎？要怎麼辦到？

「我想離開，」我坦承，在鋪了睡袋的水泥地上換個舒服的姿勢。「我打算這麼做。別跟任何人說。」

「如果我要跟你一起走，怎麼可能不說？」

我笑了笑，心裡甜甜的。可是……「柯莉跟弟弟們需要幫助。我爸還在的時候，我本來打算明年滿十八歲再走。可是現在……我不知道。」

「你想去哪裡？」

「北方吧。或許會到加拿大那麼遠，或許不會。」

「自己一個人？」

「對。」

「**為什麼**？」他的意思是：為什麼自己一個人？

我聳聳肩。「一離開這裡我就可能沒命，可能挨餓，可能會被警察逮捕、被狗咬、生病。什麼事都可能發生。這些我都想過了，而且可能遇到的危險還不只這些。」

「所以你才需要幫忙！」

「所以我才不能要求任何人放棄這裡的食物、庇護，還有目前還保有的一點安全，傻傻地跟我一起往北走，祈禱能抵達一個好地方。我怎麼能要求你這麼做？」

「沒那麼糟。到更北邊我們說不定能找到工作。」

「也許。可是這麼多年來往北移的人那麼多，那裡的工作機會也很少，而且州界和邊境都封鎖了。」

「但留在這裡是死路一條！」

「我知道。」

「所以你能怎麼幫忙柯莉和你弟弟？」

「我不知道。我們還沒想出好方法。目前為止，我想到的方法都行不通。」

「你如果走了，他們什麼東西都能分到比較多。」

「或許吧。可是科提斯，我怎麼能這樣丟下他們？你能夠丟下自己的家人，不管他們死活嗎？」

「有時候我覺得可以，」他說。

我不理他的回答。他跟他弟弟麥克儘管處得不太好，但他家可能是社區裡感情最牢固的一家人。只要惹到其中一個，他們全家人都不會放過你。家人有難，他絕不會放手不管。

「那你現在就嫁給我，」他說。「我們暫時先住這裡，幫你家人渡過難關之後再離開。」

「現在不適合，」我說。「現在外面那麼亂，不管什麼事要成功我想都很難。」

「所以呢？你覺得以後就會比較好嗎？從來就沒有變好過。無論如何，你就只能繼續過日子。」

我不知道該說什麼，所以就上前親了他，但還是無法轉移他的注意力。

「我討厭這個房間，」他說。「我討厭跟你在一起還要躲躲藏藏，我討厭偷偷摸摸。」他頓了頓。「但我真的愛你。可惡！有時候我幾乎希望自己不愛你。」

「別說那種話。」他對我的了解這麼少，卻自以為很了解我。比方我從沒跟他說過我的共感力。如果要嫁給他，結婚前我非說不可。要是不說，以後他如果發現就會知道我信不過他，所以無法對他坦承。再說，現在對共感力的了解還不多，要是我遺傳給我的小孩呢？

然後還有地球之籽。這我也得告訴他。他會怎麼想？會覺得我瘋了嗎？不行，我不能告訴他。現在還不行。

「我們可以住你家，」他說。「吃的東西我爸媽會幫忙。說不定我能找到工作……」

「我想跟你結婚。」我欲言又止，然後陷入沉默。我不敢相信會聽到自己說出這種話，但我是真心的。也許是失去家人朋友的感覺太痛。凱司、我爸、加菲爾一家人、昆塔尼拉老太太……人輕易就會消失不見。我想要身邊有在乎我的人，而且永遠不會離我而去。但我沒有完全失去判斷力。

「等我家渡過難關，我們再結婚，」我說。「之後我們就可以離開這裡。我要先確定弟弟們都會好好的。」

「既然都要結婚，為什麼不現在就結？」

因為我還有事沒告訴你，我心想。因為要是你拒絕我，或者你的反應讓我不得不拒絕你，我就不想再留在這裡，看著你跟別人在一起。

「反正現在不行，」我說。「再等我一下。」

他搖搖頭，一臉不願意。「不然你以為我一直在幹嘛？」

## 二〇二六年12月24日星期四

今天是聖誕夜。

昨晚有人在潘恩／派瑞許家縱火。大家忙著滅火、避免火勢蔓延之際，有三戶人家被偷。我們是其中一家。

小偷拿走我們買來的所有食物，麵粉、糖、罐頭、包裝食品等等，還拿走我們最後一台收音機。最誇張的是，睡前我們還在聽半小時的新聞專題報導，說的就是縱火案愈來愈多的現象。那些人縱火是為了掩飾罪行，雖然我想不通何必那麼麻煩。現在警察已經嚇阻不了犯人。他們縱火的目的跟我們昨晚遭遇的縱火犯一樣：促使左鄰右舍毫無防備地跑出家裡。這些人看誰不順眼就對誰家縱火，可能是仇家，也可能是長相、口音或種族跟他們不同的人。他們縱火是因為他們失意、憤怒、絕望。他們沒有力量改善自己的生活，但有力量讓其他人活得更悲慘。而唯一能證明自己有力量的方法，就是使用它。

此外還有那個名稱多不勝數的「縱火藥」，包括火焰、fuego、閃光、日焰之類的。最常聽見的名稱是縱火藥——源自英文的 pyromania（縱火狂）。名字不同，但其實都是同一種藥，而且已經存在好一陣子。根據凱司的說法，這種藥現在愈來愈受歡迎。吃下那種藥之後，看著火焰蹦跳飛騰、不斷變形帶來的快感，會比性愛更痛快、更刺激、更持久。就像我的生母嗑到掛的旁若賽特科，縱火藥會干擾人類的神經系統。但旁若賽特科一開始是用來治療阿茲海默症的合法藥物，縱火藥則是意外的產物。它是非法的自製藥，起初是有人想自己調製高價的街頭毒品，但發明的人犯了一個化學上的小失誤，縱火藥便就此誕生。這件事發生在東岸，因而導致大大小小的離奇縱火案快速增加。

縱火藥流入西岸之後並沒有一發不可收拾，現在卻愈來愈普遍。在氣候乾燥的南加州，這可能會造成難以遏止的大規模火災。

報導結束後，柯莉說：「我的天啊。」接著她輕聲細語引用了《啟示錄》的話：「巴比倫大城傾倒了！傾倒了！成了鬼魔的住處……」

那個魔鬼放火燒了潘恩／派瑞許家。

凌晨大約兩點，我被叮鈴鈴的警鈴吵醒。緊急事件！是地震？還是火災？還是有人闖進來？

可是沒有天搖地動，沒有怪聲，沒有煙霧。無論發生什麼事，都不在我們家。我爬起來穿上衣服，為了要不要抓起避難包而掙扎片刻，最後還是沒拿。我們家似乎沒有立即的危險。我的避難包安全地放在衣櫥裡，跟毛毯和一堆舊衣服混在一起。如果要拿，我回來可以抓了就走。

我跑出去看有什麼需要幫忙，一眼就看到潘恩／派瑞許家整個陷入火海。有個值班的巡邏員還在按警鈴。家家戶戶的人都跑出來，一定也跟我一樣看到派瑞許家已經面目全非。左鄰右舍忙著往屋子的兩邊灑水。有棵橡樹——我們這裡的一棵古老大樹——燒了起來。微風把著火的樹枝樹葉吹得四處飛散。我跟大家一起拍打地面和往地上灑水。

潘恩家的人到哪去了？華德爾．派瑞許在哪裡？有人打電話叫消防車了嗎？這畢竟是住滿人的房子，跟失火的車庫不一樣。

我問了很多人。凱拉．托卡說她打了電話。我感激又慚愧。要是爸爸還在，我就不用到處問人了。家裡的人就會直接打電話，但現在我們負擔不起電話費。

沒人看到潘恩家的人。但我在亞尼斯家的院子找到華德爾．派瑞許，看見柯莉和我弟班尼用毯子把他包起來。他咳到說不出話，身上只穿一條睡褲。

「他還好嗎？」我問。

「他吸了很多煙，」柯莉說。「有沒有人打電話——」

「凱拉．托卡打電話叫消防車了。」

「好。可是沒人到門口幫他們開門。」

「我去。」我轉過身，但她抓住我的手臂。

「其他人呢？」她輕聲問，指的當然是潘恩家的人。

「不知道。」

她點點頭，放開我的手。

我走去大門，中途跟亞歷克斯・蒙托亞借了鑰匙。他好像一直都把大門鑰匙帶在身上。要不是他，我就會走回家拿鑰匙，說不定正好撞見進門偷東西的小偷，甚至當場被宰也不一定。

消防隊不慌不忙地抵達。我幫他們開門之後又鎖上門，看著他們滅火。

沒人看到潘恩家的人。我們只能當作他們都來不及逃出家門。柯莉想帶華德爾・派瑞許到我們家，但他堅持無論如何都要先知道雙胞胎妹妹和外甥外甥女的下落才肯離開。

火快撲滅的時候，警鈴又響了。大家四下張望，只見哈利的媽媽卡洛琳・巴爾特一邊猛按警鈴一邊大叫。

「有入侵者！」她大喊。「小偷！小偷闖進家裡了！」

我們想都沒想就衝回家裡。華德爾・派瑞許雖然還在咳嗽和氣喘，也跟著我們跑回來，但也跟其他人一樣手無寸鐵，幫不上忙。我們這樣急忙衝回家有可能沒命，好險我們運氣好，嚇跑了小偷。

除了買來的食物和收音機，小偷還偷了爸的鐵釘、鐵絲、螺絲、螺栓之類的器具。他們沒拿電話、電腦或爸辦公室裡的東西，甚至根本沒進去爸的辦公室。我猜他們還來不及搜完整棟屋子就被我們嚇跑了。

他們偷了柯莉房間裡的衣服鞋子，但沒碰我或弟弟們的房間。他們還偷走一些錢——柯莉所謂的「廚房錢」。她把錢藏在廚房的一個清潔劑包裝盒裡，心想不會有人偷這種東西。事實上，小偷偷走清潔劑可能是想拿去轉賣，不知道裡頭還有其他東西。這或許是不幸中的大幸，廚房那些錢大概只有一千元，金額不大，只有急用才會拿出來。

小偷沒找到我們其餘的錢，有的藏在我們的檸檬樹下，有些跟兩把槍藏在柯莉衣櫥底下的地板。爸費了一番工夫打造了不用上鎖但完全藏在地毯和破舊抽屜櫃下的地板保險箱，抽屜櫃裡滿滿都是縫紉用具，比方撿回來的碎布、鈕釦、拉鍊、鉤子之類的。抽屜櫃一手就能推開，如果施力方向正確，它能在衣櫥兩側之間滑動，讓你幾秒內就能拿出地板底下的錢和槍。這種障眼法騙不過有時間徹底搜索房子的人，卻騙過了我們的小偷。他們把幾個抽屜丟在地上，卻沒想到要搜衣櫃底下。

不過，小偷搬走了柯莉的縫紉機。那是一台小巧又耐用的老縫紉機，還附手提箱。機器和箱子都不見了。那對我們打擊很大。我跟柯莉都用那台縫紉機幫全家人縫補衣服。我甚至想過利用縫紉機賺點錢，幫鄰居修補衣服。如今縫紉機沒了，之後只能靠雙手了。那不但要花更多時間，成品可能也不像之前那樣。真是悽慘又心痛，但不至於把我們擊垮。柯莉大哭了一場，但沒有縫紉機我們還能活下去。她只是被一個又一個打擊弄得筋疲力盡。

我們會慢慢適應的。也不得不。上帝就是改變。

奇怪的是，記住這點對我的幫助竟然那麼大。

科提斯走到窗前告訴我，消防員在潘恩／派瑞許家的灰燼裡找到了焦黑的屍骨。警察也來收集這起竊盜案和明顯是人為縱火案的相關資料。我跟柯莉說了這件事。她可以直接告訴華德爾．派瑞許，或是讓警察告訴他。他躺在我們客廳的沙發上。我不認為他睡著了。雖然我從來就不喜歡他，卻還是為他難過。他失去了房子和家人，成了唯一的倖存者。那會是什麼樣的感覺？

二〇二六年12月29日星期二

我不知道能持續多久，但柯莉接替了爸從事多年的一部分工作，雖然我懷疑這麼做可能不是完全合法。她會去幫爸代課。之前電腦就已經連接好，所以她可以派功課、收作業，也能用電話和電腦開會。爸以前的行政工作則由另一個想要額外收入，也願意一個月去學校超過一兩次的人代理。那感覺就像爸仍在繼續教書，只是決定放棄其他工作。

柯莉為了這份工作到處拜託和哭訴，連哄帶騙，跟她想得到的每個朋友熟人尋求幫助。大學的人都認識她。班尼出生之前她也在那裡教書，後來因為看見這裡的需求，才在我們家開班授課，教街坊鄰居的小孩。爸完全支持她辭了大學教職，因為不想要她拋頭露面，暴露在危險中。每個來上課的小孩都會繳錢，但不多。那點錢養不活一家人。

現在柯莉又得外出賺錢了。她已經開始徵求護送她去學校的男人和大男孩。這裡有不少沒工作的男人，柯莉會付他們一點酬勞。

再過幾天，新學期就要開始，柯莉就會去代爸的課，我則負責代她的課。除了她，羅素．多里也會幫我忙。他是喬安和哈利的外公，以前是高中數學老師，已經退休多年，但腦袋還是很靈光。我不覺得我需要他的幫助，但柯莉覺得需要，而且他也很樂意，所以事情就這麼決定。

亞歷克斯・蒙托亞和凱拉・托卡會接手爸的布道和其他教會工作。兩人雖然都不是牧師，但之前都幫爸代過班，在社區和教會也有一定的威望，當然也都熟悉《聖經》。

這就是我們存活下來和團結眾心的方法。行得通的。我不知道能撐多久，但目前應該還可以。

二〇二六年12月30日星期三

華德爾・派瑞許終於還是拖著疲憊的身軀回到自己人身邊——回到他跟妹妹繼承席姆斯家的房子之前住的地方。自從失去妹妹一家人之後，他一直住在我們家裡。柯莉把爸的一些衣服給他，但對他來說太大。大很多。

他像個遊魂到處亂晃，不跟人說話，好像什麼都看不到，只吃一點東西……然後昨天他說：「我想回家，我不能待在這裡。我討厭這裡。大家都死了！我要回家。」語氣像小孩。

所以今天懷特・托卡、麥克和科提斯護送他回家。可憐的人。比一個禮拜前老了好多。我想他可能活不久了。

# 2027

我們是地球之籽。我們是血肉之軀——有自覺、不斷探索、解決問題的血肉之軀。我們是最有能力主動塑造上帝的地球生命。我們是地球生命，一天比一天成熟，準備脫離原生世界。我們是地球生命，打算在新的土地上扎根，一步步達成目標，兌現承諾，實現命運。

# 14

為了從
死灰中重生
鳳凰
必須先
燃燒自己

《地球之籽：生者之書》

二〇二七年7月31日星期六早上

昨天我從社區逃出來時，那裡已經燒成一片。房子、樹木、人，全都著了火。

濃煙把我嗆醒，我對著走廊大喊柯莉和三個弟弟，然後抓起衣服和避難包，跟柯莉一起把弟弟們趕出門。

警鈴從頭到尾沒響。巡邏員一定還沒來得及按下警鈴就死了。

到處都一團亂。大家東奔西竄，大喊大叫。大門已經毀了。攻擊者開著一輛古老的卡車破門而入。他們一定是為了撞毀我們的大門才偷了卡車。

我猜他們是縱火藥上癮的毒蟲。一個個頂著大光頭，頭、臉和手都上了色。臉塗成紅色、藍色、綠色，嘴發出尖銳叫聲，眼睛飢渴發狂，在火光中閃閃發亮。

他們一再對著我們掃射。我看見娜塔莉．莫斯邊尖叫邊狂奔，接著往後一倒，半張臉瞬間消失，身體還在往前推進。最後她仰躺在地上，從此沒有再動過。

我跟她一起倒下來，被她的死困住，躺在地上頭昏眼花，努力挪動身體想站起來。柯莉和弟弟們跑在我前面，所以沒發現我倒下去。他們繼續往前跑。

我終於站起來，摸索著我的避難包，抓了就跑，盡量不去看周圍的慘狀。聽到槍聲和尖叫聲也阻止不了我，看到屍體——艾德溫．唐——也阻止不了我。我彎身撿起他的槍，然後繼續跑。

周圍有人尖叫，然後把我撲倒。我嚇得反射性開了一槍，肚子承受了強大的後座力。我的上方出現一張綠色的臉，嘴巴開開，眼睛大張，但他的痛苦尚未蔓延到我全身。我又補了一槍，怕他要是感覺到痛苦，我也會跟著痛苦到動彈不得。他似乎過了很久才斷氣。

又可以動之後，我把他從身上推開，抓著槍站起來，奔向已經毀損的大門。

最好跑到外面，這裡太亮了。最好躲起來。

我跑向梅若迪街，遠離杜蘭路，遠離大火和槍聲。我跟柯莉和弟弟們失散了。我想他們會往山上跑，而不是市區。每個方向都很危險，但人愈多的地方愈危險。到了夜裡，帶著三個小孩的女人可能就像自己送上門的食物、鈔票和性愛。

往北邊的山上跑。往北穿過陰暗的街道，跑向附近的矮丘和高山遮住星星的地方。

然後呢？

我不知道。我無法思考。我從來沒有在這麼暗的時候到過牆外。唯一活下來的希望就是豎起耳朵聽，不讓任何東西靠我太近，藉著星光留意四周動靜，盡量不出聲。

我走在街道中央，眼觀四面，耳聽八方，盡量避開坑洞和破碎的瀝青。街上很少垃圾。可以燒的東西都會被拿去當燃料。可以再利用或賣掉的東西也會被撿走。柯莉以前對這點發表過意見。她說，貧窮把街道變乾淨了。

她人在哪裡？她帶著弟弟們去了哪裡？他們平安無事嗎？有沒有成功逃出社區？

我煞住腳。弟弟們難道還在那裡？科提斯也是？我完全沒看見他——但如果有任何人能逃過這場災難，一定非托卡家莫屬。可是我們根本沒辦法找到對方。

聲音。腳步聲。有兩個人在奔跑。我定在原地不敢動，免得遭到注意。我已經被看見了嗎？我是空蕩蕩的街道上一抹黑到不能再黑的人影，有可能被看見嗎？

聲音在我後方。我仔細聽，發現它偏向一邊漸漸逼近，然後從我旁邊經過。只見兩個人跑過旁邊的小巷，對自己發出的聲音不以為意，也對旁邊的女性身影滿不在乎。

我鬆了口氣，然後用嘴巴吸一口氣，這樣就能吸進更多空氣又不會發出那麼大的聲音。我不能重回火場又把自己推向痛苦。要是柯莉和弟弟們還在那裡，他們一定不是死了就是被抓了，那樣更糟。可是他們明明走在我前面，一定已經逃出去了。柯莉不會讓他們回來找我。遠處的天空閃著火光，那裡曾是我們的家園。如果她已經帶著弟弟逃走，她只要回頭看就知道自己不會想再回去。

她有帶走她那把史密斯威森手槍嗎？真希望那把槍和附帶的兩盒子彈都在我身上。然而我身上只有包裹裡的一把刀，還有艾德溫．唐的那把點四五自動手槍。我全部的子彈都在槍膛裡——除非槍膛是空的。我知道那種槍能放七發子彈。我已經打了兩發。艾德溫．唐被射殺之前打了幾發？大概要明天早上才能知道答案了。我的避難包裡有手電筒，但我不打算用它，除非能確定這麼做不會把自己變成明顯的攻擊目標。

若是白天，想要搶劫或強暴我的人看到我口袋有東西就不敢輕舉妄動。但到了晚上，這把藍色手槍就算在我手中也幾乎看不清楚。裡頭如果沒有子彈，我只能把它當棍棒來用。況且，我只要對人開槍，就好像在打自己。要是跟人交鋒時我因為任何原因失去了意識，不但所有家當都會不保，甚至連命都會沒了。今天晚上我一定要躲好。

明天就盡可能打腫臉充胖子。大多數人都不會為了測試我的手槍有沒有子彈硬要逼我開槍。街頭遊民負擔不起醫藥費，就算受一點小傷都可能沒命。

現在我也成了街頭遊民了。雖然沒有窮到一無所有，但已經無家可歸，孤孤單單，空有知識，卻對現實一知半解。除非碰到社區的人，不然誰我都不能輕易相信。我一個能依靠的人都沒有。

距離山丘還有三哩遠。我沿著星光照亮的偏僻街道走，隨時留意四周的動靜。槍在我手中，我打算一直拿著槍。不遠處傳來狗狂吠和嗥叫的聲音，像在打架。

我一身冷汗，有生以來第一次那麼害怕。但我沒有被攻擊，也沒被發現。

最後我沒有一路走上山。因為怕狗，我隨時都在注意有沒有能躲的地方，結果在梅若迪街盡頭前幾個街區找到一間燒毀的屋子，四周沒圍牆。

這棟房子已經變成廢墟，被人洗劫一空。無論有沒有燈光，走進去都很危險。屋頂不見了，只剩下焦黑的梁柱。但地板架高，要爬五級水泥台階才能走上門廊，所以應該有路通到房子底下。

但要是底下已經有人呢？

我豎起耳朵、張大眼睛繞了一圈，但還是不敢爬到底下，最後我躲進跟房子相連的車庫殘骸裡。車庫有個角落還沒塌，只要我不點燈，前面的碎石堆就能遮住我。再說，要是來了不速之客，從車庫跑出來也比從房子底下爬出來要快。而且水泥地板至少不會塌，但火災之後的木頭地板就難說了。能有地方躲已經很幸運，我累癱了。雖然不知道睡不睡得著，但我一定得喘口氣。

早上了。我該怎麼辦？我睡了一會兒，但中間不斷驚醒。各種聲音都會讓我醒來，風聲、老鼠、昆蟲，然後還有松鼠、鳥……雖然不覺得休息夠了，但至少比較不累。所以我該怎麼辦？

我們為什麼從來沒在外面找一個會合地點，好讓一家人災後能夠重新團聚？我記得曾經跟爸提議過，但他從來沒有付諸行動，我應該要繼續勸說的，可是卻沒有。（塑造上帝失敗。缺乏遠見。）

**現在該怎麼辦？**

現在我得回家，雖然我不想。這個念頭把我嚇得半死。我花了好久的時間才寫下「家」

這個字。可是我得知道弟弟們、柯莉還有科提斯的下落。如果他們受傷或被抓，我不知道要怎麼幫他們，也不知道回到社區會碰到什麼狀況。看到更多把臉塗成彩色的人？警察？兩個我都會有麻煩。假如警察在那裡，我得先藏好槍才能回去——還有我身上的一點錢。身上有槍要是碰到警察剛好心情不好，可能引來很多不必要的關注。但任何一個有槍的人都會帶著槍。祕訣當然就是帶著槍時別被逮到。

相反地，要是彩色臉還在那裡，我根本沒辦法進去。縱火藥和縱火可以讓一個人亢奮多久？他們搜刮完，說不定還多殺了幾個人，等到終於玩夠之後，還會在裡頭逗留閒晃嗎？

無論如何我都得回去看看。

我得回家一趟。

二〇二七年7月31日星期六晚上

我必須寫。我不知道還能做什麼。其他人都睡了，但天還沒全黑。我負責守夜，因為想睡也睡不著，焦慮不安到要發瘋。我哭不出來，只想爬起來拔腿狂奔，不斷往前跑……遠離這一切。但沒有這樣的地方。

我必須寫。除了寫，周圍已經沒有我熟悉的事物。上帝就是改變。我恨上帝。我必須寫。

社區的房子全都付之一炬，無一倖免，只不過有些燒得比其他的更徹底。我不知道警察或消防隊有沒有來。就算有，我趕回來的時候他們也已經走了。社區門戶大開，到處都是拾荒人。

我站在大門口往裡頭看，只見好多陌生人在我們燒成黑炭的家裡撿破爛。房子雖然還在冒煙，但男男女女、大人小孩都來挖寶，摘果子，剝光死者身上的衣服，搶奪戰利品，把東西藏進衣服或包包……這些人是誰？

我按著口袋裡的手槍（裡頭剩下四發子彈），然後走進去。躺在泥土和灰燼裡一整晚，現在我全身髒兮兮，說不定不會被發現。

我看見三個從杜蘭路的無圍牆區來的女人。他們在亞尼斯家的殘骸裡挖東挖西，有說有笑，把木板和灰泥碎片到處亂丟。

桑妮．亞尼斯和她女兒人呢？她的姊姊妹妹呢？

我穿過社區，對沿途的人類寄生蟲視而不見，努力尋找從小陪伴我一起長大的人。有些人已經變屍體。艾德溫．唐還躺在我昨天拿走他的槍的地方，但身上的衣服和鞋子都不見了，口袋也被翻出來。

地上到處是布滿煙灰的屍體，有些燒成了焦屍，不然就是被自動武器轟得血肉模糊。血漫到街上，不是乾了就是快乾了。有兩個人正在撬下我們的警鈴。清澈耀眼的清晨陽光把整個場景變得不太真實，更像個惡夢。我在我們家門前停下腳步，看著五個大人和一個小孩在裡頭搜刮。這些禿鷹是什麼人？是大火把他們引來的嗎？這就是街頭遊民會做的事嗎？跑進燒成灰燼的火災現場，希望能找到屍體，剝光他們身上的東西？

我們家的門廊上有具綠臉屍體。我爬上門階，站在門廊上看他，才發現他是女的。高高瘦瘦，頂著光頭，但是女的。她為了什麼而死？這一切意義何在？

「別碰她。」有個女人大步走向我，手裡拎著一雙柯莉的鞋子。「她是為了我們犧牲的。別碰她。」

我這輩子從來沒有那麼想殺一個人。「滾開，」我說，沒有提高聲音，也不知道自己看起來怎麼樣，但小偷乖乖走開。

我跨過綠臉屍體，走進我們家的殘骸。其他小偷轉頭看我，但都默不作聲。我發現裡頭有一對父子檔。那個爸爸正在幫小男孩套上我弟弟葛雷利的一件牛仔褲。牛仔褲太大件，但爸爸幫他繫上皮帶並捲起褲腳。

我那個滑稽又臭屁的弟弟葛雷利人呢？他在哪裡？大家都到哪裡去了？

我們家的屋頂塌了。大部分東西都燒毀了，廚房、客廳、飯廳、我的房間……地板隨時會垮。我看見有個拾荒人驚叫一聲摔下地板，然後爬上地板托梁，沒受傷。

我房間的東西都燒成灰燼，救不回來了。金屬床架扭曲變形，電燈上的金屬和陶瓷裂成碎片，衣服和書本變成一疊疊黑炭。很多書沒有整本燒光，不過也毀了。但書因為排得很緊，火從邊緣和書脊往裡頭燒，只剩中間一圈沒燒到，周圍都變成煙灰。沒有一頁是完整的。

後面那兩間房間沒那麼慘。那裡就是拾荒人搜刮的目標，我往那裡走去。

我找到一捆爸爸的襪子、摺起來的短褲和T恤，還有一個我可以用來放點四五手槍的槍套。全是在我爸的不起眼的抽屜櫃殘骸裡面或底下找到的，大多東西看起來都已經燒毀，但我把能找到的最好的東西塞進包裹。帶著小孩的那個男人走到我旁邊挖寶，或許因為那個小孩，或許因為這個一身破爛的陌生人也是某個人的父親，所以我不介意。小男孩看著我們兩個人，黝黑的小臉無表情。他長得確實有點像葛雷利。

我從包裹挖出一塊杏桃乾給他。他不可能超過六歲，卻不肯拿，直到爸爸說可以才伸出手。家教真好。但男人一點頭，他就一把搶走杏桃乾，先咬一小口嚐嚐味道，接著整個塞進嘴裡。

於是，我跟五個陌生人一起搜刮了我家。藏在爸媽房間的衣櫥地板下的子彈也逃不過大火，想必是引火自爆了。衣櫥一片焦黑。藏在底下的錢也沒了。

我拿走爸媽浴室裡的牙線、肥皂和一罐凡士林。其他東西早就不見。

我想幫柯莉和弟弟們各收集一套外出衣物。我還特別幫他們找到了鞋子。有個女人在翻馬可的鞋子，還瞪了我一眼，但沒說什麼。弟弟們逃出去時都只穿著睡衣，柯莉還匆匆穿上外套。我是最後一個出去的，因為我不怕死地抓了牛仔褲、運動衫和鞋子，還有我的避難包。那樣可能會害我沒命。如果我還要思考自己在做什麼，如果我還得思考自己在做什麼，當然會沒命。我的反應就是我訓練自己的反應方式——什麼都別想，靠過去的記憶行動，儘管我的訓練方式很老派。雖然已經很久沒有半夜起來練習，但我的自我訓練還是有效。

柯莉和弟弟們雖然缺乏訓練，但如果我能拿衣服給他們，也許就能增加他們存活的機會。要是我能拿到檸檬樹旁的石頭底下藏的錢，那就更好了。

我把衣服鞋子放進我救回來的枕頭套裡，然後四下尋找毛毯，卻一件也沒找到。一定是早就被人搶走了。因為如此，我更需要拿到檸檬樹下的錢。

我走到外面那棵桃樹前，因為個子高，所以摘到了幾顆其他拾荒人漏掉的桃子。桃子還沒熟，但快了。接著我四下張望，一副想看還有沒有東西可拿的樣子，但看到柯莉細心照顧的偌大後院被踩得稀巴爛，我差點哭出來，自己都很驚訝。甜椒、番茄、南瓜、胡蘿蔔、小黃瓜、萵苣、甜瓜、向日葵、豆子、玉米……大多都還沒成熟，但沒被偷的也被毀了。

我撿了幾根胡蘿蔔，從地上的向日葵抓了幾把葵花子，還從沿著向日葵和玉米莖攀爬的藤蔓摘了一些豆莢。我拿走剩下的東西，猜想晚來的拾荒者應該會這麼做，然後慢慢走到那棵檸檬樹前。樹上結滿綠色的小檸檬，我尋找著哪怕只有一點點顏色轉淡、轉黃的檸檬，先摘幾顆，也從地上撿了幾顆。柯莉在樹根周圍種了耐蔭的花朵，花在這裡開得很好。她跟爸在花朵中間灑了些小圓石，看起來純粹只是為了裝飾。有些石頭被翻過來，壓壞了旁邊的花。連底下埋錢的那塊石頭也被翻過來，但石頭底下兩三吋深的泥土依然平整，底下就是放錢的袋子，用塑膠袋包了三層還熱封起來。

我一把抓起袋子，跟剛剛摘檸檬差不多快。先是看準方位，然後連同泥土抓走袋子。到手之後雖然急著離開，但又怕引人注目，所以又摘了幾顆檸檬，然後四下尋找更多食物。

無花果又硬又綠，還沒變紫；柿子是黃綠色，而不是橘黃色。我在一株倒下的玉米稈上發現一根玉米，用它把錢袋往包裹裡塞得更深。然後我就走了。

我背上揹著包裹，左手抱著枕頭套像抱著一個嬰兒，沿著車道走到街上。我右手空著，方便隨時去抓口袋裡的槍，還沒時間裝上槍套。

圍牆裡面的人比我剛到的時候還多，我得經過很多人才能走出門。也有人抱著東西走出去，我跟著他們走，但跟每組人都保持距離。這表示我不能想走多快就走多快，一定得放慢速度，所以就有時間查看屍體，看見我不想看見的畫面。

理察．莫斯一絲不掛躺在自己的血泊裡。他的房子比我們家更靠近大門，已經燒成平地，只剩光禿禿的焦黑煙囪豎立瓦礫堆裡。他那兩個還活著的太太凱倫和札拉呢？還是她們也死了？他的眾多小孩呢？

羅蘋．巴爾特也赤裸裸，全身髒兮兮，雙腿之間沾滿血跡，冰冷瘦小，才剛要邁入青春期。但她本來有天可能會嫁給我弟弟馬可，變成我的弟妹。她一直都是個聰明伶俐又乖巧的小孩，認真又懂事。以前柯莉都說她才十二歲，卻表現得像三十五歲，每次這麼說時她都一臉莞爾。

羅素．多里，羅蘋的外公。他全身上下只有鞋子被拿走，身體被自動武器轟得四分五裂。一個老人和小孩。那些彩色人殺了這麼多人能得到什麼？

女拾荒人說那個綠臉人「她是為了我們犧牲的」。那就是凱司說過的「燒死有錢人」的瘋狂運動。我們從來就不是有錢人，但在一無所有的人眼中，我們看起來很有錢。因為我們活了下來，而且還有圍牆。毀了我們的社區之後，那些毒蟲就能喊出「劫富濟貧」的政治宣言嗎？

我還看到其他屍體，但多半都只瞄一眼，沒仔細看。前庭、街上、安全島，到處都有屍體。我們的警鈴不翼而飛，想要的人把它拿走了，說不定拿去賣給收破銅爛鐵的了。

我看見了桑妮的大女兒蕾拉・亞尼斯，她跟羅蘋一樣被人強暴。我看見了麥克・托卡，他一邊腦袋瓜被打爛。我沒有刻意尋找科提斯，很怕在附近看到他的屍體。眼看自己就快失控，我不能招來目光。我必須跟其他忙著搬走戰利品的拾荒人沒有兩樣。

屍體從我眼皮底下掠過：傑洛米・巴爾特（羅蘋的兄弟）、菲利普・莫斯、喬治・許、喬治的老婆和大兒子、胡安娜・蒙托亞、魯賓・昆塔尼拉、莉蒂亞・克魯茲……莉蒂亞才八歲，也被強暴。

我從大門走出去，沒有崩潰，沒有在那個大屠殺現場看到柯莉或三個弟弟。這不表示他們不在裡面，但我沒看到他們。或許他們還活著。或許科提斯還活著。我要到哪裡找他們？

托卡家在羅布雷多還有親戚，但我不知道在哪，只記得在河流街的另一邊。我沒辦法去找他們，儘管科提斯可能去投奔他們了。為什麼沒有人留下來搶救剩下的東西？

我繞了社區一圈，不讓圍牆離開視線，之後又繞了更大一圈，但還是誰都沒看到，至少沒有我認識的人，只看見其他盯著我瞧的遊民。

因為不知道還能做什麼，我只好走回梅若迪街的破車庫。我沒辦法打電話報警。我知道的電話都報廢了。陌生人就算有電話也不會借我。我不認識能花錢請他們打電話或我信得過的人。大多數人只會避著我，或是收下我的錢但根本不會打電話。無論如何，要是警察目前為止對我們社區發生的事不理不睬，對這場大火和這麼多屍體不聞不問，我又何必去找他們？他們會怎麼做？逮捕我嗎？拿走我的錢當作費用？會的話我也不驚訝。最好還是離他們遠一點。

可是我的家人**在哪裡**？

我聽到有人在喊我的名字。

我手插口袋轉過身，看見了札拉・莫斯和哈利・巴爾特，一個是理察・莫斯最年輕的老婆，一個是羅蘋・巴爾特的大哥。兩個人看起來不太可能是一對，但他們肯定在一起。兩人雖然沒有觸碰對方，卻給人一種緊緊相依的感覺。兩人都渾身是血，身上的衣服破破爛爛。我看著鼻青臉腫的哈利，想起喬安曾經愛過他——或以為自己愛他——而他卻不願意娶她，跟她一起去歐利瓦，因為他對歐利瓦的看法跟爸一樣。

「你還好嗎？」他問我。

我點點頭，想起了羅蘋。他知道嗎？羅素・多里、羅蘋，還有傑洛米……「他們把你揍成這樣？」我問，覺得自己又蠢又笨。我不想跟他說他的外公、弟弟和妹妹都死了。

「昨天晚上我拚了命才逃出來，沒被槍射中算我命大。」他身體一斜，看看四周。「我們到路邊坐。」

我跟札拉也看看四周，確定附近沒有別人。我們三個人坐下來，哈利夾在我們中間。我坐在放了很多衣襪的枕頭套上。札拉和哈利雖然全身是血和髒汙，不過至少衣服都還在，但他們手上沒拿東西。他們是什麼都沒有，還是把東西——或許是從家裡救回來的東西——

放在某個地方？札拉的女兒碧碧呢？她知道理察．莫斯死了嗎？

「大家都死了，」札拉輕聲說，彷彿說出了我的心聲。「所有的人。那些塗成五顏六色的壞蛋把人都殺光了！」

「哪是！」哈利搖著頭。「我們逃出來了。一定還有其他人逃出來。」他把臉埋進手中，我納悶他傷得是不是比我想的還重。但我沒有從他身上感受到劇烈的痛苦。

「你們有看到我弟弟或柯莉嗎？」我問。

「死了，」札拉輕聲說。「跟我的碧碧一樣，全都死了。」

我跳起來。「不！不是全部的人！不會的！你有看到他們？」

「我看到蒙托亞家的人，」哈利說。他不像在對我說話，比較像在自言自語。「昨天晚上我們看見他們。他們說胡安娜死了。剩下的人要走去格倫代爾，他們有親戚住那裡。」

「可是——」我說。

「我還看見萊堤莎．許，她被捅了四五十刀。」

「可是你們有看到我弟嗎？」我不得不問。

「就跟你說他們都死了，」札拉說。「他們原本逃了出來，但那些彩色人逮到他們，把他們拖回去殺了。我親眼看見的。其中一個人把我抓過去，他……總之我看見了。」

她被強暴的時候看見我的家人被拖回去殺了？她是這個意思嗎？真的是這樣嗎？

「今天早上我回去看，沒看到他們的屍體，一個都沒有。」不會的不會的不會的……

「我看見了。你母親，他們所有人。我看見了。」札拉抱著身體。「我不想看，可是我看見了。」

我們默默坐在路邊。我不知道我們坐了多久。偶而有人經過會看看我們，都是一些身上又髒又破、提著包裹的人。一小群一小群的人騎著腳踏車經過，他們身上比較乾淨。還有三個人騎著摩托車經過，電動車轟嗡嗡的聲音在靜謐的街道顯得突兀。

我站起來，其他兩個人抬頭看我。我無目的地拿起枕頭套，只是出於習慣，不知道拿這些東西要做什麼。但我突然想到，我得趕緊回車庫，免得被其他人佔走。我的思緒一團亂。那個車庫如今彷彿成了我的家，而我現在只想回家。

哈利也站起來，差點又跌倒。他彎下腰對著水溝嘔吐。他嘔吐的畫面差點讓我失控。要不是及時別過頭，我也會吐出來。他吐完之後啐了一口，轉頭面對我跟札拉，然後咳了幾聲。

「我覺得快死了，」他說。

「昨天晚上他們打他的頭，」札拉說。「他為了救我把那個⋯⋯你知道。他救了我，可是他們把他揍得很慘。」

「昨天晚上我睡在一個燒毀的車庫裡，」我說。「要走一段路，但他可以在那裡休息。我們也是。」

札拉幫我拿枕頭套，或許她能用到裡頭的一些東西。我們各自站在哈利的兩邊，免得他停下來或跟我們走散，或是晃得太厲害。最後我們終於護送他走到車庫。

# 15

## 仁慈能減輕改變帶來的痛苦

《地球之籽：生者之書》

二〇二七年8月1日星期日

今天哈利幾乎睡了一天。我跟札拉輪流照顧他。他一定至少有腦震盪，需要時間慢慢復原。我們沒討論過要是他情況惡化而不是好轉該怎麼辦。札拉不想拋下他，因為他挺身而出救了她。我不想拋下他，因為我從小就認識他。他是個好人。不知道有沒有方法能聯絡上加菲爾家的人。他們會收留他，至少會讓他得到治療。

但哈利似乎沒有更加惡化。他搖搖晃晃走到圍了柵欄的後院尿尿。他吃了東西，也喝了我給他的水。不需要討論，我們自然而然就一起省著吃我撿回來的食物。那是我們全部的食物。很快我們就得冒著危險出去買東西。但今天是星期天，是我們休養生息的日子。

哈利的頭痛和滿身是傷的身體，對我幾乎是種解脫，轉移了我的注意力。他的痛苦和札拉的說話聲和痛失愛女的哭泣聲，把我的腦袋填滿。

他們的痛苦減輕了我的痛苦，讓我能喘口氣，不會不斷想著家人。大家都死了。但怎麼可能呢？怎麼可能每個人都死了？

札拉的聲音像小女孩一樣輕柔，以前我以為是裝的，原來不是。但當她難過的時候，聲音就會變得跟砂紙一樣粗。聽起來很痛，好像說話時會把喉嚨磨傷似的。

她親眼看著女兒死去。她抱著女兒逃跑時，藍臉人開槍打死了碧碧。藍臉人對著到處逃竄的人開槍，她相信他很享受那種感覺。她說他的表情就像做愛中的男人。

「我倒下來，」她低聲說。「我以為自己死了，以為他打死了我，到處都是血。接著我看見碧碧的頭垂向一邊。有個紅臉人把她從我手中搶走。我不知道他從哪裡冒出來的。他搶走她，把她丟進許家的房子。許家整個陷入火海，他把孩子丟進火海裡。

「後來我就瘋了。我不知道我做了什麼。有個人抓住我，我掙脫之後又有人把我推倒，撲在我身上。我喘不過氣，他撕開我的衣服，整個人壓住我，我動彈不得。就在那時候我看見你媽和你弟弟……

「之後哈利出現，他把那個混蛋從我身上拉開。後來他跟我說我不停尖叫。我不知道自己做了什麼。他正在痛打那個混蛋的時候，另一個人撲向他。我抓起石頭打那個人，哈利把另一個人打到昏了過去，然後我們就逃了。我們一直跑一直跑，整夜沒睡，後來躲進兩棟沒圍牆的房子中間，直到有個人抓著斧頭跑出來把我們趕走。我們漫無目的地亂走，然後遇見了你。以前我們甚至不算認識。你也知道，理察不喜歡我們跟鄰居往來，尤其是白人鄰居。」

我點點頭，想起了理察・莫斯。「他死了，我看到的，」我說。話一出口我就後悔了。

我不知道該如何跟人說這種噩耗，但一定有更好、更委婉的方法。

她睜大眼睛看著我，一臉震驚。我想為自己的粗魯道歉，但不覺得那會有幫助。「對不起，」我說，像在為所有一切道歉。她哭了出來，我又說了聲抱歉。

我抱著她，讓她在我懷裡哭泣。哈利醒過來，喝了點水，聽著札拉說理察・莫斯當初如何跟無家可歸的母親買下她，帶她住進她住過的第一間房子，當時她才十五歲——比我以為的還要年輕。他給她東西吃，也不會打她，就算其他兩個老婆都仇視她，也比跟媽媽在外面挨餓受凍好一千倍。現在她又流落街頭了。六年內，她從一無所有又變回一無所有。

「你們有地方去嗎？」最後她問我們。「有認識的人還有房子嗎？」

我看著哈利說：「如果你走得到，或許可以去歐利瓦找加菲爾家的人，他們會收留你的。」

他想了想。「我不想，」他說。「我不認為歐利瓦的未來比我們的社區更有希望。我們社區至少還可以擁有槍。」

「結果一點好處都沒有，」札拉低喃。

「就算這樣，但槍至少在我們自己手中，而不是花錢找來的槍手，所以沒有人能把槍口轉向我們。但喬安說，在歐利瓦除了保安部隊，沒人能擁有槍械。誰知道那些人是誰！」

「公司的人，」我說。「從外面來的人。」

他點點頭。「聽說是這樣。或許不會有事，但聽起來很有事。」

「總比挨餓好，」札拉說。「你們從沒餓過肚子吧？」

「我打算往北走，」我說。「本來我就打算等家裡渡過難關就離開。現在家沒了，沒什麼好留戀了。」

「北方的哪裡？」札拉問。

「加拿大。不過看目前的狀況，我可能去不了那麼遠。反正只要去一個水不會比食物還貴、工作能賺到錢的地方就好，就算薪水很低也無所謂。我才不要一輩子當二十一世紀的奴隸。」

「我也要往北走，」哈利說。「這裡沒望了。我找了一年多還是找不到工作，而且只求有薪水就好，結果什麼工作都找不到。我想工作賺錢，還有去上大學。現在唯一能賺到像樣薪水的工作就是我們爸媽做的工作，但那種工作需要大學學位。」

我看著他，想問又問不出口，最後乾脆豁出去：「哈利，你爸媽呢？」

「我不知道，」他說。「我沒看見他們被殺，札拉說她也沒有。我不知道大家在哪裡，我們走散了。」

我嚥嚥口水，說：「我沒看到你爸媽，但我看到你們家的幾個人——死了。」

「誰？」他問。

跟人轉達親人的死訊，我想沒有別的方法，只能實話實說，不管你有多不願意都一樣。「你爺爺，還有傑洛米跟羅蘋。」

「羅蘋跟傑洛米？小孩？那麼小的小孩？」

札拉握住他的手。「他們連小孩都殺，」她說。「外面的世界，每天都有小孩被殺。」

他沒有哭，或者我們睡著之後他可能哭了。但他先是封閉自己，不說話，不回應，不做任何事，一直到天色漸黑。這時札拉出去又回來，用我弟班尼的襯衫抱回一堆成熟的桃子。

「別問我從哪裡弄來的，」她說。

「應該是偷的吧，」我說。「希望不是這附近的人。沒必要惹怒鄰居。」

她抬起一邊眉毛。「用不著你來告訴我在街頭怎麼生活。我就是在街上出生的。吃你的桃子。」

我吃了四個，很好吃，而且已經過熟，也不適合帶著走。

「你何不試試看這些衣服？」我問。「合身的就拿去穿。」

結果她不但能穿馬可的襯衫和牛仔褲（但得捲起褲腳），連鞋子都能穿。鞋子很貴，現在她有了兩雙。

「你讓我把這雙小鞋子拿去換食物，」她說。

我點點頭。「明天吧。不管你換到什麼，我們都平分。然後我就要走了。」

「往北走？」

「對。」

「就這樣？你知道路和沿途的城鎮，還有要到哪裡買東西或偷東西嗎？你身上有錢嗎？」

「我有地圖，」我說。「雖然是老地圖，但應該還可以用。反正這幾年也沒人在開新路。」

「當然沒有。那錢呢？」

「有一點，但應該不夠。」

「錢是不可能夠的。那他怎麼辦？」她指了指哈利靜止不動的背影。他躺了下來，我看不出他是醒著還是睡著了。

「得由他自己決定，」我說。「或許他想再待一陣子尋找家人的下落。」

哈利慢慢轉過身，一臉病容，但人很清醒。札拉把留給他的桃子放在他旁邊。

「我不想再等下去了，」他說。「最好現在就出發。我痛恨這個地方。」

「你要跟她一起走？」札拉問，豎起大拇指指向我。

他看著我，說：「我們或許可以互相幫忙，至少我們彼此認識，而且……我跑出家裡的時候抓了幾百塊。」他在主動表達對我的信任，意思是我們可以信任彼此。這個舉動意義重大。

「我考慮上路的時候要女扮男裝，」我跟他說。

他看起來像在忍笑。「那樣你會比較安全，至少你的身高騙得過人。不過那你就得剪掉頭髮。」

札拉咕噥著說：「不管別人覺得你們是同性戀還異性戀，跨種族夫妻都會變成箭靶。哈利會激怒所有黑人，你會激怒所有白人。祝你們好運。」

我看著她把話說完，之後才明白她的言外之意。「你想跟我們一起走嗎？」我問。

她哼了一聲，說：「為什麼要？我才不要剪掉頭髮！」

「你不用剪頭髮，」我說。「我們可以是一對黑人夫妻跟一個白人朋友。如果哈利可以曬黑一點，我們可以說他是我們的表親。」

她遲疑片刻，然後輕聲說：「好，我想去。」說完她就哭了出來。哈利驚訝地看著她。

「你覺得我們會丟下你不管？」我問。「你只要說出你的心意就好了。」

「可是我沒有錢，」她說。「半毛錢都沒有。」

我嘆了口氣。「桃子你從哪裡弄來的？」

「你猜對了，我用偷的。」

「那表示你很有一套，而且還知道怎麼在街頭生活。」我轉向哈利：「你認為呢？」

「她偷東西你沒關係嗎？」他問。

「我想要活下來，」我說。

「不可偷盜，」他引用《聖經》的話。「這句話你從小聽到大。」

我得先壓抑一閃而過的怒火，才能回答他的問題。他又不是我爸，沒有資格引用《聖經》教訓我。他憑什麼？我避不看他，確定自己聲音不會失常才開口。「我說我想要活下來。難道你不想嗎？」

他點點頭。「我不是要批評你，只是很驚訝。」

「我希望那不會害自己被抓或害別人挨餓，」我說，然後我沒想到自己竟然笑了。「其實我想過這個問題。我雖然不反對，但從來沒偷過東西。」

「不會吧！」札拉說。

我聳聳肩。「是真的。從小到大我都努力要當弟弟們的榜樣，達成我爸的期望。那好像就是我應該做的事。」

「老大就是這樣，我知道，」哈利說。他也是家裡年紀最大的小孩。

「哈，老大，」札拉笑著說。「你們在外面都是小寶寶呢。」

這句話沒有令我不悅，或許因為事實就是如此。「我還很嫩，」我承認。「但我可以學。以後你就是我的老師之一。」

「之一？」她問。「除了我還有誰？」

「每個人都是。」

她一臉不屑。「哪是。」

「每個在外面活下來的人都知道一些我必須知道的事，」我說。「我會觀察他們，聽他們說話，跟他們學習。不這麼做，我就會沒命。我說過了，我想要活下來。」

「他們會推銷你一堆垃圾，」她說。

我點點頭。「我知道。我會盡量少信那種東西。」

她盯著我看了很久，然後嘆了口氣。「真希望在這之前我就更認識你，」她說。「你真是個奇怪的牧師小孩。如果你還想女扮男裝，我可以幫你剪頭髮。」

## 二〇二七年8月2日星期一（8月8日星期日從筆記擴充）

我們出發了。

今天早上札拉帶我們去漢寧袞斯，羅布雷多最大的安全購物商場。我們可以在那裡一次購足所需。裡面的攤販什麼都賣，不管是高檔美食、除蝨乳液、義肢、在家分娩工具、槍枝，到最新型的觸控指環、頭戴式耳機和影音內容都有。我可以在裡頭逛好幾天，在走道之間穿梭，欣賞那些我買不起的東西。以前我從沒來過這裡，也沒看過類似的地方。

不過我們只能一次一個人進去，留兩個人在外面看守包裹——還有我的槍。之前我從廣播聽過很多次，漢寧是這個城市最安全的地方之一。如果你不喜歡這裡的嗅探器、金屬探測器、包裝限制、武裝警衛，以及對進出的可疑人士脫衣搜身，你大可以去別的地方購物。商場裡擠滿了很樂意忍受這些不便和隱私被侵犯的人，只要能讓他們放心購物。

沒人來搜我身，不過他們要我證明我不是個會賴帳的人。

「出示你的漢寧碟片或是現金，」宏偉大門前的武裝警衛對我說。我很怕他會偷我的錢，但我拿出我打算花的鈔票給他看，他點點頭，碰都沒碰。毫無疑問我們都受到監視，一舉一動都被錄影。這樣一個注重安全的商場可不希望警衛偷顧客的錢。

「購物安心，」警衛說，臉上毫無笑容。

我買了鹽、一小條蜂蜜，還有最便宜的乾燥食品，包括燕麥、水果乾、堅果、豆粉、扁豆，外加一點牛肉乾，都是我覺得札拉跟我拿得動的食物。我還多買了一些水，還有其他雜七雜八的東西：淨水片（以防萬一），防曬乳（連我跟札拉都會需要）、蚊蟲藥膏，還有爸以前用的痠痛藥膏。我們應該會常肌肉痠痛。我還買了更多衛生紙、衛生棉條和護唇膏。我給自己多買一本筆記本、兩支原子筆，還有點四五手槍的子彈。雖然很貴，但買了我馬上覺得安心了些。

我還買了三個便宜的多功能睡袋——又大又堅固的收納袋，比較有錢的遊民都偏愛這種寢具。這個國家多的是餓不死卻連一張小床都租不起的人。這些人可能睡在街上或簡陋的棚屋裡，但如果可以，他們會在地上墊個睡袋。這種睡袋上面有帶子，白天摺起來可以當背包，輕巧堅固，耐摔耐磨。就算睡在水泥地上也能保暖，而且很輕薄，雖然不是太舒服，但非常好用。我跟科提斯以前會躺在上面做愛。

我還買了三件特大號外套，材質是跟睡袋一樣輕薄透氣的人造纖維。有了它們，北上途中我們就不怕晚上冷到。外套看起來又醜又廉價，這樣才好，才不會被偷。

我的錢花光了——我放在避難包裡的錢。從檸檬樹下找到的錢我還沒碰。我把錢分成兩半，放進我爸的一雙襪子裡再別在牛仔褲內面，扒手看不到也碰不到。

錢雖然不多，但我第一次拿到那麼多錢，也沒人料得到我身上會有那麼多錢。星期六晚上寫完日記之後，我腦子還是停不下來，不斷思考、回想，心裡很清楚過去的事已經無法改變。於是我把錢重新用塑膠袋包好，塞進襪子，然後別進牛仔褲。

那一刻，手連同泥土一把抓起錢袋塞進包裹的觸覺記憶猛然浮現。身體隨著戰慄釋放了巨大的神經能量。我的手抖得太厲害，在黑暗中盲目摸索，差點找不到錢。我強迫自己集中精神找到錢、襪子和別針，把錢分成兩半（因為看不到，只能盡量），放進襪子，然後別好固定，把這當作一種練習。隔天早上我去小便時檢查了一下。很不錯。從外面完全看不出有別針。別針穿進腳踝附近的縫線，不會晃來晃去，不會引來注目。

我把買來的很多東西拿到停車塔的一樓，現在這裡變成半封閉的跳蚤市場，很多從廢墟和垃圾場撿來的東西都會拿到這裡來賣。規定是只要你去過店裡購物，就可以到這裡販售類似價值的東西。印有號碼和日期的收據就是你的販賣許可證。

場內還有巡邏員，不過主要是來檢查許可證，而不是保護誰的安全。儘管如此，這裡還是比街上安全。

我看見哈利和札拉坐在我們的包裹上。哈利等著進店裡購物，札拉等著拿許可證。他們背靠著牆壁坐在一角，遠離街道，也遠離擁擠的買賣人潮。我把收據給札拉，開始分裝和打包新買的東西。等哈利和札拉買完也賣完東西之後，我們立刻就出發。

我們走上一一八號公路再轉向西邊，打算從一一八號公路接二十三號公路，再從二十三號公路接一〇一號公路，沿著海岸線往奧勒岡走。我們融入公路上往西步行的洶湧人潮，只有少數人逆著人流往東邊的山脈和沙漠走。往西走的人要去哪裡？某個目的地？還是只是離開這裡？

我們看見幾輛貨車（多半晚上才上路），還有一大群腳踏車或電動腳踏車，以及兩輛汽車。外側車道空間夠大，這些車子要加速超越我們綽綽有餘。靠著左邊車道走，跟出入匝道保持距離會比較安全。走上高速公路在加州是違法的，但法律早已過時。步行的人遲早都會走上高速公路，因為高速公路是城鎮之間最直接的路線。爸以前就常走路或騎腳踏車上高速公路。也有妓女和賣食物、水和其他必需品的小販住在路邊的小屋或棚屋裡或直接睡路邊。其中當然也不乏乞丐、小偷和殺人犯。

但在今天之前，我從沒走過高速公路，這個經驗對我來說既有趣又可怕。從某些方面來說，眼前的畫面讓我想起一部老片裡呈現的二十世紀中葉的中國街道，街上到處是行人、腳踏車，還有揹著、推著、拉著各種貨物的人。不過這條公路上黑人、白人、亞裔、拉丁裔等等各色人種都有，一大家子揹著小孩或讓小孩坐在推車、貨車或腳踏車籃上，有時旁邊跟著老人或身體殘缺的人。也有其他年老、病弱或行動不便的人靠拐杖或健康同伴的幫忙蹣跚而行。很多人身上佩帶刀子、步槍，當然還有亮在外面插在槍套裡的手槍。偶而經過的警察也不以為意。

小孩哭嚎，玩鬧，蹲在地上，什麼事都做，就是不吃東西。幾乎沒有人邊走邊吃東西。我看見兩個人拿著水壺喝水，動作快速鬼祟，好像在做什麼丟臉（或危險）的事。

走在我們旁邊的一個女人倒了下去。我沒有從她身上感覺到痛苦，只有她的身體突然壓在膝蓋上的強大衝擊。我因此晃了一下，但沒摔倒。那個女人在原地坐了一會兒就又東倒西歪站起來繼續走路，背上的大包包壓得她直不起身。

幾乎每個人都很髒。身上的袋子、包裹和行囊髒兮兮，身體又臭。我們之前睡在布滿煙灰和灰塵的水泥地上，已經三天沒洗澡，一下就融入人群。唯一的破綻是新睡袋，看得出我們要不剛加入，要不就是有些值得偷的新東西。上路之前我們應該把睡袋弄髒的。今天晚上就來弄。我會把這件事搞定。

周圍有幾個年輕人，精瘦俐落，有些髒兮兮，有些一點都不髒。凱司。現在的凱司。我最擔心的那幾個身上沒帶什麼東西。有些除了武器，什麼都沒帶。

掠奪者。他們常東張西望，盯著人看，大家都會識相地別開目光。我也是。看見哈利和札拉也一樣，我很慶幸。沒必要惹麻煩。要是碰到麻煩，我希望我們能解決麻煩，然後繼續上路。

我的槍已經填滿子彈並裝上槍套。我配戴在身上，一半用襯衫蓋住。哈利給自己買了一把刀子。他從失火的房子逃出來時抓走的錢不夠買一把槍。我雖然買得起第二把槍，但那樣要花太多錢，路途還很長，要省著點用。

札拉用賣鞋的錢給自己買了一把刀和一些私人用品。她要分我一些錢，但我拒絕了。她身上也該有些錢。

她跟哈利用上刀子的那天，我希望他們能一刀斃命。要是不行，我可能得自己動手才能避免痛苦。到時他們會怎麼想？

他們應該要知道我的事。為了他們自己的安全，他們應該要知道。但我從沒告訴過任何人。感同身受是一種弱點，一個可恥的祕密。知道這個祕密的人輕而易舉就能傷害我，出賣我，使我失去反抗能力。

我不能說。現在還不行。我知道自己很快就得說出這個祕密，但時候還未到。我們三個雖然結伴同行，但還不是一個共同體。哈利跟我對札拉的認識不深，札拉對我們也是。我們都不知道彼此遇到挑戰會如何應對。種族上的差異可能迫使我們分開。我想要相信他們。我喜歡他們，而且……我也只剩下他們可以依靠了。但我需要更多時間才能決定。對人付出信任是件非同小可的事。

「你還好嗎？」札拉問。

我點點頭。

「你臉色很難看。其實你大多時候都一張撲克臉……」

「只是在思考，」我說。「現在要思考的事很多。」

她吁了口氣，發出類似口哨的聲音。「是啊，我知道，可是還是得提高警覺。你太專注於思考，會忽略周遭的事物。公路上隨時有人一不小心就送命。」

# 16

地球之籽
一旦撒落新土地
要先知道
自己一無所知

《地球之籽：生者之書》

二〇二七年8月2日星期一（續8月8日擴充的筆記）

以下是我今天學到的幾件事。

走路好痛。以前我從沒走那麼多路，所以不知道，現在我知道了。不只是起水泡和腳痠，雖然這些我們都有。過了一段時間，你全身上下沒有一個地方不痛。我覺得我的背和肩膀恨不得逃去另一個身體。除了休息，什麼都減輕不了身體的痛。我們雖然晚晚才出發，今天卻停下來休息兩次。休息時我們離開公路，爬上斜坡或走進灌木叢裡坐下來喝水，吃果乾和堅果，之後再繼續上路。夏天很晚才天黑。

札拉告訴我們，嘴巴整天含著李子核或杏桃核，口就不會那麼渴。

她說：「我小的時候，有時會在嘴裡放顆小石頭，只要能舒服一點就好。不過那只是在騙自己，水要是喝太少，不管怎樣都會死。」

第一次休息過後，我們三個都含著果核上路，果真比較舒服。只有爬上斜坡休息我們才會喝水。那樣比較保險。

另外，不生火比生火安全。但今晚我們清出一片空地，在斜坡上挖洞生了一小堆火，把堅果和水果丟進橡實粉裡一起煮。很好吃。但橡實粉很快就會用完，我們就得靠豆子、玉米粉和燕麥這些從店裡買來的昂貴食物果腹。橡實是家常味，但家已經不見。

生火是違法的。雖然斜坡上到處可見閃爍的火光，但卻是違法的。因為氣候乾燥，營火永遠有隨風飄散、燒光一兩個社區的危險。確實發生過這種事，但無家可歸的人還是會生火。即使像我們這樣知道火有多危險的人，也還是會生火。火能煮東西，安撫情緒，還能給人安全的假象。

我們吃東西時一直有人靠過來想加入，甚至吃完之後也是。大多人都沒有惡意，很快就能打發走。有三個人說他們只是想取暖，但太陽還沒下山，地平線那頭一片火紅，一點都不冷。

另外三個女人想知道，像我跟哈利這樣的帥哥需不需要多一個女人。她們這麼問可能是因為冷，因為她們穿的很少。看來我要一陣子才會習慣女扮男裝。

「不能讓我把這顆馬鈴薯放在煤炭裡烤嗎？」有個老先生問，拿出一顆乾癟的馬鈴薯。

我們分他一點火打發他走，還看著他往哪裡走，因為一根火把可能變成武器，也可能用來轉移我們的注意力，如果他有朋友埋伏在周圍的話。這樣懷疑無助的老人很變態，瘋了才這樣。但我們需要疑神疑鬼才能活命。要命的是，哈利想讓那個老人跟我們一起坐，我跟札拉兩人費了一番唇舌才讓他知道不可能。哈利跟我從小到大沒餓過肚子，被保護得好好的。我們身強體壯，而且比大多數同年齡的人受到更好的教育，但我們在外面卻是笨蛋。我們直覺想相信別人。我奮力抵抗那股衝動，但哈利還沒學會這麼做。後來我們壓低聲音爭論這件事，幾乎像在講悄悄話。

「誰都不能信任，」札拉告訴他。「不管他們看起來有多可憐都可能把你剝個精光。瘦巴巴瞪著無辜大眼睛的小孩會搶走你身上的錢、水和食物拔腿就跑！以前我也對人做過這種事。或許他們死了，我不知道，但我活了下來。」

我跟哈利驚訝地看著她。我們對她的了解那麼少。但當下對我來說，哈利才是我們最危險的未知數。

我對他說：「你又強壯又有自信，你覺得在外面你可以照顧好自己，或許沒錯。但你想想在外面要是受傷或骨折會怎麼樣？行動受限，因為染病或沒東西吃而慢慢死去，得不到治療，什麼都沒有。」

他看著我的眼神好像寧可不認識我。「所以呢？」他問。「每個人都有罪，除非能證明自己的清白。有什麼罪？又要怎麼證明？」

「我才不管他們清不清白，」札拉說。「反正就不要多管閒事。」

「哈利，你的心態還停留在以前住社區的時候，」我說。「你還是覺得你爸吼你或跟人打架打到鼻青臉腫才是犯錯。在外面這裡，只要犯一個錯，你就可能送命。還記得今天那個傢伙？要是那發生在我們身上呢？」

今天我們看見一個男人被搶。胖胖的，三十五到四十歲，抓著紙袋邊走邊吃堅果。很不明智。一個十二、三歲的小孩抓了堅果就跑。另外兩個大一點的小孩趁男人不注意時把他絆倒，割斷他的背帶，搶走他的包包逃之夭夭。整件事發生得太快，就算有人想阻止也阻止不了。沒人輕舉妄動。男人除了瘀青和擦傷沒有大礙，那是以前在社區我每天都要忍受的痛。但他身上的家當都沒了。如果他家就在附近，家裡還有其他東西，可能就沒事。不然的話，他活下來的唯一方法可能就是去搶別人——如果他下得了手的話。

「記得嗎？」我問他。「我們不需要傷害任何人，除非逼不得已，但放下戒心的代價太大。誰都不能相信。」

哈利搖搖頭。「要是我從札拉身上把那個人拉開的時候心裡這麼想，那會怎麼樣？」

我按捺住脾氣。「哈利，你知道我的意思不是我們不應該相信對方或互相幫助。我們認識彼此，而且已經約好要結伴同行。」

「我們認識彼此嗎？我不確定。」

「我很確定。你要是否認，我們就沒戲唱了。你也一樣。」

他瞪著我看，不說話。

「到了外面，要不適應周圍環境，要不就會賠上性命。事實就擺在眼前！」我說。

此刻他看我的眼神確實好像我是個陌生人。我也不示弱，直直看著他，希望自己沒有看錯人。他有腦袋也不缺勇氣，只是不想改變罷了。

「你想跟我們拆夥，自己走嗎？」札拉問。

他看著她時，眼神變得柔和。「不是，當然不是，」他說。「但是拜託，我們也沒有必要變成動物。」

「某種程度上其實有必要，」我說。「我們三個人自成一隊，跟其他人區隔開來。如果我們很團結又能互助合作，就有成功的機會。我們絕對不會是這裡唯一的一隊。」

他往後面的石頭一靠，驚訝地說：「你說話還真有男子氣概，很適合當男的。」

我差點揍他一拳。少了他，我跟札拉或許會更順利。但這很難說，人數很重要，友誼很重要，有個真正的男性也很重要。

「別說了，」我靠過去輕聲說。「以後別再說出那句話。斜坡上到處是人，你不知道誰在聽你說話。你洩漏我的祕密，就是在削弱自己的力量！」

這句話撼動了他。「對不起，」他說。

「外面很危險，」札拉說。「但只要夠小心，大多數人都能撐過來。比我們弱的人都撐過來了——如果他們提高警覺。」

哈利露出無力的笑容。「我已經開始討厭這個世界。」

「我們如果能團結就沒那麼糟。」

他來回看著我跟札拉，最後視線停在她身上，對她微笑點頭。那一刻我才意識到他喜歡她，深受她吸引。這以後對她可能會很麻煩。她是個漂亮的女人，而我永遠跟漂亮扯不上邊，但我不在意。雖然總是會有男生喜歡我，但札拉的外表才會吸引男人的目光。要是她跟哈利在一起，北上途中她可能會多一副重擔。

我想著他們的事想得出神時，札拉伸腳推了推我。

只見兩個身材高大、一身髒汙的男人站在附近盯著我們看，特別是札拉。

我起身，感覺哈利和札拉也跟著起身，站在我的兩側。這些人靠我們很近，他們是故意的。起身時我伸手按住槍。

「怎樣？想幹嘛？」我問。

「沒幹嘛，」其中一個說，對著札拉笑。兩個都摸著皮套裡的大刀。

我拔出槍。「誰怕誰，」我說。

兩人的笑容瞬間消失。「怎麼，你要因為我們站在這裡就對我們開槍？」話多的那個說。

我用拇指彈開保險栓。我可以開槍打說話的那個頭頭，另一個就會落荒而逃。我看他現在就想逃了。他目瞪口呆盯著我手上的槍。我還沒痛得倒下他應該就跑了。

「嘿，沒事！」說話的那個高舉雙手，往後退。「老兄，放輕鬆。」

最後我放過了他們，雖然我認為開槍才是更好的選擇。那樣的人令我害怕，老愛找人麻煩、找人欺負，但我總不能因為害怕就對人開槍。社區大火那晚我殺了一個人，那件事我沒多想。可是這次不一樣。這跟上次哈利說的偷東西的事如出一轍。「不可殺人」這句話我從小聽到大，但逼不得已的時候你還是會殺人。不知道爸會怎麼說，但話說回來，教我開槍的人就是他。

「今天晚上我們皮要繃緊一點，」我說。幸好哈利看起來大概跟我幾分鐘前一樣氣憤又擔憂。「我們就拿著你的手銬和我的槍輪流守夜，」我對他說。「一人輪三個小時。」

「你真的會開槍，對吧？」他問，聽起來是真的想知道答案。

我點點頭。「你不會嗎？」

「會。雖然不想，但那兩個傢伙是來找欒子的——他們認為的欒子。」他瞄了札拉一眼。之前他為了救她脫離一個男人的魔掌挨了一頓揍，或許他為了保護她會提高警覺。只要能讓他提高警覺都不是壞事。

我看著札拉低聲問：「你沒跟我們去打過靶，所以我得問你：你知道這個怎麼用嗎？」

「知道，」她說。「理察准許年紀比較大的兒女外出，但他不准我外出。不過他買走我之前，我的槍法就還不錯。」

她神祕的過去又一閃而過，害我分心片刻。我一直想問她，那時候買一個人要花多少錢。而且她母親把她賣給了一個她完全不認識的人，對方甚至可能是瘋子或壞蛋。以前我爸就擔心人以後會變成奴隸或還債奴隸。爸知道札拉的事嗎？不太可能。

「以前你用過這種槍嗎？」我問，重新扣上保險栓，把槍拿給她。

「當然有，」她說，察看手上的槍。「我喜歡這把槍。雖然有點重，可是用它開槍，人會馬上倒在地上。」她取出彈匣檢查又裝回去，推到底再還給我。「要是能跟你們一起練習就好了，我一直都很想，」她說。

我腦中突然浮現燒成灰燼的社區，那種荒涼的感覺令我心痛，幾乎就像身體的痛。我原本迫不及待要離開那裡，但我以為它一直會在那裡，或許會改變，但還是能存活下來。如今它消失了，有時候我無法想像沒有它我要怎麼活下去。

「你們睡一下，」我說。「我現在全身太緊繃，還睡不著。我來輪第一班。」

「我們應該先去撿些木頭，」哈利說。「火變小了。」

「就讓它熄吧，」我說。「火會暴露我們的形跡，也會干擾視線。我們還沒看到其他人，其他人就能看見我們。」

「那就只能坐在一片黑暗中，」他說。這句話不是在抗議，再壞也算是勉強同意。「你之後換我，」他說，躺下來拉起睡袋，把其他行囊堆起來當枕頭，之後想到又摘下手錶拿給我。「這是我媽送我的禮物，」他說。

「你知道我會好好保管的，」我說。

他點點頭。「小心點。」說完他就閉上眼睛。

我戴上手錶，拉下袖子的鬆緊帶蓋住，以免錶面發出的光不小心被人看見。接著我靠著斜坡匆匆寫了些筆記。只要還有自然光，我就能寫字和觀察四周。

札拉看了我一會兒，然後按住我的手臂輕聲說：「教我那個。」

我看著她，不懂她的意思。

「教我讀書寫字。」

我很驚訝，雖然其實可想而知。像她這樣的人，哪來的時間或錢去上學？理察．莫斯把她買回家之後，他的其他老婆吃醋都來不及，怎麼可能教她認字。

「以前在社區你應該來找我們的，」我說。「我們會替你安排課程。」

「理察不會准的。他說我懂的夠多了，配他可以了。」

我不以為然地輕哼一聲。「我來教你。如果你想，明天早上就可以開始。」

「好。」她對我露出奇怪的笑容，然後開始整理她的袋子，還有塞在我撿回來的枕頭套裡的幾樣家當。在袋子上躺下來之後，她轉身對著我，說：「以前我沒想到我會喜歡你。牧師的小孩，到處跑來跑去，教人讀書，叫人做這做那，管東管西。可是你還不賴。」

我先是驚訝，後來不禁莞爾。「你也不賴，」我說。

「以前你也不喜歡我？」這次換她覺得驚訝。

「你是街坊最漂亮的女生。對，我是不太喜歡你。而且你還記得幾年前我在學清洗兔子和剝兔毛的時候，你想盡辦法要害我吐出來？」

「你怎麼會想學那種東西？」她問。「要碰血、內臟、蟲子……那時我心裡就想『她又來了，又到處管人閒事了，那就讓她管個痛快！』」

「我想確保自己能夠處理死掉的動物，學會怎麼去毛、切肉、把獸皮做成皮革。我想知道該怎麼做，還有確定自己做的時候不會覺得噁心。」

「為什麼？」

「因為我覺得有天我可能必須做這些事。我們可能會流落街頭。那跟我準備避難包、隨時可以拿了就走的理由一樣。」

「我納悶過這件事，想不通你的東西怎麼這麼齊全。一開始我以為你是回去從廢墟裡撿回來的。原來你早就做好準備。你早就料到會有這麼一天。」

「不是的。」我搖著頭，奮力回想。「沒人能為那種事做好準備。可是……我總覺得遲早會出事。我不知道會有多嚴重或會是什麼時候，但情況愈來愈糟，天氣、經濟、犯罪、毒品等等都是。我不認為我們還能安安穩穩躲在圍牆後面；在外面那些又渴又餓又髒、沒家沒工作的人眼中，我們看起來就像乾淨溜溜的待宰肥羊。」

她又翻了個身，仰躺看著天上的星星。「我早該發現一些跡象的，可是卻沒有，」她說。「周圍有高牆，大家又都有槍，每天晚上還有人巡邏。我以為……我以為我們抵擋得住。」

我放下筆和筆記本，坐在睡袋上，把塞了東西的枕頭套放在背後。枕頭套凹凸不平，靠起來不太舒服，但這樣也好。我好累，全身痠痛，只要稍微舒服一點就會睡著。

太陽已經下山，我們的火熄了，只剩一點紅炭。我拔出槍放在腿上。要是需要用槍，我得很快就能拿到。我們的力量有限，動作太慢或低級錯誤都會害我們沒命。

我疲憊又害怕地在原地守了三個小時。雖然什麼事都沒發生，但我看得到也聽得到周圍的動靜。有人在斜坡上移動，他們跑過去或翻過坡頂時，天空有時會映出他們的黑色剪影。有的成群結隊，有的單槍匹馬。有兩次我看到狗，雖然隔著距離，但還是怵目驚心。我還聽到此起彼落的槍聲，有單獨幾發，也有自動武器連續發射的聲音。自動武器和狗最讓我擔心害怕。一支手槍抵擋不了機關槍和自動步槍，而狗可能不知道要怕槍。要是我開槍打死兩三隻狗，會不會有一整群跑過來？我狂冒冷汗，多希望有圍牆保護我們，或手上至少多一兩個彈匣。

快到午夜我才叫醒哈利，交給他槍和手錶，警告他附近有狗、槍砲聲，還有很多人摸黑走來走去，免得他太舒服又睡著了。我躺下時，他看起來清醒又警覺。

我一躺下就睡著了，因為好累又全身痠痛，地面就算硬邦邦也跟家裡的床一樣好睡。後來叫喊聲吵醒了我。接著我聽到槍聲，砰砰砰響了好幾聲，聲音又大又近。哈利人呢？

我還來不及鑽出睡袋，就有個又大又重的東西落在我身上，壓得我喘不過氣。我奮力把它弄開，發現那是一個人，不知道是死了還是昏了過去。我伸手推他，摸到他濃密的鬍碴和長髮才確定是個男人，但不是哈利。是個陌生人。

不遠處傳來揮打聲和碰撞聲，還有喘氣和揮拳的聲音。有人在打架。我在黑暗中看到兩個人影在地上扭打。底下那個是哈利。

他跟某個人在搶槍，而且眼看就要輸了。對方把槍口瞄準他。

不可以。我們不能失去槍或哈利。我從火堆裡抓起一小塊花崗岩，咬緊牙，使出全力往陌生人的後腦杓砸下去，連帶整個人也摔了下去。

這雖然不是我感同身受過最大的痛苦，但很接近。打了那一下之後我就癱了。我想我應該昏了過去。

接著，札拉不知從哪裡冒出來，伸手過來摸我，看我是不是受了傷。但她當然找不到傷口。

我坐起來把她推開，看見哈利也在旁邊。

「他們死了嗎？」我問。

「別管他們了，」他說。「你還好吧？」

我站起來，剛剛的痛還沒消散，身體搖搖晃晃。我暈眩想吐，頭也好痛。幾天前，哈利也讓我有這種感覺，後來我們都好了。難道這表示我用石頭砸的那個人會再爬起來？

我走去查看他的狀況。他還活著，但暈過去了，現在沒有感覺到任何痛苦。我現在的感受是我自己對剛剛那一擊的反應。

「另一個死了，」哈利說。「這一個……你打破了他的腦袋瓜，我不知道他為什麼還活著。」

「天啊，不會吧，」我低語。然後對著哈利說：「槍給我。」

「幹嘛？」他問。

我摸到陌生人後腦杓的鮮血和碎裂的頭骨，軟軟濕濕的。哈利說的沒錯。他應該已經死了才對。

「槍給我，」我又說，伸出血淋淋的手。「除非你想自己動手。」

「你不能對他開槍。你不能這樣……」

「有天如果是我這樣，又得不到治療，我希望你會拿出勇氣給我一槍。我們要不給他一槍，要不把他丟在這裡等死。你想他要多久才會死？」

「說不定他不會死。」

我走向死去的那人，奮力不讓自己吐出來，然後從那個人身體底下拉出我的包裹，再從包裹裡摸出刀子。這把刀子銳利又耐用。我彈開刀子，往昏倒在地的男人的喉嚨一割。
直到他的血流乾，我才終於放心。男人血流滿地，輸送血液的心臟停了。他不會再醒過來，我也不會再因為他的痛苦而痛苦。
但說放心當然還太早。跟我有共同生活經驗的最後兩個人或許就要離我而去。我嚇得他們心驚膽跳。他們想走我也不怪他們。
「搜他們的身，拿走他們身上的東西，」我說。「然後再把他們抬去下坡，我們去撿柴的矮橡樹叢裡。」
我搜了我殺的那個人，在他的長褲口袋找到一點錢，又在他的右腳襪子裡找到更多錢。另外還有火柴、一包杏仁、一包肉乾、一包紫色小藥丸，但沒有刀子或任何武器。所以他們不是今天更早之前想找我們麻煩的那兩個人。我也不認為是。這兩個是長頭髮，之前那兩個不是。
我把藥丸放回口袋，其他的全部拿走。錢能幫助我們撐一陣子。食物或許能吃或許不行，等我看得清楚再來決定。
我轉頭看看哈利和札拉在做什麼，發現他們也在搜身，我鬆了口氣。哈利把屍體轉過來，他負責看守，札拉負責翻死者的衣服、鞋子、襪子和頭髮。她甚至比我搜得還徹底，毫不膽怯地剝下死者的衣服，檢查油膩膩的口袋、縫線和摺邊，好像以前就做過這種事。
最後她輕聲說：「錢、食物，還有一把刀。」
「另一個沒有刀，」我說，在他們旁邊蹲下來。「哈利，你——」

「他有，」哈利低聲說。「我大喊要他們住手的時候，他拔出了刀。刀子可能掉到地上了。我們先把這兩個人抬進樹叢。」

「我們兩個來就可以了，」我說。「槍給札拉，她可以保護我們。」

看到他二話不說就照做我很高興。之前我叫他把槍給我他沒聽我的，但兩次的情況不一樣。

我們把屍體搬到矮橡樹叢再滾進隱密的角落，然後踢踢塵土蓋住地上的血跡和其中一個男人撒的尿。

這樣還不夠。我們一致認為應該換個營地。這對我們來說只要收好家當和睡袋，揹著走去下一個低矮山脊，離開事故現場就行了。

營地如果位在兩道低矮山脊間的斜坡上，隱密程度可比有三面牆壁和開放屋頂的大房間。雖然這裡難防來自斜坡或坡頂的攻擊，但如果紮營在山脊上，容易被更多人注意到。於是我們選擇在兩道山脊之間落腳，靜靜坐了一會兒。我有種被排擠的感覺，知道非說些什麼不可，但又怕說什麼都無濟於事。他們可能棄我而去。無論是因為厭惡、害怕或不信任，他們都可能覺得再也無法與我同行，所以我最好搶先他們一步。

「我想跟你們談談我自己，」我說。「我不知道這樣能不能幫助你們更了解我，但我還是得說。你們有權利知道。」

於是，我壓低聲音跟他們說了我生母的事，還有我超乎常人的共感力。

說完之後，我們三人都沉默良久。先打破沉默的是札拉，她溫柔的語氣令我意外，嚇了我一跳。

「所以你打那個人的時候，就好像在打自己，」她說。

「不是，」我說。「我不會真的受傷，只會覺得痛。」

「我是指感覺就像在打自己？」

我點點頭。「很接近。小時候我如果傷到別人或看到別人受傷，甚至會跟著流血，不過已經很多年都不會了。」

「但如果對方昏過去或死了，你就不會有感覺。」

「沒錯。」

「所以你才殺了那個傢伙？」

「我殺了他是因為他威脅到我們的安全。對我來說是，對你們也一樣，雖然我的情況比較特別。我們能怎麼辦？丟下他，讓他變成蒼蠅、螞蟻和野狗的大餐？你或許願意這麼做，但哈利呢？難道要等他醒過來？等多久？為了什麼？還是冒險找警察來，說我們看到有人受傷，但又得極力撇清關係。警察不會輕易相信人，大概會想搜查我們、扣留我們，甚至指控我們打了那傢伙還殺死他的朋友。」我轉頭去看哈利，從頭到尾他一句話都沒說。「你會怎麼做？」我問。

「不知道，」他說，聲音冷酷，不以為然。「我只知道我不會做跟你一樣的事。」

「我不會叫你做，我也沒有叫你做，」我說。「可是哈利，再來一次我還是會那麼做，也可能必須那麼做，所以我才告訴你們這些事。」我瞥了札拉一眼。「對不起，我沒有更早告訴你們。我知道該說，但說出口……很難。真的很難。我從沒告訴過別人這件事。現在……」我深吸一口氣。「要怎麼樣都由你們決定。」

「什麼意思？」哈利問。

我看著他，希望從他的表情能看出這是不是真的疑問。我不認為是，所以決定置之不理。

「你怎麼想呢？」我看著札拉問。

兩人都沉默不語，片刻後札拉才開口，用她那溫柔的聲音說出很可怕的事。說著說著，我甚至不確定她是在跟我們說話。

「我媽也嗑藥，」她說。「哼，在我出生的地方，每個人的媽媽都在嗑藥，還有賣淫賺錢買藥。她們隨時都在生小孩，小孩死了就像垃圾一樣丟掉。大多數的嬰兒確實都死了，因為毒品、意外，或是營養不良、沒人照顧……或是生病。小孩一直在生病，有些一出生就有病，全身都是瘡或眼睛長了怪東西——腫瘤，或是沒有腿、癲癇、呼吸不正常……各種問題都有。活下來的有一些腦袋壞了，無法思考，無法學習，什麼都不會，九歲十歲大還尿褲子，沒辦法好好坐著，口水滴到下巴。這樣的人很多。」

她抓起我的手握住。「你沒事的，蘿倫，用不著擔心。那個旁若賽特科什麼鬼的傷不到你。」

以前住在社區的時候，我怎麼會不認識這個女人？我靠上前擁抱她。她似乎很驚訝，接著也抱了抱我。

我們都轉頭去看哈利。

他坐著不動，雖然就在附近卻離我們很遠——離我很遠。「要是那個傢伙只是斷了手或斷了腿，你會怎麼做？」他問。

想到那種痛，我不由皺眉。雖然不想，我已經嚐過不少次骨折的感覺。「我想我會放他走，」我說。「但我確定我會後悔，要過很長一段時間我才不會整天提心吊膽。」

「你不會為了避免痛苦而殺了他？」

「以前在社區，我從來沒有為了避免痛苦殺過人。」

「可是如果是陌生人……」

「我已經說過我會怎麼做。」

「那要是我的手斷掉呢？」

「那我可能對你沒有太大用處，畢竟我的手也會跟著痛。但我們兩個加起來還有一雙好手。」我嘆了口氣。「哈利，我們從小一起長大，你了解我，你知道我是什麼樣的人。我或許會讓你失望，但絕對不會背叛你，除非是身不由己。」

「我原本以為我了解你。」

我拉起他的手，看著他蒼白粗短的手指。我知道這雙手很有力量，但我從沒看過他用這雙手欺負別人。哈利值得我付出努力。

「每個人都跟我們以為的不一樣，因為人跟人之間不能心電感應，」我說。「但一直以來你都信任我，我也信任你。我剛剛甚至把自己的性命交到你手中。所以你打算怎麼做？」

他會因為我的「殘疾」而拋下我嗎？而不是或許在未來某一天，我因為手斷掉的「錯覺」而拋下他？一個是長子，一個是長女。我忍不住想：哈利，拋下我不會太不負責任嗎？

他把手抽回去。「我以前就知道你是個愛控制人的賤女人，」他說。

札拉差點笑出來。我很驚訝，以前我從沒聽過他那樣說話，此刻聽起來卻有種無可奈何的感覺。他不會拋下我的。他是我跟家僅剩的最後一絲連結，現在我還不必放棄他。他是怎麼想的？會不會氣我差點害大家拆夥？他是有理由生我的氣。

「我不懂你一直以來是怎麼過的？」他說。「怎麼可能對所有人隱瞞這個祕密？」

「是我爸教我的，」我說。「他是對的。走不出家門、膽子小又神經兮兮的人，在這個世界沒有容身之地。要是大家——比方其他小孩——都知道我的祕密，我可能就會變成那樣。小孩很邪惡，難道你沒發現嗎？」

「可是你的弟弟不可能不知道。」

「我爸灌輸給他們對上帝的恐懼，他就是有這種能耐。據我所知，他們從沒洩漏出去。不過，凱司以前會故意捉弄我。」

「所以……你騙了所有人。你一定很會演戲。」

「我**必須**學會假裝正常。我爸一直說服我，要我相信自己是正常的。他錯了，但我很慶幸他教我假裝成正常人。」

「或許你真的是。我是指，如果你感覺到的痛苦不是真的，那麼或許——」

「全部都是我自己想像出來的？當然是！而且我趕也趕不走。相信我，要是可以我很願意。」

沉默良久之後，他又問：「每天晚上你都在那本簿子上寫些什麼？」有趣的轉折。

「我的想法。當天發生的事。我的感受。」

「你不能說的事？對你很重要的事？」他問。

「對。」

「那就讓我看你寫的東西。讓我知道你藏了什麼。我總覺得好像……好像你是個謊言。我已經不認識你了。給我看看真正的你。」

多麼有趣的請求！或者該說要求？我還願意付錢請他讀一讀我日記上寫的地球之籽的部分呢，看他能不能理解我要表達的事。但不能操之過急，要慢慢來。要是順序不對，只會加深我們之間的距離。

「哈利，你要我承擔的風險……不過，好，我會讓你看我寫的一些東西。我也想要這麼做。這也是我第一次這麼做。我只有一個要求：你要把我讓你讀的段落唸出來，這樣札拉也能聽到。天一亮我就拿給你看。」

天亮之後，我讓他看了這個：

凡你觸碰過的，
皆因你而改變。

凡你改變的，
也將改變你。

唯一不變的真理
即萬物變動不息。

上帝
就是改變。

去年，我選了這幾句放在《地球之籽：生者之書》第一冊的第一頁。這幾行字道盡了一切。一切的一切！

真沒想到哈利會主動說要看。

我得當心才行。

# 17

擁抱多元
團結——
要不就等著被
視你為獵物的人
分裂
洗劫
統治
消滅
擁抱多元
要不就等著被摧毀

《地球之籽：生者之書》

二〇二七年8月3日星期二（8月8日從筆記擴充）

我們東邊的山丘起了大火。剛開始只是一條細細的黑煙，裊裊飄向原本清澈的天空，現在愈燒愈大片。火已經蔓延一兩片山坡？多棟建築物？一間又一間房屋？難道又是我們那一區？

我們盯著大火看了好久才別過頭。那裡有人生命垂危，失去了家園和家人……即使已經落在我們後方，我們還是一直回頭去看。

又是那些彩臉人幹的？札拉邊走邊哭，嘴裡低聲咒罵，但聲音細小，我只聽見幾個強烈的字眼。

今天我們離開一一八號公路，終於找到也接上了二十三號公路。現在我們正走在二十三號公路上，一邊是燒得焦黑的荒煙蔓草，一邊是社區住宅，剛剛的大火已經看不到。我們往南朝海岸線走，跟它拉開了距離，隔著一座座土丘，但還是看得到濃煙。我們一直走，直到快天黑才停下來休息，三個人都又累又餓。

我們離開公路，到荒煙蔓草那一邊紮營，這樣就不會看到拖著腳移動的人群，雖然還是聽得到聲音。我想無論我們停在北加州或一路走去加拿大，整路都會聽到那個聲音。太多人對那裡抱著莫大的希望，畢竟那邊每年還會下雨，沒受過教育的人還能找到有薪水而不是只能換到豆子、水、馬鈴薯或打地鋪的工作。

但讓我們耿耿於懷的是那場大火。火災或許是意外引起的，或許不是。無論如何，那裡有人失去了也許什麼都無法補償的東西。就算他們倖存下來，現在保險也值不了多少錢。公路上影影綽綽的人開始逆行往北走，想摸路找到火災現場。最好能早點去搜刮剩下的東西。

「我們該去看看嗎？」札拉問，滿嘴都是肉乾。今晚我們沒生火。還是隱身在黑暗中最安全，免得有人來湊熱鬧。我們把背後的樹木和灌木叢當作掩護，希望能安心睡一覺。

「你是說回去搶那些人的東西？」哈利問。

「是撿，」她說。「撿他們不需要的東西。人死了，反正也不需要那些東西了。」

「我們應該待在這裡休息，」我說。「大家都累了，況且要等火冷卻之後才能進去撿，沒那麼快，而且距離又遠。」

札拉嘆了口氣，說：「也是。」

「我們也不需要幹那種事吧，」哈利說。

札拉聳聳肩。「不無小補。」

「剛剛你還在為那場火流眼淚。」

「才不是。」札拉弓起膝蓋靠在胸前。「我哭不是為了那個，是想到燒掉我們社區的大火，還有我的碧碧，還有我有多痛恨縱火的那些人。我希望他們被活活燒死。我希望親手燒死他們。我希望可以直接把他們丟進火裡……就像他們對待我的碧碧那樣。」說著說著她又哭了。哈利抱住她，跟她道歉，自己可能也掉了幾滴眼淚。

悲傷總是這樣猛然來襲。有些事勾起我們對過去、對家、對人的記憶，然後我們才想起一切都已化為烏有。人不是死了，就是可能死了。我們熟悉和珍惜的一切都已消失，除了我們三個。我們還撐得住嗎？

「我覺得應該換個地方，」過了一會兒哈利說。他還坐在札拉的旁邊，一手搭著她的肩，她似乎也不排斥這樣的肢體碰觸。

「為什麼？」她問。

「我想去高一點的地方，跟公路差不多高或更高，這樣才能看到火有沒有蔓延到公路上，威脅到我們。火竄得很快，等它靠近才反應就來不及了。」

我哀嘆一聲。「有道理，」我說。「可是天色暗了，現在移動很危險。要是這裡被佔走，我們又找不到更好的地方就慘了。」

「在這裡等我。」他起身走進黑暗中。槍在我這裡，所以我希望他手邊有刀——但不會需要用到。昨晚的事他還無法釋懷。他殺了一個人，並為此忐忑不安。我也殺了一個人，而且據他說手段更加冷血，但我卻毫不在意。問題是他很在意我的「冷血」。他沒有共感力，不了解痛苦對我來說有多可怕。死亡才能終結痛苦。對我來說，《聖經》的篇章也無法改變這個事實。他不了解跟人感同身受是什麼感覺。為什麼要？大多數人都不太了解，或是完全不了解。

相反地，他對我寫的地球之籽詩句大感意外，甚至還滿喜歡的。我不確定他喜歡的是文字還是想法，但他喜歡有東西可以閱讀和討論。

今天早上我給他看了幾頁——我的地球之籽筆記本的幾頁。他說：「詩？我從來不知道你對詩有興趣。」

「很多不太像詩，」我說。「但那是我相信的東西，我盡可能用文字將它表達出來。」我給他看了四句詩，溫和而簡短，或許會牢牢抓住他，不知不覺留在他的記憶中。《聖經》有些段落對我來說就是如此，即使我不再相信，也仍存留在我的腦海中。

我把希望他們記住的想法傳遞給哈利，再經由他傳遞給札拉。但我無法阻止哈利留住其他東西，例如他對我的不信任，甚至是新萌芽的反感。我再也不是他心目中的那個蘿倫·歐拉米那。整天下來，我不時在他臉上看到那樣的表情。說也奇怪。喬安也不喜歡她匆匆一瞥的真實的我。相反地，札拉好像無所謂。不過話說回來，以前她就不太認識我，所以才能接受現在的我而不會有受騙的感覺。哈利確實覺得受了騙，或許還懷疑我是不是繼續在說謊或隱瞞真相。這只能靠時間撫平了——如果他願意的話。

哈利回來之後我們開始移動。他找到了一個新營地，靠近公路但還算隱密。有塊巨大的公路標誌掉下來或被撞下來，靠在枯死的兩棵懸鈴木上，形成一大片屏障。現場有石頭和營火的餘燼，可見有人用過。或許今天晚上有人來過，但現在也跑去火場撿破爛了。我們很高興既能享有一點隱私，又能看見幾片山丘以外的大火，還至少有一面牆可靠，無論這幫助有多少。

「真不錯！」札拉說，攤開睡袋坐上去。「今天晚上我輪第一班，好嗎？」

我沒意見。我好想睡，把槍交給她就立刻躺平，再次驚訝自己沒換衣服就睡在地上竟然就這麼滿足。沒有比疲憊更強大的麻醉劑。

半夜某一刻，我醒來就聽見輕柔細微的說話聲和呼吸聲。札拉和哈利在做愛。我轉過頭看見他們在親熱，但兩人都太過投入，完全忘了我的存在。

而且當然沒人守夜。

我陷入他們的激情纏綿裡不能自拔，只能躺著不動，不敢出聲，想要守夜也無法專心。我要不綳緊身體，要不就會跟著他們一起扭動。因此我一直綳著身體直到他們結束——直到哈利親吻札拉，然後起身穿上褲子開始守夜。

之後我清醒地躺在地上，又生氣又擔憂。我要怎麼開口跟他們談這種事？他們要怎樣與我無關，問題是他們選錯了時間。偏偏就挑這個時候！我們可能都會因此沒命。

哈利雖然還坐著，卻開始打呼。

我聽了幾分鐘，然後坐起來，隔著札拉伸手去搖醒他。

他猛然驚醒，四下看了看，然後轉向我。我只看得見眼前有個黑影在動。

「槍給我，你去睡，」我說。

他沒有動作。

「哈利，你會害我們沒命。槍和手銬給我，你躺下來吧。待會我再叫你。」

他看看錶。

「對不起，」他說。「我沒想到自己那麼累。」聲音聽起來清醒了些。「我沒問題。我醒了。你繼續睡。」

他的自尊心也醒了。現在要叫他把槍跟手銬給我，幾乎是不可能的。

我躺下來。「別忘了昨晚的事，」我說。「如果你真的在乎她，如果你希望她活命，就別忘了昨晚的事。」

他沒回應。我希望他聽了大吃一驚。大概也覺得難為情吧。說不定還很憤憤不平。無論如何，後來我沒再聽見他打呼。

二〇二七年8月4日星期三

今天我們停在營業加水站，將所有容器都裝滿乾淨安全的水。加水站就是這點好。你在公路上跟水販買的任何東西應該都煮沸過，但可能還是不安全。沸騰能殺死病菌，但可能還是除不掉化學殘留物，包括小販用的瓶子裡殘留的燃料、殺蟲劑、除草劑等等。大多數小販都不識字又雪上加霜，有時他們甚至會毒死自己。

營業加水站一分錢一分貨，付錢就能直接從水龍頭取水，多一滴都沒有。你喝的就是當地住家喝的水，或許喝起來、聞起來或看起來不怎麼樣，但你可以放心喝了不會死人。

加水站供不應求，所以水販才會存在。此外，加水站也是危險之地。進來的人有錢，出去的人有水，水跟錢一樣珍貴。乞丐和小偷在這些地方晃來晃去，跟妓女和毒販作伴。爸以前就提醒過我們加水站有多危險，以免我們有天外出，到了離家很遠的地方想進去解解渴。他的建議：「千萬不要。忍一忍。趕緊回家。」

是啊。

要能安心走進加水站，最少要三個人。兩個看守，一個加水，而且往返路上有三個人隨時應變會比較保險。三個人雖然阻擋不了橫了心要搶你的惡棍，卻能嚇阻見縫插針的人。掠奪者大多都是這種人，專門欺負老人、行動不便的人、落單的女人、帶小孩的女人……等等，因為不想受傷。我爸以前都叫他們土狼——客氣的叫法。

我們裝了水正要走，就看見兩條腿的土狼搶走揹著大行囊和一個嬰兒的女人手中的水壺。她身旁的男人抓住搶水的土狼，土狼把水傳給同伴，同伴直直奔向我們。

我伸腳絆倒他。我想是那個嬰兒抓住我的目光、我的同情心。堅韌的圓形塑膠水壺沒破，土狼也沒摔破頭。我咬住牙，感覺到他摔在地上和擦破手臂的痛。以前在家，小孩每天都讓我吃那種苦頭。

我往後退，舉手按住槍，哈利隨即站到我旁邊。我很慶幸他在。我們一起看起來比較嚇人。

女人的丈夫已經甩開攻擊他的人。兩隻土狼發現寡不敵眾趕緊落跑。原來是瘦弱又沒膽的小兔崽子跑出來試試手氣。

我撿起塑膠水壺還給男人。

他接過去時說：「謝了老兄。感激不盡。」

我點點頭，我們繼續上路。被叫「老兄」我還是不太習慣，雖然不喜歡，但我無所謂。

「你突然就變成好撒馬利亞人了〔譯注：出自《路加福音》的比喻，之後成為好心人或見義勇為之人的代稱〕，」哈利說。但他只是說說罷了，沒有反對的意思。

「是因為那個嬰兒吧？」札拉問。

「對，」我承認。「其實是全部，他們一家人。」他們一家人。黑人丈夫，拉丁裔妻子，爸媽都有一點像到的小孩。再過幾年，以前我們社區的很多家庭都會像這樣。天啊，哈利和札拉以後說不定也會建立一個這樣的家庭。而且就像札拉之前說的，跨種族婚姻在外面是大家的箭靶。

然而，哈利和札拉走在一起靠得那麼近，免不了會碰到對方。但他們很警覺，隨時留意四周。現在我們已經走上一〇一號公路，人甚至更多了。即使是笨手笨腳的小偷，要混進那麼大一群人裡面也輕而易舉。

今天早上教札拉認字的時候，我跟她談了一下。我們本來要學字母的發音和簡單的拼音，但哈利去我們在樹叢劃出的廁所區時，我要她先停一下。

「你還記得兩天前你跟我說過的話？」我問她。「那時候我想事情想得出神，你提醒我『公路上隨時有人一不小心就送命』。」

我沒想到她立刻猜到我要說什麼。「該死，」她說，從我給她的紙張上抬起頭。「你睡得不夠熟，只是這樣而已，」她含著微笑說。

「你們需要獨處，我會讓你們獨處，」我說。「直接跟我說就好，我會從遠一點的地方看守營地。你們兩個想幹嘛都行，但守夜的時候別再搞屁！」

她一臉訝異。「沒想到你會這樣說話。」

「我也沒想到你會做出昨晚那種事。笨死了！」

「我知道，可是很好玩。他是個又高又壯的大男孩。」她停住。「你在吃醋？」

「札拉！」

「別擔心，」她說。「昨天晚上我心情很亂，我……我需要某個東西、某個人。以後再也不會了。」

「好。」

「你在吃醋？」她又問。

我擠出笑容。「我跟你一樣是人，」我說。「但在外面沒有未來，也不知道會發生什麼事，我不覺得我會屈服於誘惑。想到可能懷孕，我的心就涼了。」

「外面隨時有人在生小孩。」她咧嘴對我笑。「你跟你那個男朋友呢？」

「我們很小心，都會用保險套。」

札拉聳聳肩。「我跟哈利沒有。如果中獎，那也沒轍。」

我們出手相救的那對夫婦應該就是中了獎，所以他們北上還得多拖著一個小孩。

今天他們都沒離我們太遠，我不時會看到他們。又高又壯、皮膚光滑黝黑的男人揹著一個大包包；矮矮壯壯、長相漂亮、古銅色皮膚的女人抱著嬰兒和行囊；咖啡色皮膚的嬰兒才幾個月大，大大的眼睛，捲捲的黑髮。

我們休息他們就休息。現在他們在我們後方不遠處紮營，看起來比較像可能的盟友，而不是敵人，但我會仔細盯著他們。

## 二〇二七年8月5日星期四

今天我們終於看到了海。我們三個之前都沒有看過海，非要更近一點看海，在海邊紮營，看到、聽到、聞到海不可。一旦這麼決定，我們就脫掉鞋子、捲起褲腳踏進浪裡，有時就只是站著看海發呆。太平洋，地球上最大最深的海洋，幾乎佔了地球海洋面積的一半。儘管如此，裡頭的水卻一滴都不能喝。

哈利脫到只剩下內褲涉入水中，直到冰涼的海水淹到胸膛。他當然不會游泳。我們都不會。我們看到的水從來沒有多到可以游泳。我跟札拉戰戰兢兢地看著哈利，都不敢跟上去。畢竟我女扮男裝，而札拉就算穿著衣服就引來夠多不懷好意的目光了。我們決定等日落再穿著衣服泡進水裡，洗掉身上的髒汙和臭味，之後再上岸換衣服。我跟札拉都有肥皂，等不及要好好利用一下。

海灘上還有其他人。事實上，狹長的沙灘上到處都是人，只是大家都自動分散開，避免妨礙到對方，似乎也比在公路斜坡上過夜時更寬容。我沒聽到槍聲或打鬥聲。沒有野狗，沒人明目張膽偷東西，也沒人被強暴。或許大海和涼爽的微風使人心情平靜下來。脫掉衣服踏進水裡的人不只哈利一個，不少女人也幾乎脫光光泡進水裡。或許這裡比我們目前到過的地方都要安全。

有些人帶了帳篷，也有人生了火。我們躲進一間殘破的小屋。總覺得我們一直在尋找能庇護我們的牆壁。靠著牆壁卻可能毫無退路比較好？還是空曠卻可能四面受敵的地方？我們也不知道，但至少有一面牆可以依靠還是比較安心。

我從小屋撿了一片木板，上前幾碼到靠海更近一點的地方開始挖土，一直挖到感覺有點潮濕，之後就只剩下等了。

札拉在一旁默默看著我，直到我停下來才問：「那會怎麼樣？」

「可以喝的水，」我說。「我看過書上說，水如果從沙子滲出來，就能濾掉大部分的鹽。」

她看看那個潮濕的洞。「要等到什麼時候？」

我又挖得更深。「給它一點時間。有沒有用，我們一定會知道。說不定有天這能救我們一命。」

「或害我們中毒或生病。」她抬起頭，看見哈利全身濕淋淋朝我們走來，連頭髮都濕了。

「他脫光光還不錯看，」她說。

他當然還穿著內褲，但我懂她的意思。哈利體格健美，看上去又壯，而且我想他也不介意我們看。再說他乾淨溜溜，洗掉了身上的臭味。

我等不及要泡進水裡。

「你們去吧，」他說。「太陽下山了。換我顧東西。快去。」

我們拿出肥皂，把槍交給他，脫掉鞋子和襪子走向大海。感覺真好。水好冰，踩著浪要站起來很難，沙子不斷從趾間溜走，甚至腳底下也是。但我們往彼此身上潑水，把衣服、身體和頭髮都沖洗過，任由海浪衝擊，像瘋了一樣哈哈大笑。這是自從離家之後我最開心的一刻。

走回沙灘上找哈利時，我挖的洞已經滲出不少水。我舀了一點嚐嚐看，哈利卻很有意見。

「看看這個該死的地方有多少人！」他說。「你看見哪裡有廁所嗎？你想他們在海裡做什麼？你起碼要用點腦袋，丟個淨水片吧！」

光用想的，我就忍不住吐出嘴裡的那口水。他說的當然對，但嚐過一口我就得到了我要的答案。水雖然有點鹹，但味道不差，是可以喝的。應該要先煮過，或像哈利說的用淨水片淨化過，不過我看的書上說，在那之前可以用沙子濾掉更多鹽分。那就表示，如果我們沿著海岸走，就算水喝光了也還能活命。這讓人心安。

我們的跟屁蟲還在。帶小孩的那對夫婦在我們不遠處紮營，女的現在正坐在沙灘上餵母奶，男的跪在包包旁邊翻來翻去。

「你們覺得他們想洗澡嗎？」我問哈利和札拉。

「你想幹嘛？」札拉問。「幫他們顧小孩嗎？」

我搖搖頭。「不是，那樣太過頭了。你們介意我邀他們過來嗎？」

「你不怕他們搶走我們的東西？」哈利問。「對其他人你都疑神疑鬼。」

「他們的裝備比我們好，」我說。「而且除了我們，他們周圍沒有其他目標一致的盟友。外面的混血夫婦或團體很少，這無疑就是他們跟著我們的原因。」

「而且你還幫了他們，」札拉說。「大家在外面不太會幫助陌生人。你把水還給他們就表示你的物資夠多，不需要搶他們的東西。」

「所以你們介意嗎？」我又問一次。

他們互看一眼。

「我不介意，」札拉說。「只要我們盯著他們。」

「你為什麼挑他們？」哈利看著我問。

「他們需要我們勝過於我們需要他們，」我說。
「這不是理由。」
「他們是可能的盟友。」
「我們不需要盟友。」
「現在還不需要，但等到需要再問就太笨了，到時候人可能就不見了。」
他聳聳肩，嘆了口氣。「好吧。但就像札拉說的，我們還是要盯著他們。」
我起身走向那對夫妻，看到他們坐直，繃緊身體。我刻意不要靠得太近或走得太快。
「哈囉，」我說。「如果你們想輪流下水洗澡，可以過來加入我們。那樣寶寶可能比較安全。」
「加入你們？」男人說。「你要我們加入你們？」
「是邀請你們。」
「為什麼？」
「為什麼不？你們是混血夫妻，我們是混血團體，理所當然可以變成盟友。」
「盟友？」男人笑了笑。
我看著他，不懂他為什麼笑。
「你真正的目的是什麼？」他問。
我嘆道：「想就加入我們，歡迎你們過來。碰到緊要關頭，五個人比兩個人好。」我轉身走開，讓他們商量之後再決定。

「他們要過來嗎？」走回去後札拉問我。

「應該會，」我說。「不過大概不是今天晚上。」

## 二〇二七年8月6日星期五

昨天晚上我們生了火還吃了一頓熱騰騰的飯，但混血家庭沒有加入我們。我不怪他們。在外面，多疑才能活命。但他們也沒走遠。他們選擇離我們近一點並非偶然。也幸好他們離我們很近。昨晚，平靜的沙灘變了模樣。野狗來了。

狗出現的時候正好輪我守夜。看見海灘另一邊有東西在動，我集中精神盯著它看。接著叫喊聲和尖叫聲傳來。我以為是打架或搶劫。一開始我沒看到狗，直到狗群從一群人中跑出來，朝內陸飛奔而去。其中一隻狗咬著東西，但我看不出是什麼。我看著狗群跑向內陸，消失不見。一群人追了一小段路，但狗跑得更快。有人的東西丟了——肯定是吃的。

之後我就全身緊繃。我起身移去牆壁靠近內陸的那一端坐下來，這樣能看到的沙灘範圍更大。抓著槍、動也不動坐在那裡時，我看見前方大約一個街區遠的地方有東西在動。白沙上的黑影。更多隻狗。總共三隻。牠們先到處嗅了嗅，然後朝我們的方向走來。我看著牠們，不敢亂動。很多人睡覺都沒排班守夜。三隻狗在營地之間打轉，到處搜索，沒人爬起來趕牠們走。話說回來，狗對人類帶的柑橘、馬鈴薯和穀粉應該不太有興趣。我們的肉乾就另當別論，雖然只有一點，但我不會讓牠們得逞的。

但那三隻狗停在混血夫妻的營地前。我想起裡面的寶寶，立刻跳起來。就在這一刻，寶寶哇哇大哭。我伸腳去推札拉，她立刻醒來。這點她確實很神。

「野狗，叫醒哈利，」我說，然後走向那對混血夫妻。女人放聲尖叫，徒手打狗。第二隻狗避開男人的拳腿，走向嬰兒。只有第三隻狗完全不受牽制。

我停下腳步，打開保險栓，就在第三隻狗撲向嬰兒的那一刻，我對牠開了一槍。

那隻狗無聲無息地倒下來。我也跟著倒地，喘不過氣，胸口彷彿挨了一腳。沒想到沙灘看起來鬆軟，摔在上面卻硬得要命。

一聽到槍聲，另外兩隻狗立刻往內陸奔逃。我趴在地上，盯著牠們跑遠，雖然不是不能再開槍打死一隻，但我還是放過牠們。我已經夠痛了，幾乎要喘不過氣。但吁吁喘氣的同時，我突然想到我很適合趴著射擊。要是我趴著用雙手射擊，感受到他人痛苦的那一瞬間，我就比較不會整個人癱掉。我把這件事記在心上以備不時之需。此外，我的槍聲嚇跑了野狗也很有意思。是因為聲音還是其中一隻狗中彈？我希望能多了解牠們一點。書上說狗是很聰明的寵物，對主人忠心耿耿，但那是以前。現在的狗都是野狗，把活生生的嬰兒吃掉都有可能。

我感覺到我射殺的那隻狗死了。牠躺在地上一動也不動。但現在很多人醒來，開始走來走去。狗要是還活著，就算受了傷也會拚命逃走。

我胸口的痛漸漸減弱。呼吸漸漸平穩之後，我起身走回我們的營地。周圍一片混亂，所以沒人注意到我，除了哈利和札拉。

哈利走過來拿走我手上的槍，扶著我走回我的睡袋那裡。

我坐下來，因為用力又喘了起來。他問我：「你射中了東西？」

我點點頭。「殺了一條狗。我很快就沒事了。」

「你管不好自己，」他說。

「狗去攻擊寶寶！」

「你把該死的那一家人當自己人了。」

我忍不住笑了，覺得他真可愛，心想我也把他跟札拉當自己人了。「那有什麼不好嗎？」我問。

他嘆了口氣，說：「鑽進睡袋睡覺吧。我來輪下一班。」

「有人把你殺死的狗搬走了，」札拉說。「那應該是我們的。」

「我還沒準備好要吃狗肉，」哈利對她說。「去睡吧。」

混血家庭的成員分別是爸爸崔維斯・查爾斯・道格拉斯、媽媽葛洛莉亞・娜蒂維達・道格拉斯，以及六個月大的嬰兒多明尼克・道格拉斯，又名多明哥。今天晚上我們紮完營後，他們終於讓步，加入我們。我們離開公路，繞路走去另一片沙灘紮營，他們也跟上來。我們一安頓好，他們就拿著珍貴的小禮物走過來，雖然還是有點猶豫也不太放心。禮物是包了很多杏仁的牛奶巧克力，而且是真正的牛奶巧克力，不是角豆糖。從離開羅布雷多之前到現在，很久一段時間以來，這是我吃過最好吃的東西。

「昨天晚上是你？」娜蒂維達問哈利。她跟我們說的第一句話，就是要我們叫她娜蒂維達。

「是蘿倫。」哈利指了指我。

她看著我說：「謝謝你。」

「寶寶沒事吧？」我問。

「因為被拖行了一下，有些抓痕，眼睛和嘴巴還進了沙子。」她摸了摸熟睡嬰兒的黑髮。「我幫他擦了藥膏也洗過眼睛，現在沒事了。他很乖，才哭幾聲而已。」

「幾乎沒怎麼哭，」崔維斯低聲說，難掩驕傲。崔維斯的皮膚黑得發亮，而且光滑無比，彷彿這輩子從沒長過半顆痘子。看著他讓我想要伸手摸他，感覺那麼完美無瑕的肌膚會是什麼樣的觸感。他年輕，英俊，有主見，肌肉發達，又高又壯，比哈利還壯，但沒他那麼高。娜蒂維達也壯壯的，古銅色皮膚，漂亮的圓臉蛋，黑色長髮盤在頭上。她個頭嬌小，但不意外的是，揹著包包和寶寶她還是能步伐平穩地走一整天的路。我喜歡她，也想要信任她。這點我得小心。但我不認為她會偷我們的東西。崔維斯還沒接納我們，但她已經接納我們了。我們救了她的寶寶，所以是她的朋友。

「我們要去西雅圖，」她告訴我們。「崔維斯在那裡有個阿姨。她說我們可以跟她住到找到工作為止。我們想找有薪水的工作。」

「誰不是呢，」札拉說。她坐在哈利的睡袋上，身旁的哈利一手摟著她。今天晚上我大概不用睡了。

崔維斯和娜蒂維達坐在三個攤開的睡袋上，這樣寶寶醒來才有地方可以爬。娜蒂維達的手腕綁著一條曬衣繩，把寶寶跟她綁在一起。

我在兩對情侶中間有點孤單。他們聊各自的期望和北方伊甸園的傳聞時，我拿出筆記本寫下今天發生的事，一邊享受最後的一點巧克力。

寶寶醒來時餓得哇哇哭。娜蒂維達解開寬鬆的襯衫餵他喝奶，然後湊近我看我在做什麼。

「你會讀書寫字，」她驚訝地說。「我還以為你在畫畫呢。你在寫什麼？」

「她隨時都在寫字，」哈利說。「跟她要詩來讀，有些還不錯。」

我聞言一縮。我的名字很中性，聽起來像女生也像男生的名字。但代名詞男女分明，哈利一時還改不過來。

「她？」崔維斯立刻問。「你說她？」

「該死，哈利，」我說。「我們忘了買膠帶封住你的嘴巴。」

他搖搖頭，不好意思地對我笑了笑。「我們從小就認識，隨時都要記得轉換代名詞很難。不過這次應該沒關係吧。」

「我就說吧！」娜蒂維達對丈夫說，說完臉就紅了。「我跟他說你看起來不像男人，」她對我說。「你雖然又高又壯，可是……我不知道。你的臉不像男人的臉。」

我的胸膛和臀部跟男人差不多，所以聽到自己的臉不像男人應該要高興才對，雖然這在路上對我並無幫助。「我們覺得兩男一女比兩女一男的存活機率更高。在外面避免衝突的訣竅，就是讓自己看起來不好欺負。」

「我們三個人不會幫你們加分，」崔維斯說，語氣忿然。難道他嫌棄自己的妻小嗎？

「我們是理所當然的盟友，」我說。「上次我這麼說的時候你嗤之以鼻，但這是真的。寶寶不會影響太大的，我希望，況且有五個大人在身邊，他活下來的機率更高。」

「老婆和兒子我可以自己照顧，」崔維斯說，話中的自尊心多於理智。我決定把它當耳邊風。

「我認為你跟娜蒂維達加入之後，我們會變得更強，」我說。「這樣我們就多了兩雙眼睛和兩雙手。你們有刀子嗎？」

「有。」他拍拍褲子的口袋。「我希望我們有槍，跟你們一樣。」

我也希望我們有槍——不只一把槍，但我沒說出口。「你跟娜蒂維達看起來都健康又強壯，」我說。「掠奪者看到我們五個人，就會轉向更容易到手的獵物。」

崔維斯咕噥一聲，仍舊不置可否。我雖然幫了他兩次，但現在他知道我是女人，無論他有多感激我，大概都不會一下就原諒我。

「我想聽聽看你寫的詩，」娜蒂維達說。「我們以前的雇主，他太太會寫詩。有時候她寂寞的時候會唸詩給我聽，我很喜歡。趁天色還沒暗，唸些你的詩給我聽吧。」

難以想像富家太太唸詩給女傭聽——娜蒂維達以前做女傭。或許富家太太跟我想的不一樣。但話說回來，無論是誰都難免會寂寞。我放下日記，拿起地球之籽筆記本，挑了幾行平易近人、不像在說教的詩句唸給她聽，安慰旅途勞累的身心。

# 18

一個禮拜
收集地球之籽
一到兩次
既有益也必要
能釋放情緒
安撫心靈
還能專注精神
鞏固目標
團結眾人的力量

《地球之籽：生者之書》

## 二〇二七年8月8日星期日

「地球之籽那一套，你全都相信對吧？」崔維斯問我。

今天是我們的休息日，放假一天。我們離開公路，想找一片可以從白天待到晚上又能放鬆休息的海灘，後來找到了聖塔芭芭拉海灘。裡頭有一座有部分被燒毀的公園，公園裡有桌子還有樹木。因為人不多，白天我們還能享有一點隱私，而且走一小段路就能取到水。兩對情侶輪流消失，我留下來顧包包和嬰兒。有趣的是，道格拉斯夫婦已經放心到把家當全部交給我看管。昨天跟前天晚上我們不放心他們單獨守夜，但還是要求他們輪班。昨晚沒有牆壁可以靠，所以一次兩個人輪班正好。娜蒂維達跟我一組，崔維斯跟哈利一組，最後札拉自己一組。

分組是我排的，覺得這樣配置兩對情侶最心安，誰都不需要太相信誰。此刻，置身在戶外桌、火坑、松樹、棕櫚樹和懸鈴木之間，信任似乎不是問題。如果你背對荒涼又醜陋的公園殘骸，會覺得這個地方很美，而且離公路又遠，避開了川流不息的北上人潮。我能找到這裡是因為手上有地圖，而且還是聖塔芭芭拉郡的街道圖。爺爺奶奶的地圖幫助我們探索公路以外的地方，即使路牌很多都掉落或消失了，我們還是可以靠剩下的路牌找到附近的海灘。

這片海灘上有些當地人。他們離開真正的家，到海灘上消磨炎炎八月天。這是我偷聽來的對話片段。

後來我還找其中幾個人攀談，沒想到大多人都很願意聊天。沒錯，這座公園以前很漂亮，可是幾個把臉塗成彩色的笨蛋在公園縱火。傳聞說他們這麼做是為了替窮人出氣，公開或摧毀富人囤積的財物。可是海邊的公園是人人都能使用的公共空間，算什麼私人財物。為什麼要放火燒了它？沒人知道原因。

也沒人知道把自己塗成彩色、嗑藥放火追求快感是從哪裡開始流行的。大多人猜測是從洛杉磯開始的，他們認為大多愚蠢或邪惡的東西都是從洛杉磯地區傳來的。當地人的偏見。我聽了只是笑笑，沒說我就是從洛杉磯來的。接著我問他們當地找工作的情形。有些人說，他們知道哪裡能找到工作換三餐或「安全」睡覺的地方，但沒人知道哪裡有能賺到錢的工作。這不表示沒有這樣的工作，但如果有，一定也很難找，要符合應徵資格更難。無論我們去哪裡，這都會是個問題。但我們三個或我們五個懂的事情很多，會的事也很多，一定有辦法把這些事整合，讓我們能夠做去人家家裡幫傭換免費食宿以外的工作。我們會是一個有趣的團隊。

水在這裡很貴，比洛杉磯郡或文圖拉郡更誇張。今天早上我們都去了加水站，對公路水販還是敬謝不敏。

昨天我們在路上看到三具屍體。三個一起，年紀還輕，身上沒傷痕，但滿身都是他們吐出的鮮血，身體已經開始腫脹發臭。我們經過他們，看了看，但沒拿他們身上的東西。他們如果有帶包包，也已經不見了。我們不想要他們的衣服，至於水壺——三個人都有水壺——也沒人想要。

昨天我們都在當地的漢寧袠斯補了貨。看到店的那一刻，我們都很驚喜也鬆了口氣。終於有間安全可靠的店可以一次購足我們需要的東西，從嬰兒食品、肥皂，到用於曬傷、磨傷、泡了海水破皮的皮膚藥膏都有。娜蒂維達買了新的嬰兒背帶內墊，把一袋用髒的舊內墊洗淨烘乾。札拉跟她一起去店裡附設的洗衣區洗烘我們的髒衣服。我們穿著用海水洗過的衣服，雖然鹹鹹的，但不太會臭。花錢洗衣服是我們多半負擔不起的奢侈，但我們不習慣髒，所以常會受不了。大家都希望到了北方，水就會便宜一點。我甚至多買了一個彈匣，外加清潔槍枝的溶劑、槍油和刷子。之前沒能把槍清一清讓我很困擾。要是需要用槍時剛好故障，我們可能會沒命。新彈匣也是買來安心的，這樣才能快速裝填子彈，繼續射擊。

此刻我們躺臥在松樹和懸鈴木的樹蔭下，享受海風，休息聊天。我正在寫東西，把我這禮拜做的筆記補充成更完整的記述。快要寫完時，崔維斯走過來坐在我旁邊，問我問題。

「地球之籽那一套，你全都相信對吧？」

「每一字每一句，」我說。

「可是……那全是你自己編的。」

我彎身撿起一顆小石頭放在我們中間的桌上。「如果我能分析這顆石頭，告訴你它的成分，那難道都是我自己編的嗎？」

他瞥了一眼石頭，然後又轉頭看我。「那麼你分析了什麼才發現地球之籽？」

「其他人，我自己，我的所見所聞和讀的書，我學到的歷史。我爸是——以前是——牧師和老師。我繼母在家開學堂，教左鄰右舍的小孩。我可以看到很多人很多事。」

「關於你對上帝的想法，你爸怎麼想？」

「他完全不知道。」

「你沒有勇氣告訴他。」

我聳聳肩。「他是這世界上我很努力不要傷害的人。」

「他死了？」

「對。」

「嗯。我爸媽也是。」他搖搖頭。「現在的人都不長命。」

沉默片刻之後，他說：「你對上帝的想法是怎麼來的？」

「我一直都在尋找上帝，」我說。「我找的不是神話或神祕主義，也不是魔法。我不知道上帝存不存在，但我想知道答案。上帝一定要是任何人或任何事都無法抵擋的力量。」

「改變。」

「對，就是改變。」

「可是那不是上帝。那不是一個人或一種智能，甚至不是一樣東西。那只是……我不知道，一個概念吧。」

我笑了笑。這樣的批評算嚴厲嗎？「那是真理，」我說。「改變永無止息。所有一切都會改變，無論是大小、位置、成分、頻率、速度、想法都是。所有生命體、所有物質、宇宙間所有能量，某程度都會改變。我不是說萬物各方面都在改變，而是萬物某方面都在改變。」

哈利全身濕答答從海裡走上來，聽到最後一句話。「有點像說上帝就是熱力學第二定律，」他說，咧咧嘴。這是我們之前有過的對話。

「這是上帝的一個面向，」我對崔維斯說。「你知道熱力學第二定律？」

他點點頭。「熵的概念。熱能的自然流向是從高溫到低溫，而不是反過來，所以宇宙本身正在冷卻，正在耗盡、散失能量。」

我毫不掩飾自己的訝異。

「我母親以前幫報紙和雜誌寫文章，」他說。「她在家教我唸書。後來我父親過世，她賺的錢不夠養家，又找不到其他支薪工作，只好住進人家家裡當廚子，但她還是持續教我唸書。」

「熵的概念是她教你的？」哈利問。

「她教我讀書寫字，之後還教我自學，」崔維斯說。「她的雇主家裡有間大藏書室，裡頭滿滿都是書。」

「他准你看那些書？」我問。

「他不准我靠近那些書。」崔維斯冷冷一笑。「但反正我還是讀了。我媽會偷偷帶給我看。」

可以想像。兩百年前的奴隸就是這麼做的。他們偷偷摸摸，盡其所能地自我教育，有時會因此挨鞭子、被賣掉，甚至斷手斷腳。

「你們曾經被逮到嗎？」我問。

「沒有。」崔維斯轉頭面向大海。「我們很小心，不然麻煩就大了。她一次絕不會拿超過一本書。我猜他太太知道，但她是個好人，從沒說過什麼。當初就是她說服她先生讓我娶娜蒂維達。」

廚子的兒子娶女傭為妻。這也像另一個時代才會發生的事。

「我媽過世之後，我跟娜蒂維達就只剩下彼此和寶寶。我留下來當園丁兼雜工，但僱用我們的那個老不修看上了娜蒂維達，想盡辦法偷看她餵奶，死纏著她不放，所以我們才會離開。也因為這樣，他太太給我們錢，幫助我們逃走，她知道那不是娜蒂維達的錯。我不希望有一天自己忍無可忍殺了那個傢伙，所以我們就逃了。」

過去的蓄奴時代若是發生這種事，奴隸也無可奈何，做什麼都可能被殺、被毒打或被賣掉。

我看看不遠處的娜蒂維達，只見她坐在攤開的睡袋上一邊陪寶寶玩，一邊跟札拉聊天。她知道自己算幸運嗎？有多少人沒她那麼幸運，既無法逃離雇主的魔掌，也得不到女主人的同情。現今的雇主和女主人為了讓不夠逆來順受的傭人乖乖聽話，會做到什麼程度？

「我還是無法把改變或熵想像成上帝。」崔維斯把話題拉回地球之籽。

「那你說還有什麼力量比改變更無所不在？」我問。「不只是熵那麼簡單，上帝比那更複雜，光從人類行為你應該就能看出這點。當你同時要面對很多事的時候，複雜度又更高，而且經常都是如此。宇宙間有各式各樣的改變。」

他搖搖頭。「或許吧，可是沒有人會崇拜改變。」

「但願不會，」我說。「地球之籽處理的是變化無常的現實，而不是超自然的權威人物。缺乏行動的崇拜沒有好處，但行動本身也要能穩定自我、集中力量，還有撫平心靈才有用。」

他對我露出苦笑。「祈禱能讓人心裡好過一點，即使無法採取任何行動，」他說。「以前我認為那是上帝唯一的好處——幫助像我媽那樣的人忍受無法擺脫的命運。」

「那不是上帝的功用，但有時候那確實是祈禱的功用。這些詩句有時候也有同樣的功用。上帝就是改變，到最後上帝會戰勝一切。只不過，理解上帝的本質可以給我們希望——理解上帝的本質不是懲罰或嫉惡，而是無限的可塑性。覺悟所有人或事都會臣服於上帝，可以給我們安慰。知道無論是誰都可以專注於上帝、轉向上帝、塑造上帝，可以給我們力量。但是，空有能力和頭腦，卻傻傻等著上帝替你解決問題或報仇雪恨，是無法給我們力量的。這你也很清楚。你帶著家人逃出雇主家時就知道了。上帝每天都在塑造我們。我們最好能了解這點，用同樣的努力來回報——那就是塑造上帝。」

「阿門！」哈利笑著說。

我看著他，有點惱怒，也有點想笑，最後還是笑了。「穿上衣服免得曬傷，哈利。」

「你聽起來需要來個『阿門』。」他邊說邊穿上寬鬆的藍色襯衫。「你想繼續講道還是想吃東西？」

我們把小塊肉乾、番茄、甜椒和洋蔥放進去跟豆子一起煮。今天是星期日。公園有公用火坑，我們時間很充裕。我們甚至吃了一點小麥粉做的麵包，寶寶也吃了真正的嬰兒食品配母乳，而不是把我們吃的東西搗成泥或由媽媽咬碎再餵他吃。

美好的一天。崔維斯不時拿別的問題問我，或對地球之籽提出質疑，我回答他時會避免又開始長篇大論。雖然很難，但我大部分都有成功。札拉和娜蒂維達開始爭論我說的上帝是男是女，當我跟她們說改變沒有性別也不具人格時，她們搞糊塗了，但也沒有否定我的說法。只有哈利不願認真看待我們的討論。不過他喜歡寫日記這件事。昨天他買了一本小筆記本，現在也寫起了日記，另外他還會教札拉讀書寫字。

我想拉他加入地球之籽。我想拉所有人都加入。他們可能是地球之籽社群的起點。等多明尼克長大，我也想教他地球之籽的思想。我可以教他，他也可以教我。小朋友問的問題會把人逼瘋，因為他們有問不完的問題，但他們也會促使你思考。不過現在我得先回答崔維斯的問題。

我決定冒個險，跟他談談「命運」。

他一再問我地球之籽存在的意義是什麼？為什麼要把改變擬人化，稱它為上帝？既然改變只是一種概念，為什麼不直接這樣稱呼？直接說改變很重要。

「因為過一陣子，它就不重要了！」我說。「人常忘記概念，比較可能記住上帝，尤其是當人害怕或絕望的時候。」

「那時候他們該怎麼辦？」他問。「讀詩嗎？」

「或回想真理，或是回想帶給人安慰或提醒人行動的事物，」我說。「人常做這種事。他們會回去翻《聖經》、《塔木德》、《可蘭經》，或其他幫助他們面對生命中的可怕變故的宗教經典。」

「改變確實令人害怕。」

「對。上帝令人害怕。最好學會怎麼面對祂。」

「你的東西不怎麼撫慰人心。」

「過一陣子就會了，我自己也還在摸索和適應。上帝非善也非惡，不愛你也不恨你，但跟上帝為友比為敵好。」

「你的上帝根本不關心你，」崔維斯說。

「所以我才更需要關心自己和其他人，才更需要建立地球之籽社群，跟大家一起塑造上帝。『上帝是騙子，是老師，是混沌，是黏土。』要接納哪一面，又要如何處理其他面，由我們自己決定。」

「這就是你想做的事？建立地球之籽社群？」

「對。」

「然後呢？」

來了。機會來了。我吞吞口水，微微轉身，這樣才能看到被燒毀的區域。醜斃了。難以想像有人會故意做出那種事。

「然後呢？」崔維斯又問。「你說的那種上帝不會有眾人期盼的天堂或天國，那會有什麼？」

「天國，」我說，又把頭轉向他。「是啊，天國。」

他沒再多說，只是用懷疑的眼神看著我，等我回答。

「『地球之籽的命運，就是在宇宙星辰中扎根，』」我說。「這是地球之籽的終極目標，也是人類除了死亡以外的終極改變。如果我們不想變成不堪一擊的恐龍，今天還存在，明天就滅絕，骨頭跟城市的殘骸和灰燼一同掩埋，這才是我們應該追求的命運。」

「外太空？火星？」他問。

「比火星更遠。其他的恆星系統。有生命的世界。」

「你太瘋了，」他說。但我喜歡他那輕輕柔柔的語調，驚奇多於嘲弄。

我咧咧嘴。「我知道要過好久才可能有那麼一天。現在要做的是打穩地基，也就是建立地球之籽社群，專注於追求我們的命運。畢竟我想去的天國真的存在，而且不需要死後才能抵達。『地球之籽的命運，就是在宇宙星辰中扎根』，不然就只能在灰燼中了。」我對著燒毀的區域點點頭。

崔維斯靜靜聽我說完。他沒有潑我冷水，說一個揹著全部家當從洛杉磯往北不知要走去哪裡的人，憑什麼為大家指出通往半人馬座阿爾法星（譯注：距離地球最近的恆星系統）的路。他有在聽。他輕笑幾聲，好像怕被發現自己太認真看待我的想法。但他沒有退縮，反而靠上前跟我爭辯，大聲談論，問我更多問題。娜蒂維達叫他別煩我了，但他還是不死心。我不介意。我懂這叫鍥而不捨。我欣賞。

二〇二七年8月15日星期日

我想崔維斯．查爾斯．道格拉斯是我第一個追隨者，札拉．莫斯是第二個。這幾天來，札拉一直在聽我說，聽我跟崔維斯爭辯來爭辯去。有時她會發問或指出她認為前後矛盾的地方。過一陣子之後，她說：「我不在乎什麼外太空，那部分你可以自己留著。可是如果你想建立一個大家互相照顧、誰也不用欺負誰的社群，那就算我一個。我跟娜蒂維達聊了很多。我不想過她以前那種生活，也不想過我媽以前那種生活，雖然那時她們都別無選擇。」

娜蒂維達的前雇主把她當作自己的財產，理察．莫斯則是把年輕女孩買來當妾，我不知道兩者有多大不同。這無疑跟個人感受有關。娜蒂維達痛恨自己的雇主，而札拉不只接納甚至深愛理察．莫斯。

地球之籽就在一〇一號公路上誕生。這段公路在加州西班牙殖民時期曾是皇家大道，現在變成了高速公路，北上的窮人川流不息，宛如一條長河。

我開始覺得，順著河流前進時我應該趁機釣幾條魚。不只要隨時留意可能的危險分子，也應該找出像崔維斯和娜蒂維達這樣願意加入我們、我們也樂於接納的人。

然後呢？找個地方佔為己有？像幫派那樣行動？不行，我們不算幫派，也不像幫派。我不想像幫派一樣，非得去控制、掠奪和恐嚇別人不可。但或許我們不得不控制別人。為了存活，不得不掠奪。為了嚇跑或剷除敵人，不得不恐嚇。我們得當心自身的需求如何塑造我們。但無論如何我們都需要可耕種的土地、可靠的供水和免於攻擊的餘裕，才能打穩基礎，成長茁壯。

或許我們能在沿岸找到這樣與世隔絕的地方，然後再去找當地居民談條件。如果我們人更多，武器更強大，說不定能用安全保障跟他們交換住宿的地方。或許也可以提供教學，外加教不識字的大人讀書寫字。這類服務可能會有市場，現在很多人都是文盲，小孩和大人都有……或許行得通。自耕自食，培育自己和左鄰右舍成為嶄新的生命。成為地球之籽。

# 19

改變。
銀河在太空中運行。
恆星引爆，
燃燒，
老化，
冷卻，
不斷演變。
上帝就是改變。
上帝戰勝一切。

《地球之籽：生者之書》

二〇二七年8月27日星期五（8月29日星期天從筆記擴充）

今天有地震。

一大早我們剛要出發就地震，而且很大。地面發出低沉刺耳的轟轟聲，像埋在地底的響雷。地面搖搖顫顫，接著好像往下一沉。我確定真的有往下沉，只是不知道有多深。地震一停止，周圍一切又恢復正常，但四周的褐色山丘瞬間塵土飛揚。

地震時好多人尖叫大喊。有些揹著沉重行囊的人失足跌在黃土路或破碎的柏油路上。崔維斯胸前兜著多明尼克，後面揹著沉重行囊，差點就成了其中一個。他跟著地面搖搖晃晃，好不容易才穩住腳。寶寶沒受傷，但被突如其來的地震嚇得哇哇大哭，走在旁邊的兩個小朋友放聲大叫，幾乎所有人都突然出聲說話，有個被震得跌倒的老先生苦苦呻吟，一片吵雜。

我放下平常的多疑，走去看那位老先生是否無恙，雖然就算怎樣我也幫不上什麼忙。他的拐杖掉到他搆不到的地方，我幫他撿回來再去扶他站起來。他跟小孩一樣輕，瘦巴巴，沒有牙齒，對我很害怕。

我拍拍他的肩膀，說他可以走了，他轉過頭時我還特別留意他有沒有順手牽羊。這世界到處是小偷。老人和小孩多半是扒手。

沒有東西不見。

另一個人在附近對我笑，黑人，有點年紀，但還不算老，也還有牙齒。他推著小而堅固的金屬手推車，車上吊的兩個馬鞍袋裝著他的東西。他沒說話，但我喜歡他的笑容。我也對他笑了笑。這時我才想起我女扮男裝，不知他是不是看穿了我的偽裝。但也無所謂了。

我走回去，看見札拉和娜蒂維達在安撫多明尼克，哈利不知在撿路邊的什麼東西。我走過去，看見他找到一塊纏得又緊又圓的破布，裡頭包著不明物體。哈利撕開破布，一卷鈔票掉進他手中。是百元鈔票，二三十張跑不掉。

「快收好！」我輕聲說。

他把錢塞進很深的長褲口袋。「可以買新鞋，」他低聲說。「好穿的鞋子，還有其他東西。你有需要什麼嗎？」

我答應過他，等我們抵達一家可靠的店就給他買雙新鞋子，他的已經破了。現在我有了另一個想法。「如果錢夠的話，給自己買把槍吧。鞋子我還是會買給你。你可以拿錢去買把槍！」我不理他的訝異，對其他人說：「大家都還好嗎？」

大家都沒事。多明尼克又笑咪咪，趴在媽媽的背上玩她的頭髮。札拉在重新調整背包。崔維斯上前察看前面的小聚落。這是個農村。好幾天來，放眼望去都是奄奄一息的小鎮、逐漸凋零的路邊聚落和田地，有些還在運作，有些已經荒廢，雜草叢生。

我們往崔維斯的方向走去。

我們走近時，他說：「起火了。」

山坡下有棟路邊的房子冒出濃煙。公路上已經開始有人往那裡移動。糟了。屋主或許能把火撲滅，但拾荒者還是會成群而來。

「我們快離開這裡，」我說。「裡頭的人還有力氣抵抗，很快就會覺得自己被團團包圍，遲早會反擊。」

「我們說不定會找到能用的東西，」札拉說。

「沒有值得我們挨子彈的東西，」我說。「走吧！」我帶頭經過小聚落，但還沒完全遠離就聽到槍聲。

路上雖然還有人，但很多都已經湧入小聚落搜刮。這群人不會只鎖定起火的房子，所以家家戶戶都必須挺身反抗。

我們身後又響起更多槍聲，先是零星幾發，再來是此起彼落的交火聲，然後是清清楚楚的自動武器射擊聲。我們加快腳步，希望快點遠離瞄準我們方向的射擊範圍。

「可惡！」札拉低聲說，跟上我的腳步。「我早該料到會這樣。偏僻地區的居民一定都很強悍。」

「但我不認為強悍能幫他們安然渡過今天。」我回頭看。只見更多煙往上飄，而且不只一個地方。遙遠的呼喊尖叫聲跟槍聲互相交錯。這裡毫無遮蔽，在此地建立聚落很不明智。他們應該把家藏在人跡罕至的山上。這點我要記住。現在居民能做的就是跟入侵者同歸於盡。到了明天，倖存下來的人就會揹著剩下的家當遠走高飛。

說來奇怪，要不是地震（或其他原因）引起火災，我不認為路上有人會想集體去掠奪那個聚落。一場小火讓拾荒者趁虛而入，摧殘那個聚落——那毫無疑問就是他們正在做的事。槍聲可能嚇跑一些人，害一些人喪命或受傷，同時也會激怒留下來的人。這些人會選擇住在這麼危險的地方，應該有強大的防禦措施，比方一整排炸藥和燃燒彈之類的武器。唯有這麼強大、致命、猝不及防的力量，才能嚇得攻擊者落荒而逃，讓恐懼凌駕一開始把他們吸引過來的貪婪和匱乏。要是這裡的居民沒有準備炸藥，他們一看到大群人闖進來就應該抓起錢和小孩拔腿就跑。他們對附近山丘絕對比路過的拾荒者熟悉，應該早有準備藏身的地方，至少能在陌生人洗劫家園時躲到山上避難。但他們卻什麼都沒有做。此刻，我們身後有團團濃煙往上飄，引來更多拾荒者。

「全世界都瘋了，」我附近有個人說。還沒轉頭去看，我就知道是那個推車上掛馬鞍袋的男人。我們稍微放慢腳步回頭看，他跟上了我們。他跟我們一樣腦袋清醒，沒趁機去搜刮那個小聚落。他看起來不像會做那種事的人。身上的衣服雖然又髒又普通，但很合身，看起來幾乎像新的。牛仔褲還是深藍色，褲管仍有摺痕。紅色短袖襯衫上的扣子還在。腳上穿著昂貴的步行鞋，而且不久之前還讓髮型師剪了昂貴的髮型。他推著手推車在路上做什麼？一個有錢的乞丐——至少曾經很有錢。他留著短而濃密、黑白夾雜的鬍子。我還是跟之前一樣喜歡他的長相。真是個英俊的老先生。

這世界瘋了嗎？

我對他說：「根據我讀的書，這世界每三十到四十年就會陷入瘋狂。避免跟著發瘋的祕訣，就是撐到它恢復理智。」我在炫耀自己的知識和背景，我承認。但老先生毫無反應。

「一九九〇年代很瘋，但也很富有。再糟也沒有現在糟。我想這是前所未有的糟。那些人，後面那些禽獸不如的人……」

「我不懂他們怎能做出這種事，」娜蒂維達說。「要是能報警就好。無論這裡的警察是誰，那些人家都應該報警才對。」

「報警也沒用，」我說。「就算警察今天就趕來，沒拖到明天，也只會增加死亡人數。」

我們繼續往前走，老先生也跟著我們一起走，似乎很滿意這樣的結果。他不用揹行李，照理說可以慢慢走或超越我們。只要還在路上，他隨時可以加快腳步，但他還是跟著我們。我跟他攀談，介紹我自己，並得知他名叫班科爾，全名是泰勒．法蘭克林．班科爾。我們的姓立刻在我們之間產生連結。我們的父祖輩都在一九六〇年代採用了非洲姓氏，意思是他的父親和我的祖父合法改了名字，而且都選擇用約魯巴〔譯注：西非的主要語言之一〕姓氏取代歐美姓氏。

「六〇年代大多數人都選了史瓦希里〔譯注：東非的主要語言之一〕姓氏，但我爸就是要跟別人不一樣。他一輩子都這樣，」班科爾接著說。他希望我們叫他班科爾。

「我不知道我祖父的理由是什麼，」我說。「他之前姓布魯姆，是也沒什麼損失，但他為什麼選擇歐拉米那……？連我爸都不知道，他出生前姓氏就改了，所以他一直都是歐拉米那，我們也一樣。」

班科爾比我爸大一歲，一九七〇年出生。他說他太老了，推著裝在兩個馬鞍袋裡的全部家當在公路上長途跋涉真要命。他今年五十七歲。我發現自己竟然希望他年輕一些，這樣才能活更久。

不管老不老，他都比我們先聽到那兩個女孩的求救聲。

有條多半是黃土的殘破柏油路沿著公路往下延伸，之後轉向山坡的方向。小路上去有間半塌的房子，房子倒塌揚起的灰塵還沒散去。沒倒之前這房子應該也很簡陋，現在只剩下瓦礫堆。班科爾一說，我們就聽到裡面傳來微弱的叫喊聲。

「聽起來是女生，」哈利說。

我嘆了口氣。「我們去看看。或許只要幫他們把木頭什麼的移開就好了。」

哈利抓住我的肩膀。「你確定？」

「嗯。」我把槍拿出來交給他，以免別人的痛苦害我動彈不得。「你來保護我們，」我說。

我們小心翼翼走進去，心裡有數求救聲可能是假的，只是為了引人上鉤。有幾個人也跟著走過來，哈利殿後，隔開兩邊的人。班科爾推著手推車跟上我。

瓦礫堆裡傳來兩個聲音，聽起來都是女性，一個在哀求，一個在咒罵。我們聽聲音確認她們的位置，接著札拉、崔維斯跟我開始翻瓦礫堆——乾裂的木頭、灰泥、塑膠，還有古老煙囪的磚頭。班科爾跟哈利站在一起留守，一副不好惹的樣子。他有槍嗎？希望有。我們引來了一小群虎視眈眈的拾荒者。大多數人都停下來看看我們在做什麼，然後就走了。少數人留下來直盯著我們瞧。如果兩個女人地震後就被困住，我很驚訝還沒有人來偷她們的東西，然後不管她們的死活放火燒了瓦礫堆。我希望趕在有人決定突襲我們之前把人救出來，然後回到公路上。要是看到有價值的東西，想必他們早就出手了。

娜蒂維達跟班科爾說了幾句話，然後把多明尼克放在他的一個馬鞍袋裡，摸摸口袋裡的刀子是否還在。那樣不行。她應該揹著寶寶，必要時我們才能拔腿就跑。

我們看見一條蒼白的腿壓在橫梁底下，瘀青流血但沒斷。一整片牆和天花板加上部分煙囪倒下來，困住兩個女人。我們先移走零碎雜物，然後合力抬起比較大件的重物，最後終於抓著兩個女人露在外面的手腳（一個是一手一腳，另一個是雙腳）把人給拖出來。我沒比她們好過到哪去。

不過也不算太慘。她們全身到處是破皮，其中一個鼻子和嘴巴在流血，她吐出鮮血和兩顆牙齒，然後罵了一聲並試著站起來。我讓札拉去扶她。現在我只想離開這裡。

另一個女孩淚流滿面，坐在地上呆呆看著我們，一臉茫然，安靜得有點反常。太過安靜了。崔維斯要扶她站起來時，她縮起身體，放聲大叫。崔維斯只好放開她。她看起來只有幾處皮肉傷，但也可能撞到頭部，或許是受到了驚嚇。

「你的東西呢？」札拉問流血的女孩。「我們得快點離開這裡。」

我揉揉嘴巴，努力克服自己掉了兩顆牙齒的逼真錯覺。我好痛苦，覺得全身是傷，陣陣作痛，但人還算完整，沒什麼大礙。我只想躲到某個地方直到痛苦減輕。我深吸一口氣，走向那個畏畏縮縮的女孩。

「你聽得懂我說的話嗎？」我問。

她看看我又看看四周，只見同伴用汙穢的手擦去血跡。她奮力站起來跑向同伴，不小心絆了一跤，差點跌倒，我及時抓住她，心想幸好她塊頭不大。

「你的腿沒事，」我說。「放輕鬆。我們得快點離開這裡，你必須要能自己走路。」

「你是誰？」她問。

「我們完全不認識，」我說。「試著走走看。」

「剛剛有地震。」

「對。走走看！」

她搖搖晃晃踏出一步，然後一步接著一步蹣跚地走向朋友。「艾莉？」

朋友看見她便一拐一拐走過去抱住她，臉上的血弄髒了她的衣服。「吉兒！感謝上帝！」

「她們的東西在這裡，」崔維斯說。「趁我們還可以，快把她們弄出去。」

我們逼她們走了幾步，試著解釋留在原地會有什麼危險。我們沒辦法硬拖著她們走，但要是丟下她們任由拾荒者欺負，救她們又有什麼意義。她們只能跟著我們走，直到恢復體力，能夠照顧自己為止。

「好，」流血的那個說。她比另一個嬌小、強悍。但兩人的體型其實差不多，都是中等身材、棕色頭髮、二十幾歲的白人女性。可能是姊妹。

「好，」流血的那個又說。「我們離開這裡。」她走路已經不會一跛一跛或搖搖晃晃，但她的同伴還是不太穩。

「我的東西給我，」她說。

崔維斯指了指兩個滿是灰塵的睡袋。她把一個揹在背上，然後看看另一個睡袋又看看同伴。

「我可以揹，」另一個女孩說。「沒問題。」

她其實很勉強，但不得不自己揹。誰揹兩個背包都撐不久，而且也很難出手抵抗攻擊。十幾個人站在一旁看我們帶著兩個女孩走出來。哈利抓著槍走在前面，全身上下清楚透露著「不怕死就過來」的訊息。只要有人敢推他一下，就別想活了。我從沒看過他這樣那樣子很威風，很嚇人，也很不對勁。在這個情境、這個當下雖然沒錯，但哈利不該這樣。他無論如何都不該是那個樣子。

我什麼時候開始把他看作男人，而不是小孩？管他的。我們都長大了，不再是小孩了。要命。

班科爾走在後面，雖然頭髮和鬍子都已灰白，看起來甚至比哈利還可怕。他手裡有把槍。擦身而過時我看了一眼，是一把自動槍，可能是九毫米手槍。希望他很會用。

娜蒂維達推著手推車走在他前面，多明尼克還坐在馬鞍袋上。崔維斯走在她旁邊保護她跟寶寶。

我跟兩個女孩一起走，擔心其中一個會不支倒地，或哪個笨蛋會抓走其中一個。叫艾莉的那個還在流血，吐血，用血淋淋的手臂擦血淋淋的鼻子。名叫吉兒的那個還是呆呆的，抖個不停。我跟艾莉把吉兒夾在中間。

我早就有會被攻擊的預感。救出兩個受困的女孩，使我們變成了明顯的目標。要不是後方的聚落把最暴力、最不怕死的人吸引過去，我們可能早就被攻擊了。今天弱者很容易被攻擊。地震營造了這種氣氛。一場攻擊可能引發另一場攻擊。

我們只能盡量做好防備。

突然之間，有個男人抓住札拉。她個子嬌小，看起來一定很好欺負，而且又楚楚可憐。緊接著，另一個人抓住我一拉。我轉了個身，腳步一晃摔下去。就是這麼笨。甚至還沒有人打我，我就摔了一跤。但因為攻擊我的人把我往他的方向拉，於是我摔在他身上，拉著他一起倒地。不過我想辦法抽出身上的刀，啪一聲彈開，往攻擊我的人身上猛刺。

六吋長的刀刃整個刺進去。接著，我感受到對方的痛苦，倏地拔出刀子。

我無法形容那種痛。

其他人後來告訴我，我發出他們從未聽過任何人發出的尖叫聲。我並不驚訝。我第一次那麼痛。

過了一會兒，我胸口的痛漸漸減弱，然後消失。也就是說，壓在我身上的男人大量失血，一命嗚呼了。那時候我才開始意識到痛覺以外的事。

我聽到的第一個聲音是多明尼克的哭聲。

那時我才意識到我還聽到槍聲，而且有好幾聲。大家到哪裡去了？他們受傷了嗎？還是死了？被抓了？

我壓在死去男人的身體底下，不敢亂動。他全身軟趴趴，重得要命，身上的臭味好噁，血流得我整個胸口都是。如果我的鼻子判斷得沒錯，他斷氣的時候還尿在我身上。但摸清狀況之前，我還是不敢亂動。

我稍微張開眼睛。

還沒意識過來眼前的畫面，就有人把臭烘烘的屍體從我身上拉開。我看見兩張憂心忡忡的臉：哈利跟班科爾。

我咳了幾聲，奮力要爬起來，但班科爾阻止了我。

「有沒有哪裡受傷？」他問。

「沒有，我沒事。」看見我滿身是血，哈利瞪大雙眼。於是我又說：「別擔心。那是另一個人流的血。」

他們扶我站起來之後，我發現我猜對了。那個死人果真尿在我身上。我只想脫掉髒衣服洗個澡，簡直急到快發瘋。但急也沒用。無論有多噁心，我都不可能在光天化日下脫衣服讓人看。今天的麻煩夠多了。

我環顧四周，看見崔維斯和娜蒂維達在安撫哇哇大哭的多明尼克。那兩個女孩坐在地上，札拉在她們旁邊站崗。

「她們兩個沒事吧？」我問。

哈利點點頭。「她們嚇得全身發抖，但沒事。大家都沒事，除了他和他的朋友。」他指指死去的男人。附近還躺著另外三具屍體。

「有幾個受了傷，」哈利說。「我們放他們走了。」

我點點頭。「我們搜完這幾具屍體之後最好也快走。公路上的人會把我們當作明顯的目標。」

我們很快徹底搜了一遍，只差沒搜他們身上的孔竅。我們還沒窮到會做那種事。接著，因為札拉很堅持，我躲到倒塌的房子後面很快換了衣服。她拿走哈利手上的槍，替我看守。

她說：「你全身都是血。如果有人覺得你受了傷，說不定會突襲你。今天不適合看起來一副好欺負的樣子。」

她說的有道理。總之，讓她說服我做一件我本來就想做的事，感覺挺好的。

我把又髒又濕的衣服放進塑膠袋綁好再塞進包裹。如果死去那幾個人身上有我能穿的衣服，而且狀況也還行，我就會丟掉這袋衣服。但看樣子還是得留著衣服，等下次到加水站或能洗衣服的店再拿出來洗。我們從屍體身上搜出錢，但錢最好還是留著買必需品。

我們從四具屍體身上總共搜出兩千五百元，外加兩把刀子（看是要拿去賣掉還是給那兩個女孩），還有一把槍。哈利斃了那個拔槍的男人，但那把髒髒的貝瑞塔九毫米手槍原來沒裝子彈。槍的主人沒有子彈，但我們可以去買。也許可以跟班科爾買。我們願意把錢花在買子彈。我在攻擊我的男人的口袋裡找到幾件首飾，有兩只金戒指和一條項鍊，項鍊上的藍色寶石應該是青金石。另外還有個耳環，後來我才發現是個小收音機。收音機我們會留著，這樣就能知道公路以外的世界發生了什麼事。能跟外界恢復聯繫是好事。我很好奇攻擊我的人是從誰身上搶來這東西的。

四具屍體身上都藏了小小的塑膠藥盒。其中兩個裡頭放了幾顆藥丸，另外兩個是空的。換句話說，這些人身上沒帶水或食物或足夠的武器，卻帶了藥丸，不是去偷的，就是偷錢去買的。毒蟲。不知他們吸的是哪種毒？縱火藥嗎？這麼多天以來，我第一次想起我弟凱司。他跟人交易的藥，就是我們不斷在攻擊我們的人身上發現的紫色藥丸嗎？那是他送命的原因嗎？

沿著公路走了幾哩之後，我們看見警察開車經過，往南朝著想必已經燒成廢墟、屍橫無數的聚落開去。或許警察會逮捕幾個晚到的拾荒者，或許他們自己也會搜刮一些東西。也有可能他們只看一眼就把車開走。我們社區失火的時候，警察做了什麼？什麼都沒有。

我們從瓦礫堆裡救出來的兩個女孩想加入我們。她們本名叫艾莉森和吉麗安．吉爾克里斯特，兩人是苦情姊妹花，一個二十四，一個二十五，逃離了賣淫維生的生活，而皮條客就是她們的父親。倒下來壓住她們的房子空空如也，昨晚她們躲在裡頭過夜，看起來荒廢已久。

札拉邊走邊跟她們說：「廢棄的房子是陷阱，因為很偏僻，什麼人都可能進去搜刮裡頭的東西。」

「沒人來惹我們，」吉兒說。「但後來房子就倒了，也沒人來救我們，直到你們幾個人出現。」

「你們很幸運，」班科爾說。他還跟著我們，走在我旁邊。「外面很少人互相幫助。」

「我們知道，所以很感激，」吉兒說。「不過，你們到底是什麼人？」

哈利對她露出奇怪的微笑。「地球之籽，」他說，然後瞄我一眼。當哈利那樣笑的時候，你就得小心了。

「什麼是地球之籽？」吉兒順著話頭問，跟著哈利把目光移到我身上。

「我們互相分享一些想法，打算一起到北部落腳，然後成立一個社群，」我說。

「北部哪裡？」艾莉問。她的嘴巴還在痛，我把注意力轉向她時，那種感受更強烈。至少她幾乎沒流血了。

「我們想找有薪水的工作，也在留意水的價格，」我說。「我們想去供水比較沒問題的地方。」

「到處都有供水問題，」她拉高音調說。然後又問：「你們是什麼人？某種邪教組織嗎？」

「我們有些相同的信念，」我說。

她轉頭盯著我看，眼中帶著敵意。「我認為宗教是狗屎，不是在騙人，就是神經病，」她理直氣壯地說。

我聳聳肩。「你們可以跟我們一起走，也可以離開。」

「所以你們到底相信什麼？」她問。「你們對誰祈求？」

「我們自己。不然還有誰？」我說。

她嫌惡地轉過頭又轉回來。「我們得加入你們的教派才能跟你們一起走嗎？」

「不用。」

「那好！」她轉身走到我前面，好像贏了什麼似的。

我提高聲音衝著她的後腦杓喊話，想嚇一嚇她。「今天我們為了救你們冒了生命的危險。」

她嚇了一跳，但拒絕轉過頭。

我接著說：「你們沒欠我們什麼，那也不是錢能買到的。但如果你們要跟我們一起走，遇到麻煩的時候，你們要幫我們忙，跟我們同一陣線。你們願意這麼做嗎？」

艾莉轉過身，氣得全身緊繃。她停在我前面，站住不動。

我沒停步也沒轉身。這可不是讓步的時候。我需要知道她的自尊和憤怒會把她逼到什麼地步。還有她表現出來的敵意有多少是真的？多少可能是因為身體的痛引起的？她帶來的麻煩會不會多過她的價值？

她意識到我沒有要繞過她的意思，必要的話撞上去也無所謂，於是她繞過我走在我旁邊，彷彿本來就想這麼做似的。

「要不是你們救了我們，我們才懶得理你們。」她深吸一口氣，有點喘。「我們知道怎麼做好分內的工作，幫助朋友、對抗敵人我們都沒問題。從小我們就在做這些事。」

我看著她，想起這對姊妹跟我們透露的人生片段：賣淫，皮條客父親……這些若是真的，她們的人生還真精彩。細節想必更是精彩。比方她們怎麼逃離父親的魔掌？這兩個人需再觀察，但或許會對我們有幫助也不一定。

「歡迎加入，」我說。

她盯著我點點頭，然後快速大步走到我前面。她妹妹剛才放慢腳步走在旁邊聽我們說話，此刻加快腳步跟上她。札拉原本在後面盯著妹妹，對我咧咧嘴並搖搖頭就走去帶頭的哈利旁邊。

班科爾再次走到我身旁。我發現他一察覺我跟艾莉起了爭執就退到旁邊。發現我在看他，他說：「一天一起衝突我就吃不消了。」

我笑了笑。「謝謝你剛剛幫我們忙。」

他聳聳肩。「我很驚訝看到有人在乎兩個陌生人發生的事。」

「你在乎。」

「對。有天那會害我賠上性命。如果你不介意，我也想跟你們一起走。」

「你已經是了。歡迎加入。」

「謝謝。」他也對我笑了笑。他有雙清澈的眼睛和深褐色的虹膜，很迷人。雖然才剛認識，我對他卻很有好感。不得不小心才行。

那天後來我們抵達名叫薩利納斯的小城，地震和之後的餘震對它似乎影響不大，雖然斷斷續續的餘震持續了一整天。此外，早上經過那個起火的聚落之後，我們不斷看到拾荒者成群湧入火場搜刮，但這裡似乎沒有。令人驚訝。我們經過的所有小聚落幾乎都燒起來，湧入大批拾荒者。地震彷彿給了昨天埋頭蹣跚前行的窮人一張許可證，准許他們放肆掠奪仍有房子住的人。

我猜那一大群掠奪者還在我們後方，為了搶東西爭得你死我活。我從來沒有像今天這麼努力不去看周圍發生的事。煙霧和喧鬧聲為我擋掉很多不堪的畫面和聲音。光要忍受艾莉陣陣抽痛的臉和嘴巴，還有公路四周的痛苦不幸，我就快要吃不消。

抵達薩利納斯時大家都累了，但還是決定等補貨和梳洗完之後還要繼續走。我們不希望最狠毒的拾荒者抵達的時候我們還在城裡。他們又是放火又是偷東西忙了一天或許已經沒力，不會再惹事，但我不這麼認為，反而覺得這些人會陶醉在新獲得的力量中，渴望得到更多力量。正如班科爾所說：「人一旦覺得到處搜刮和搞破壞沒什麼大不了，誰知道他們何時才會收手。」

但薩利納斯看起來武裝齊全。高速公路的路肩停了一排警察，警察盯著我們看，有些抓著獵槍或自動步槍，一副巴不得有藉口用上的樣子。或許他們已經料到有什麼人會來。

我們需要補充物資，但不知道對方放不放行。薩利納斯有種「生人勿進」的調調，就是那種希望你天黑就閃人的城鎮，除非你住這裡。這禮拜和上禮拜我們都經過幾個類似的小鎮。

但沒人阻止我們下高速公路轉往商店。現在公路上人不多，所以警察看得到所有人。看得出他們特別留意我們這群人，但並沒有上前阻止。我們很安靜。我們有男有女還有嬰兒，而且三個是白人。我想這些在他們眼中都問題不大。

店裡的警衛也跟警察一樣全副武裝——獵槍，自動步槍，上方的隔間還有兩把架起來的機關槍。班科爾說，他還記得警衛只拿左輪手槍或警棍的時代。以前我爸也會這樣說。

有些警衛若非訓練不足，就是跟拾荒者一樣被權力沖昏了頭。他們竟然拿槍指著我們。太扯了。我們才兩三個人走進店裡，馬上就有兩三支槍瞄準我們。一開始我們不知道是怎麼回事，瞪大眼睛愣在原地，等著看會發生什麼事。

槍後面的人看到我們的反應哈哈大笑。其中一個說：「買完東西就快滾！」

我們走了出去。路上有不少這樣的小店，有的警衛比較正常。我忍不住好奇，那些持槍的瘋狂警衛不知多常擦槍走火。每次事發之後，大概都會被解釋成有明顯殺人意圖的持槍搶劫。

加水站的警衛就很冷靜專業。他們把槍壓低，最多只會罵罵咧咧地催人動作快。我們放心地買水，快速洗烘衣服，甚至還租了兩個隔間，一男一女，用水盆裡的水擦澡。新成員有的還不知道我女扮男裝，這樣就自然解釋了我的性別。

我們身上都清爽了些，補充了食物、水、三把槍的子彈，為了自己的未來著想我還買了保險套，最後一行人便開始走出城鎮。途中我們穿過城鎮邊緣的街頭小市集。只有幾個人拿商品來賣，擺在桌上或柏油路上鋪的髒破布上，大多是沒用的破爛東西。班科爾看見一張桌上有把步槍。

那是一把古董槍，溫徹斯特手動式步槍，可裝五發子彈，但槍膛當然是空的。這種槍很慢，班科爾也承認，但他很喜歡。他用眼睛和手檢查過，還跟賣家討價還價一番。那是一對上了年紀的男女，全副武裝，攤子算是比較乾淨的，東西也排得整整齊齊——一台小打字機，一疊書，幾樣老舊但乾淨的手工具，兩把包在破舊皮套裡的刀子，兩個鍋子，還有那把有背帶和瞄準鏡的步槍。

班科爾跟男人講價時，我跟女人買了鍋子，打算放班科爾搬的手推車裡。這兩個鍋子夠大，一次裝得下我們所有人份的湯、燉菜或麥片粥。現在我們有九個人，有必要換大一點的鍋子。之後我走去跟哈利看那疊書。

沒有非小說類。我買了一本很厚的詩集，哈利買了本西部小說。其他人不是沒錢就是沒興趣，直接略過書。要是揹得動，我會買更多本。我的包裹已經差不多達到我的負重極限但又還能走一整天的重量。

殺完價之後，我們站到一旁等班科爾。班科爾令我們大感意外。

他說服老先生降到一個他認為合理的價格，然後叫我們過去。「你們有誰知道怎麼操作這種老古董嗎？」他問。

我跟哈利會。他要我們仔細檢查檢查，最後大家都過來看，有的明顯很陌生，有的之前就看過。以前在社區的時候，我跟哈利會拿其他人家的槍來練習，步槍、獵槍和手槍都有。以前只要是合法的槍，大家都會共用，至少練習時是這樣。我爸希望我們熟悉各種可能到手的武器。我跟哈利的槍法都不錯，但我們從沒買過二手槍。我喜歡那支步槍，我喜歡它的樣子和觸感，但那沒多大意義。哈利似乎也喜歡。同樣的問題。

「過來這裡，」班科爾說。他帶我們到老夫婦聽不到的地方，對我們說：「你們應該買下那把槍。你們從那四個毒蟲身上搜來的錢，足夠付我跟那傢伙講好的價錢。你們至少需要一把精準的長射程武器，那把不錯。」

「那些錢可以買很多食物，」崔維斯說。

班科爾點點頭。「對，但只有活著的人需要食物。買了這把槍，等到第一次派上用場的時候，你們就會知道很值得。不知道怎麼用的人，我可以教他們。我跟我父親以前會拿那種槍去獵鹿。」

「那是古董貨。如果是自動槍……」哈利說。

「如果是自動槍，你就買不起了。」班科爾聳聳肩。「這東西之所以便宜，就是因為是老古董，而且又合法。」

「而且很慢，」札拉說。「你如果覺得那個老傢伙給的價格很便宜，那你就瘋了。」

「我知道我是新來的，但我同意班科爾的看法，」艾莉說。「你們雖然很會用手槍，但遲早會碰到有人從遠處、從手槍的射程之外對你們開槍。對我們開槍。」

「這把步槍難道就能救我們一命？」札拉問。

「我懷疑，」我說。「但如果有厲害的槍手，說不定有機會。」我看著班科爾：「你打中過鹿嗎？」

他笑著說：「一兩隻。」

我繃著臉問：「你為什麼不自己買槍？」

「我買不起。我身上的錢只夠我撐一陣子，買些必需品。我的其他東西不是被偷了，就是燒光了。」

我不太相信他的話。但話說回來，也沒人知道我有多少錢。某方面來說，他這是在打探我們的財務狀況。我們有本錢用一筆意外之財買下一把舊步槍嗎？如果有，他打算怎麼做？這不是我第一次希望他不只是個英俊的小偷。但我確實喜歡那把槍，我們也確實需要它。

「我跟哈利的槍法也不錯，」我對其他人說。「我喜歡那把槍的觸感，再說現在我們也買不起比它更好的槍。有誰覺得不妥嗎？」

大家你看我、我看你，沒人回答。

「它只需要清一清，還有幾發 30-06 子彈，」班科爾說。「雖然已經放很久，但看起來保養得很好。如果你們買下它，我想我可以贊助一套清潔工具和幾發子彈。」

我搶在其他人開口之前大聲說：「如果我們買下它，那就這麼說定。還有誰會用步槍？」

「我會，」娜蒂維達說。幾個人驚訝地看著她，她露出微笑。「我沒有哥哥或弟弟，我爸不得不教我。」

「我們還沒有機會開槍，但之後可以學，」艾莉說。

吉兒點點頭。「我一直都想學。」

「我也得學，」崔維斯承認。「從小到大，我看到的槍不是鎖起來，就是佩帶在警衛身上。」

「我們買下它吧，」我說。「然後就離開這裡。太陽很快就下山了。」

班科爾說到做到，果真買了清潔工具和幾發子彈，而且堅持離開之前就買，因為他說「誰知道我們何時會需要用槍，或是何時會找到願意賣我們這些東西的人？」

一切都搞定之後，我們離開了城鎮。

離開時，哈利揹著那把新步槍，札拉帶著貝瑞塔手槍，兩把都是空槍，而且裝上子彈之前都需要清潔保養一下。只有我跟班科爾身上的槍裝滿彈藥。我帶頭，他殿後。天色漸暗。我們後方遠遠傳來槍砲聲，還有模糊低沉的小型爆炸聲。

# 20

上帝非善非惡
既不慈愛也不仇恨
上帝是力量
上帝是改變
其他所需
我們必須從自身
從彼此身上
從我們的命運中尋找

《地球之籽：生者之書》

二〇二七年8月28日星期六（8月31日星期二從筆記擴充）

今天或明天本來應該是休息日，但大家說好不休息。昨晚遠方不斷傳來槍聲和爆炸聲，還有大火。我們看見後方有火焰，但前方沒有。雖然大家都很累，但繼續走似乎是明智的選擇。

今天早上，我用包裹裡的酒精消毒黑色的耳環小收音機，然後打開開關別上耳朵。因為只有我能聽到，所以我得把內容轉述給其他人聽。

聽了之後我們發現不只應該把休息拋在腦後，也得要改變計畫。

本來我們打算走一〇一號公路穿過舊金山，越過金門大橋，但收音機警告我們要遠離灣區。從聖荷西往上到舊金山、奧克蘭和柏克萊一片混亂。地震對那裡造成重創，拾荒者、掠奪者、警察和私人保安隊又讓情況慘上加慘。此外，縱火藥當然也發揮了作用。北部的廣播記者說當地不少人對縱火藥上癮。

這些毒蟲到地震沒破壞的地方肆無忌憚地放火。大批遊民走在他們前面或跟在他們後面，走進商店和有錢人的深宅大院盡情搜刮，中產階級也無法倖免。沒錯。

有些地方的有錢人坐上直升機逃了。仍然完好的橋梁（佔大多數）不是由警察就是幫派看守。兩隊人馬都是去搶倉皇逃離的人身上的武器、錢、食物，水就更不用說了。窮到不值得搶的懲罰就是被打、被強暴或是蹂躪至死。國民警衛隊已經出動前來重建秩序，或許會盡力完成任務，但我想短期之內只會讓情況更加混亂。畢竟在這種全面失控的狀況下，另一支全副武裝的隊伍還能怎麼辦？腦筋動得快的人可能帶著槍械溜回家保護家人。其他人可能發現他們跟自己人打了起來，不由感到困惑害怕，因而變得危險難測。當然也有一些人會發現他們愛上了新到手的權力，那種逼迫他人屈服、強取豪奪的權力，無論奪取的是財產、身體，還是性命……

情況很糟。還是避開灣區一陣子為妙。

我們把地圖攤在地上，邊吃早餐邊研究，最後決定今天早上就離開一〇一號公路。我們打算走內陸一條小一點、人當然也少一點的路前往聖胡安包蒂斯塔這座小鎮，然後往東走一五六號州道，再接一五二號州道到五號州際公路，這樣就能繞過灣區。也就是說，有段時間我們會切過加州內陸，而不是沿著海岸走。說不定得繞過五號州際公路，走更東邊的三三或九九州道。五號州際公路沿途多半空曠無人，正合我意。有城市就有危險，就算是小鎮都可能致命，但我們又非得進城補貨不可，尤其是補充水。若是這表示得走進其他公路沿途人口較多的地區，那也別無選擇。目前我們只能處處小心，把握每個機會補足水和食物，省吃儉用。但要命的是，我的地圖已經很舊了，說不定五號州際公路周圍地區的人口已經變多。

抵達五號州際公路之前，我們會先經過一個大淡水湖：聖路易斯水庫。水庫可能已經乾涸。這幾年來很多地方都如此。但那裡會有樹木和涼蔭，大家就能舒服地休息一會兒。說不定至少還有加水站。有的話我們就在那裡紮營，休息個一兩天。走了幾天的山路，大家也該好好休息一下。

目前看來，南邊薩利納斯的拾荒者再過不久就會跑來這裡，北邊的灣區也會有很多難民湧進來。閃遠一點才是上策。

我們早早就出發，吃了在薩利納斯買的好食物補充能量，還有班科爾的手推車裡的其他東西，但那都是大家一起出錢買的。我們用小麥粉做的麵包，還有牛肉乾、起司、番茄切片做三明治，還吃了葡萄。真可惜得趕路。我們已經好久沒吃過那麼好吃的東西。

今天北上的公路比平常更少人，我們八個大人加一個嬰兒是周圍最大的一群，其他人都跟我們保持距離。有些只有一個人，有些是帶著小孩的夫婦。大家都行色匆匆，似乎也知道後方暗潮洶湧。但他們也知道前方的狀況嗎？他們知道要是繼續走一〇一號公路，會有什麼在等著他們嗎？離開一〇一號公路之前，我試圖警告兩個帶小孩單獨旅行的女性避開灣區。我告訴她們，我聽說那裡有大火、暴亂，還受地震重創，目前一片混亂。她們聽了只是抱緊孩子，慢慢跟我拉開距離。

之後我們離開一〇一公路，改走起伏不平的小路，抄捷徑前往聖胡安包蒂斯塔。這條路鋪了柏油，破壞得不算太嚴重。路上人煙稀少，有好長一段路我們半個人都沒看到。沒人跟著我們離開一〇一號公路。我們經過農場、小聚落和簡陋小屋，住在裡面的人抓著槍跑出來盯著我們瞧，但沒來惹我們。我們的策略很成功。天黑之前我們就抵達並穿越聖胡安包蒂斯塔，之後在小鎮的東邊紮營。大家都精疲力盡，腳起了水泡，全身痠痛。我好想休息一天，但還不行。現在還不行。

我把睡袋放在班科爾旁邊，然後躺下來，差不多快要睡著。大家抽籤排班守夜，我抽到清晨那班。吃了堅果、葡萄乾、麵包和起司之後，我就睡得像死人一樣。

二〇二七年8月29日星期日（8月31日星期二從筆記擴充）

今天一大早，我一醒來就聽見槍聲，聲音又近又響亮。是自動武器的急促射擊聲，還有不知哪裡發出的亮光。

「別動，」某人說。「躺著別出聲。」是札拉的聲音。她排我前面守夜。

「那是什麼？」吉爾克里斯特姊妹的其中一個問。然後又說：「我們得趕快逃！」

「躺好！」我小聲喊。「別動，等一下就過去了。」

我看到兩批人馬從一五六號公路跑來，一批追著另一批，雙方舉槍互射，好像全世界只剩下他們兩批人。我們只能躺在地上，祈禱不會被流彈打到。如果沒人亂動，意外發生的機率就比較低。

亮光來自離我們有段距離的火場。不是建築物。我們不曾在建築物附近紮營。但確實有東西燒了起來。我猜是一輛大貨車。或許那就是子彈飛來飛去的原因。有人或是團體想攔劫公路上的貨車，結果情況失控。不管貨車上原本載了什麼（我猜是食物），現在都讓大火捷足先登了。無論是搶劫的人或護送車的人都輸了。

只要能置身事外，我們就贏了。

我伸手去摸班科爾，想確定他沒事。

但他不在那裡。

他的睡袋和東西都還在，人卻不見了。

我盡可能保持不動，看向我們劃出的廁所區。他一定在那裡。我沒看到他，但他還能去哪裡？偏偏在這個時候消失。我瞇起眼睛仔細找，不知該高興還是害怕，因為到處不見他的身影。畢竟要是我看得見他，其他人也可以。

我們心驚膽戰地靜靜躺在原地時，槍聲仍然不絕於耳。聳立在我們紮營處旁邊的其中一棵樹被打中了兩次，幸好位置很高。

接著，貨車轟一聲爆炸。我不知道是什麼東西爆炸。它看起來不像加柴油的舊式貨車，但也可能是。柴油會爆炸嗎？我不知道。

槍戰似乎因為爆炸而停止。來回幾聲槍響之後就沒了。我看見有人走回貨車，身影在火光下清楚可見。過了一會兒，我又看見其他人三五成群往鎮上走。兩群人都在遠離我們，好現象。

好了。班科爾人呢？我把聲音壓到最低問其他人：「你們有誰看到班科爾嗎？」

沒人回答。

「札拉，你有看到他走開嗎？」

「有，槍戰開始之前幾分鐘，」她說。

好吧。要是他不快點現身，我們只好去找他了。我吞吞口水，努力不去想他可能受傷或送命。「其他人都還好嗎？」我問。「札拉？」

「我沒事。」

「哈利？」

「嗯，沒事，」他說。

「崔維斯？娜蒂維達？」

「我們沒事，」崔維斯說。

「多明尼克呢？」

「連醒都沒醒。」

幸好。要是他醒來哇哇大哭，可能會害我們沒命。「艾莉？吉兒？」

「我們沒事，」艾莉說。

我坐起來，動作盡量放慢和小心。除了近處的小蟲和遠處的大火，其他我都看不見也聽不見。看見沒有子彈朝我飛來，其他人也跟著坐起來。噪音和光線都沒能吵醒多明尼克，但他母親一動，他卻醒了過來並開始啜泣。娜蒂維達一抱住他，他又靜下來。

但班科爾還是不見人影。我想起身去找他，腦中浮現兩個畫面。一個是他受了傷或死了躺在地上，一個是他抓著他的貝瑞塔手槍蹲在樹後面。若是後者，我可能會嚇得他一時慌張對我開槍。外面也可能有其他人手上有槍，神經又繃得很緊。

「幾點了？」我問札拉，哈利的手錶在她那裡。

「三點四十，」她說。

「槍給我吧，反正也快輪到我了，」我說。

「那班科爾怎麼辦？」她把手錶和槍交給我。

「如果他五分鐘還不回來，我就去找他。」

「等等，」哈利說。「你不能自己去。我陪你去。」

我差點就要拒絕他。就算拒絕，我想他也不會理我，但我沒說出口。要是班科爾受了傷，意識又還清醒，我一看到他就會癱掉。能把自己拖回營地算我幸運，但還是需要另一個人拖他回去。

「謝謝，」我對哈利說。

五分鐘後，我們先走去廁所區找，再繞著四周巡一遍。沒人，或者該說我們沒看到人。但四周還是可能有其他人——在這裡紮營過夜的人，捲入槍戰的人，偷偷摸摸的人……儘管如此，我還是喊了一聲班科爾的名字。出聲之前我碰了哈利一下以示警告，他嚇了一跳又平靜下來，當我喊出聲時他又嚇了一跳。我們豎起耳朵，周圍鴉雀無聲。

我們右邊過去有陣沙沙聲。那裡有幾棵樹擋住星星，形成一個不透光的黑暗空間。什麼都可能躲在裡頭。

沙沙聲又響起，伴隨著嗚咽聲。是小孩的嗚咽聲，接著是班科爾的聲音：

「歐拉米那！」

「嘿，」我回答，因為鬆了口氣差點軟腳。「我在這裡！」

他從一團黑暗中走出來，一個又高又寬的身影，看上去比本來的他還要龐大。他手上抱著東西。

「這裡有個孤兒，」他說。「孩子的母親被流彈打到，剛剛死了。」

我嘆了口氣。「小孩有沒有受傷？」

「沒有，只是嚇到了。我要把他帶回我們營地。誰可以去拿他的東西嗎？」

「先帶我們去拿東西，」我說。

哈利負責收小孩的東西，我負責收孩子母親的東西和搜她的身。我們合力把能拿的都拿走。差不多完成之後，約莫三歲的小男孩哭了起來，嚇了我一跳。我讓哈利把死去女人的包包放進嬰兒車裡推著走，班科爾抱著哭哭啼啼的小孩，我手上只有槍，隨時能瞄準發射。

即使回到自己的營地，我還是無法放鬆。小男孩仍然哭個不停，多明尼克也跟著哭得更大聲。札拉和吉兒努力安撫新來的孩子，但他半夜被一群陌生人圍繞，只想找媽媽！

我看見燒毀的貨車殘骸附近有些動靜。火還在燒，但變小了，已經快要熄滅。附近還有人。他們的車子毀了，還會在乎一個哇哇哭的小孩嗎？就算在乎，他們會想對孩子伸出援手，還是要他閉嘴？

只見一個漆黑的身影從貨車那頭走來，朝著我們的方向上前幾步。娜蒂維達立刻抓起小男孩，雖然他已經三歲，她還是把一邊乳房推向他，另一邊給多明尼克。

這個方法馬上奏效。兩個孩子幾乎是立刻安靜下來，咿啞了幾聲就乖乖吸奶。

從貨車那頭走來的黑色身影停住腳，或許因為聽不到聲音而失去方向感，不一會兒便轉頭往回走，經過貨車之後就消失在視線之外。不見了。他不可能看見我們。我們躲在遮住營地的漆黑樹蔭底下，藉由火光和星光可以看到外面，但其他人只能藉由嬰兒的哭聲辨識我們的方位。

「我們該換個地方，」艾莉輕聲說。「他們就算看不到我們，也知道我們在這裡。」

「你跟我一起守夜，」我說。

「什麼？」

「不要睡，跟我一起守夜。讓其他人多休息一會兒。摸黑移動比待在原地更危險。」

「……好吧，可是我沒有槍。」

「你有刀嗎？」

「有。」

「那應該就夠了，等我們清好其他把槍再說。」我們這一路太累也太趕，到現在還沒有空整理槍。再說，我也不喜歡艾莉和吉兒現在就碰槍。時機未到。「只要提高警覺就行了。」唯一真正能防禦自動步槍的方法，就是躲好別出聲。

「現在刀子比槍更好，」札拉說。「要是非用不可，刀子還比較安靜。」

我點點頭。「你們其他人再多睡一下，天亮我會叫你們。」

大多數人都躺下來睡覺或至少瞇一下。娜蒂維達把兩個孩子留在身邊。但到了明天，小男孩還是需要有人照顧。我們實在不需要自找麻煩，畢竟這個年紀的小孩剛好是愛「亂跑亂抓」的階段。但人都帶回來了，也沒有其他人能託付。帶著小孩露宿公路旁的女人，身旁想必沒有親戚可以依靠。

「歐拉米那，」班科爾對著我的耳朵說。他的聲音低沉輕柔，只有我聽得到。我轉過頭，他離我好近，我感覺得到他的鬍子拂過我的臉。柔軟而濃密的鬍子。今天早上他梳鬍子比梳頭髮還仔細。他是我們裡頭唯一有鏡子的人。真是個愛漂亮的老傢伙。我靠向他，幾乎像種反射動作。

我吻了他，好奇親那麼多鬍子是什麼感覺。一開始我確實親到了鬍子，因為太黑，沒對準，後來才親到他的嘴。他稍微靠過來，環抱住我。我們兩人就這樣抱著親了一會兒。

我強迫自己推開他，雖然真的不想。他也一樣。

「我本來要說，謝謝你來找我，」他說。「那個女人直到死前都很清醒。我唯一能為她做的就是陪在她旁邊。」

「我很怕你會不會中了槍。」

「我本來趴在地上，後來聽到那個女人呻吟的聲音。」

我嘆了口氣。「嗯。」接著又說：「先休息吧。」

他在我旁邊躺下來，摸摸我的手臂。他摸過的地方有種刺刺癢癢的感覺。「我們應該盡快談一談，」他說。

「無論如何。」我也有同感。

他咧嘴笑——我看到他的牙齒一閃——然後就翻身去睡了。

小男孩名叫賈斯汀・羅爾。他死去的母親叫姍卓・羅爾。賈斯汀出生於加州河濱市，距今不過三年前。他母親千辛萬苦從河濱市帶著他北上來到這裡。她留著他的出生證明、幾張寶寶的照片，還有一張矮矮壯壯、長了雀斑的紅髮男人的照片。照片後面寫著：理察・沃特・羅爾，二〇〇二年一月九日生，二〇二六年五月二十日歿。男孩的父親二十四歲就死了。不知道是什麼原因。姍卓・羅爾把結婚證書和其他重要文件都包在我從她身上搜來的塑膠袋裡。我還在她身上其他地方找到好幾千元和一只金戒指。

沒有跟親戚或特定目的地有關的物品。看來姍卓帶兒子北上純粹是想追求更好的生活。

今天小男孩還算聽話，雖然我們沒有馬上聽懂他要表達的意思，他有點沮喪，邊哭邊說要找媽媽。

沒想到他選中艾莉替代媽媽的角色。剛開始艾莉很抗拒，不是不理他，就是把他推開。但自己下來走的時候，他跑去跟艾莉一起走或要她抱抱。一天結束之前，艾莉終於讓步。他們兩個人選擇了彼此。

沿著一五六號州道往前走時，她妹妹吉兒告訴我：「她以前有個小孩。」選擇這條路的人不多，放眼望去一片空蕩，有時一個人也看不到。就算看到，他們也都要往西或往南走去海岸線，跟我們剛好相反。

「她叫她的小孩亞當，」吉兒又說。「他才幾個月大就……死了。」

我看看她。她的額頭中間腫了好大一包，顏色紫青，像畸形的第三隻眼。但我想應該不怎麼痛。至少我沒有太痛。

「死了……誰殺了他？」

她別開目光，揉揉額頭的腫包。「我們的父親，所以我們才會離開。他殺了寶寶。寶寶哭個不停，他揍他揍到他不哭為止。」

我搖頭嘆氣。有些人的父親禽獸不如，這我並不是第一次聽到。我經常聽說這種事，但從沒遇過被自己的爸爸害得那麼慘的人。

「我們燒了房子，」吉兒小聲說。我聽到她說出口，但不用問我就知道她沒說出口的話。但她看起來像在自言自語，忘了旁邊有人在聽。「他醉倒在地上。寶寶死了。我們拿了東西和錢——都是我們賺來的！——然後點火燒地上的垃圾和沙發。之後我們就跑了，沒留下來看。我不知道後來怎麼樣了。或許火熄了，或許他沒有死。」她定睛看著我。「他可能還活著。」

她口氣中的恐懼大過一切。不是還抱著希望或覺得抱歉，而是恐懼。那個惡魔可能還活著。

「你們從哪裡逃出來的？」我問。「哪個城市？」

「格倫代爾。」

「一路從洛杉磯郡走到這裡。」

「對。」

「那他已經離你們超過三百哩遠。」

「……對。」

「他酗酒是嗎？」

「一直都是。」

「那麼就算那把火沒傷到他，他的身體狀況也拿你們沒轍。你想一個酒鬼走上公路會發生什麼事？他甚至根本出不了洛杉磯。」

她點點頭。「艾莉也這麼說。你們說的都對，這我知道，可是……有時我會夢到他，夢到他來追我們，夢到他逮到我們……我知道不可能，醒來時卻滿身大汗。」

「是啊，」我說，想起到處找爸爸那段期間做的惡夢。「是啊。」

我跟吉兒一起默默走了一會兒。我們前進速度緩慢，因為賈斯汀不時要求下來用走的。他精力太過旺盛，在車上坐不住。而且每次下來走，難免會想跑來跑去、到處探險。我趁空檔停下來，把背包甩到前面，從裡頭挖出一段曬衣繩拿給吉兒。

「叫你姊姊用這條繩子綁住他，」我說。「這或許能救他一命。一頭綁在他的手腕上，一頭綁在她的手臂上。」

她接過繩子。

「我照顧過幾個三歲小孩，」我說。「我告訴你，小孩沒那麼容易搞定。要是她還不知道，之後就會知道了。」

「你們要把照顧小孩的工作都推給她嗎？」吉兒問。

「當然不是。」我看著艾莉和賈斯汀走在一起——瘦骨嶙峋的女人和白白胖胖、活潑好動的小孩。小男孩跑去查看路邊的一叢灌木，但被幾個走上前的陌生人嚇到，又跑回艾莉身邊，緊抓著她的牛仔褲，直到她牽起他的手。「不過他們好像接納彼此了，」我說。「而且，照顧別人可能是治好你或是她的惡夢的良方。」

「你好像很了解這種事。」

我點點頭。「我也活在這個世界。」

中午之前我們經過霍利斯特，在那裡補了貨，因為不知道何時會再看到貨源充足的店。我們發現有幾個地圖上的小聚落不復存在，而且已經消失好多年。地震重創了霍利斯特，但這裡的人沒有趁機大亂，反而互相幫忙重建家園，還有照顧流離失所的人。真是難以想像。

# 21

自我必須創造
自身存在的理由
塑造上帝
塑造自我

《地球之籽：生者之書》

二〇二七年8月30日星期一

聖路易斯水庫還有一點水。我從沒在一個地方看過那麼多能喝的水，但水庫如此龐大，可見跟原來該有的水量比起來，我們看到的只是一小部分。

公路貫穿水庫周圍的風景區好幾哩長，因此我們可以邊走邊留意有沒有地方適合紮營休息，但又還沒被佔走。

風景區有很多人。有人搭起長住的營地，從破布和塑膠布搭的帳篷到看起來頗適合人居的小木屋都有。這麼多人要去哪裡上廁所？水庫裡的水有多乾淨？靠這裡供水的城市想必會先把水淨化過再使用。無論他們有沒有這麼做，我想都該拿出我們的淨水片了。

有些帳篷和小屋周圍有不規則的小菜園，園裡有新種的植物，也有夏天還沒採完的蔬菜。還能採收的除了大南瓜、小南瓜和蒲瓜，還有蘿蔔、甜椒、綠色蔬菜和一點玉米。都是些營養、便宜又吃得飽的食物。蛋白質有點少，但或許這裡的人會去打獵。這附近一定有野味可獵，而且我也看到很多槍。這裡的人不是佩戴裝在皮套裡的手槍，就是揹著步槍或獵槍。男人尤其都會攜帶武器。

大家都盯著我們看。

我們經過時，無論是在照顧菜園、在戶外煮飯或做任何事的人都停下來看我們。一路上我們拚命趕路，急著搶在我相信很快就會從灣區湧入的人潮之前抵達，因此我們並未跟著一般常見的遷徙群眾一起來到。但我們幾個加起來就不少人，足以讓居民繃緊神經。不過，他們沒來招惹我們。除了天災人禍引起的瘋狂爭搶行動，例如地震後的搶劫，大多數人都不會找人麻煩。我想多明尼克和賈斯汀也使我們更容易融入當地環境。賈斯汀雖然已經跟艾莉綁在一起，卻還是跑來跑去盯著居民看，覺得害怕才又跑回艾莉身邊要她抱抱。他是個可愛的小小孩，瘦巴巴又繃著臉的居民常對他露出笑容。

我們沿著公路走，沒人對我們開槍或挑釁我們。後來走下公路往我們覺得可以考慮紮營的一片樹林走去時，也沒人干涉我們。我們發現幾片舊營地和廁所區，但刻意避開，因為想離公路或任何人的帳篷或小屋遠一點。我們想要隱密的空間、可以睡覺的平坦地面，還有能取水但又不會太顯眼的地方。找了一個多小時之後，大夥兒終於找到一片荒廢已久的舊營地，位在比其他營地高一點的斜坡上，所以自成一區。大家都覺得很適合。眼看只剩幾小時就要天黑，我們舒舒服服躺臥下來，個個都成了懶骨頭，因為接下來和明天一整天幾乎什麼都不用做。娜蒂維達餵多明尼克吃奶，兩人慢慢沉入夢鄉。艾莉也照她的方法哄睡賈斯汀，雖然餵飽他比較複雜一些。她們兩個都比我們其他人更有理由感到疲憊，也更需要睡眠，所以我們抽籤輪班看守就跳過她們。白天晚上都要有人看守，我們不能太過鬆懈。此外，大家也說好不能單獨行動或去取水。我想情侶檔很快就會雙雙對對帶開。我跟班科爾也差不多該談一談了。

我們倆坐在一起，我在清理新手槍，他在清理他買的步槍。輪到哈利值班，他需要我的槍。我拿槍給他時，他向我表明他很清楚我跟班科爾之間的事。

「當心，」他輕聲說。「別害那個可憐的老傢伙心臟病發。」

「我會轉達你的擔心，」我說。

哈利笑出聲，接著又一本正經地說：「小心點，蘿倫。班科爾或許是好人，他看起來是。但是……有什麼事就大喊。」

我把手放在他的肩膀上片刻，然後說：「謝謝。」

跟你不太熟但又想要更熟的人坐在一起工作有個好處，無論你想跟他聊天或安靜做事都可以。跟他相處，心裡知道你們很快就會發生關係，你會愈來愈舒服自在。

我們沉默了一會兒，有點害羞。我偷瞄他，發現他也在偷瞄我。接著，我沒想到自己竟然開始跟他說起地球之籽的事，但不是說教，只是聊天，大概是想測試他的反應吧。我需要知道他會有何反應。地球之籽是我人生中最重要的一件事，要是班科爾會嘲笑我，我必須要先知道。我並不期待他會認同甚至感興趣。他畢竟有年紀了，應該早已安於原本的宗教信仰。說著說著我才想到，我對他的宗教信仰一無所知，於是我開口問他。

「沒有，」他說。「我太太在世時，我們會去衛理公會教會。宗教對她很重要，所以我也跟著去。我看見她從中得到安慰，也想跟著信，但實在沒辦法。」

「我們家是浸信會教徒，我也沒辦法把它當作信仰，卻不能跟任何人說。我爸是牧師，我只能把嘴巴閉緊。後來我漸漸理解地球之籽的概念。」

「那不是你創造出來的嗎？」他說。

「是我慢慢發現和理解的，」我說。「發現真理跟無中生有不一樣。」不知道我要用多少方式跟新認識的人解釋這些事多少次。

「聽起來像佛教、存在主義、蘇菲主義，還有我不知道的其他思想的綜合體，」他說。

「佛教雖然沒有把萬物變動不居的概念變成神，但無常是佛教的基本信念。」

「我知道，我做了很多功課。有些宗教和哲學確實也包含跟地球之籽一致的信念，但它們都不是地球之籽，都朝不同的方向發展。」

他點點頭。「好吧。那麼我問你，要怎麼做才有資格加入地球之籽社群？」

一個開門見山的好問題。我說：「最重要的是憑藉著遠見、用心和努力，學會塑造上帝，還要教育和幫助社群、家庭，還有自己，以及盡其所能實現地球之籽的命運。」

「地球之籽的命運聽起來很不切實際，為什麼要煩惱那種事？那對我們有什麼好處？」

「在地球上能團結眾人的力量，為生活建立目標，也能給自己和子孫前往天國的希望。我說的是真正的天國，不是神話或哲學意義上的天國。一個由我們自己塑造的天國。」

「或是地獄，」他說，嘴唇抽動了一下。「人類很擅長為自己打造地獄，即使生活富足也一樣。」他想了想。「聽起來太過簡單，你知道。」

「你認為很簡單？」我驚訝地問。

「我是說，**聽起來**太過簡單。」

「有些人覺得聽起來太過龐大。」

「我是指它太……直接了當了。如果你說服人接納它，他們會把它變得更複雜，更能容納不同詮釋，更神祕，也更安慰人心。」

「我在就不行！」我說。

「無論你在不在，他們都會這麼做。所有宗教信仰都會改變。想想世界幾大宗教。你想耶穌基督到今天會變什麼樣？是浸信會教徒？衛理公會教徒？天主教徒？還有佛陀——你想他活在現代，會是個佛教徒嗎？他會信仰什麼樣的佛教？」他笑了笑。「畢竟，如果『上帝就是改變』，地球之籽當然也可能改變。如果它延續下來，必定會改變。」

我別過頭，因為他臉上還掛著微笑。這些對他來說都不重要。「我知道，」我說。「沒人能阻止改變，但我們都有意無意塑造了改變。我想做的是引導和塑造地球之籽成為它應有的樣子。」

「或許吧。」他繼續笑著說。「你對這件事有多認真？」

這問題促使我深入內心尋找答案。開口時我甚至不太知道自己會說什麼。「我爸他……消失的時候，是地球之籽讓我支撐下去。後來我們社區大半被摧毀，我失去其他家人，只剩自己一個人，但我還有地球之籽。現在的我就是地球之籽，其他什麼都不是。」

沉默許久之後他說：「現在的你是一個非常奇特的年輕女性。」

之後我們都沒再說話。不知道他在想什麼。他那個樣子不像在心裡笑我卻又不敢表達出來。我應該沒有看錯人。之前他願意接受妻子對宗教信仰的需求，現在至少也不會反對我的吧。

我對他的妻子感到好奇，之前他從沒提過她。她是什麼樣的人？是怎麼死的？

「你是因為妻子過世才離家？」我問。

他放下細長的清潔棒，靠向背後那棵樹。「我太太五年前過世，」他說。「三個男人闖進來，是毒蟲還是毒販，我不知道。他們對她施暴，逼她說出藥藏在什麼地方。」

「藥？」

「他們認定我們家裡一定有他們可以利用或拿去賣的東西，但對她交出來的東西不滿意，所以就一直打她。她本來就有心臟問題。」他深吸一口氣，然後嘆道：「我回到家的時候她還活著，還能告訴我出了什麼事。我拚了命要救她，可是那兩個王八蛋拿走了她的藥和全部的東西。我叫了救護車，她斷氣之後又過一個小時車才抵達。我試著要救她，要讓她活過來，拚了老命……」

我從營地所在的斜坡往下望，遠遠只見樹叢間有一絲水光。這世界充滿了痛苦的故事，有時候感覺好像沒有其他種類的故事，但我卻忍不住想，樹叢間的那抹水光真美。

「雪倫走了之後我就應該北上，」班科爾說。「我有想過。」

「但你留了下來。」我把視線從那抹水光移開，轉頭看他。「為什麼？」

他搖搖頭。「我不知道該怎麼辦，有段時間像廢人一樣。朋友來照顧我，替我煮飯、打掃家裡。我沒想到他們會這麼做。大部分是教會的人，還有鄰居。多半是她的朋友，不是我的朋友。」

我想起華德爾．派瑞許，失去妹妹、外甥、外甥女還有房子之後一蹶不振。班科爾曾經是某個社區的華德爾．派瑞許嗎？「你住在有圍牆的社區嗎？」我問。

「對，可是並不富裕，差遠了。大家很努力守住財產和餵飽家人，擁有的不多，沒有傭人，也沒請警衛。」

「聽起來很像我們以前的街坊。」

「跟很多已經不存在的舊街坊應該都很像。我留下來幫助曾經幫過我的人。我放不下他們。」

「但你後來還是走了。為什麼？」

「大火，還有拾荒者。」

「你們那裡也是？整個社區都燒掉？」

「對。房子燒毀，大多數人都葬身火窟……其他人各奔東西，去投靠其他家人和朋友。拾荒者和遊民跑進來。不是我決定離開，我是逃走的。」

一切都太熟悉不過。「你住哪裡？哪個城市？」

「聖地亞哥。」

「這麼南邊？」

「對。我說過了，幾年前我就應該走的，那時候我還負擔得起機票和重新安頓的費用。」機票和重新安頓的費用？他或許不覺得這樣算富有，但對我們來說絕對是。

「所以你要去哪裡？」我問。

「北邊。」他聳聳肩。

「北邊的任何城市？還是有目的地？」

「哪裡都好，只要能靠我的專業賺錢，當地居民也不會為了搶水或食物把我幹掉。」或毒品，我心想。我盯著他的鬍子看，把今天和這幾天得到的線索加起來。「你是醫生對吧？」

他有點訝異。「以前是。家醫科。感覺已經是很久以前的事。」

「哪裡都需要醫生，你會很順利的，」我說。

「我母親以前也這麼說。」他對我苦笑。「但現在我卻在這裡。」

我也對他笑，因為看著他讓我情不自禁。但他開口時，我總覺得他至少說了一個謊。他或許如我所見的流離失所、傷心痛苦，但他不只是漫無目的地往北走。他不只是在找能靠專業賺錢、不會被偷被殺的地方。他不是走到哪就到哪的那種人。他知道自己要去哪裡。他在某個地方有個避風港，或許是親戚的家、他的另一個家、朋友家，總之就是某個明確的目的地。

或者，也有可能他身上的錢夠他在華盛頓、加拿大或阿拉斯加買個地方。一邊是快速安全又昂貴的航空旅行，一邊是到新地方安家落戶的費用，他只能二選一。最後他選擇了後者。若是如此，我跟他看法一致。這樣的選擇雖然要冒險，卻能讓他用最快的速度重新開始——如果他活下來的話。

另一方面，如果真讓我猜對這裡推想的任何一件事，他可能哪天晚上就偷偷離我而去。也有可能不需要偷偷摸摸，哪天就直接轉進一條小路，跟我揮別，分道揚鑣。我不希望這樣。跟他睡過之後，我會更不希望。

即使此時此刻，我都希望他留在我身邊。我討厭他已經開始對我說謊——至少我認為他說了謊。但他何必要對我開誠布公？他根本還不太了解我，而且也像我一樣想要活下去。或許我可以說服他相信我們一起可以活得很好。在那之前最好還是不要完全信任他，享受他的陪伴就好。也有可能我全都猜錯了，但我不這麼認為。真可惜。

我們清完槍，填入子彈，然後走去水邊梳洗。我們可以直接走到水邊用罐子舀水帶走，完全免費。我一直左右張望，害怕有人會來阻止我們或跟我們收費。我們也有可能被搶，但根本沒人理我們。我們看見其他人拿瓶子、水壺、罐子和袋子去裝水，但周圍一片寧靜。大家相安無事。沒人理會我們。

「這種地方不會長久的，」我跟班科爾說。「好可惜。在這裡生活可能還不錯。」

「我猜住在這裡是違法的，」他說。「這地方是州立休閒遊樂區，應該有限制停留的時間。我很肯定以前應該有管制的單位。不知道現在是不是偶而會有官員來收賄款。」

「希望我們剛好錯過。」我擦乾手掌和手臂，然後等他擦乾。「你餓了嗎？」我問。

「早就。」他盯著我看了一會兒，然後雙手抓住我，把我拉向他。他吻了我，在我耳邊說：「你不餓嗎？」

我沒說話。接著，我牽起他的手，兩人一起走回營地拾起一件他的毯子，然後走去我們之前都留意到的一個隱蔽的小角落。

我跟他一起躺下來，探索他光滑、結實又寬闊的身體，感覺如此自然而然。他身材保持得很好。過去幾個禮拜走了好幾百哩路，身上的脂肪無疑都已燃燒殆盡。但他還是又高又壯，胸膛厚實。最棒的是，他從我的身體獲得許多單純的快感，而且我能感受到那種快感。我很少能享受自己的共感力帶來的好處，任由那種強烈狂野的感覺將我淹沒。我可能比他更有心臟病發的危險。我怎麼能忍那麼久？

我們都伸手從皺巴巴的衣服裡拿出保險套的那一刻，浪漫的感覺瞬間消失。滑稽的是，我們都同時意識到那有多突兀，所以都笑了，之後又繼續認真地愛撫和取悅對方。他仔細梳理又如此自負的鬍子害我癢得要命。

「我知道我不該來招惹你，」他跟我說。我們已經做了兩次愛卻還不想起身回營地。「你會殺了我。我太老了，不適合做這種事。」

我哈哈笑，把他的肩膀當枕頭。

過了一會兒，他說：「姑娘，我得跟你說些嚴肅的話。」

「好。」

他深吸一口氣又嘆了口氣，然後嘸嘸口水，欲言又止。「我不想放棄你。」

我不由微笑。

「你只是個孩子，」他說。「我不該那麼衝動。總之，你多大了？」

我實話實說。

他嚇了一跳，把我從他肩上推開。「才十八歲？」他縮起身體，好像我的皮膚會燙人。「我的天啊。你還那麼小，我這樣是猥褻兒童！」

我忍住笑，盯著他看，什麼都沒說。

之後他皺眉搖頭，又過一會兒才靠回來貼著我，撫摸我的臉、肩膀和胸部。

「你不只十八歲，」他說。

我聳聳肩。

「你什麼時候出生的？哪一年？」

「二〇〇九。」

「不會吧——」他拉長聲音說。

我靠過去親他，學他拉長音說：「就是——。別說傻話了。你想跟我在一起，我也想跟你在一起。我們不會因為我的年紀就分開，對吧？」

過了一會兒他搖搖頭。「你應該找個像崔維斯那樣的好青年。我應該要有智慧和決心叫你去找別人才對。」

這讓我想起科提斯，不由一悚。我一直盡量不去想科提斯・托卡。他的情況跟我幾個弟弟不一樣。他可能死了，但沒人親眼看見。看見他弟弟麥克的屍體之後，我很怕下一個會看到科提斯，但從來沒有。他或許沒有死。我失去了他，但我希望他沒有死。他應該跟我一起上路才對。但願他還活著並且平安無事。

「我讓你想起了誰？」班科爾問我，聲音輕柔低沉。

我搖搖頭。「以前在老家認識的一個男生。我們本來今年要結婚的，但我甚至不知道他是死是活。」

「你愛他嗎？」

「當然！我們打算結婚之後就離家，往北走，而且已經決定今年秋天就動身。」

「你們瘋了嗎！竟然在還有地方住的時候就打算走這條路？」

「對。如果我們早一點離開，現在他就會跟我在一起。要是能知道他沒事就好了。」

他躺下來，也拉我在他身邊躺下來。「我們都失去了心愛的人，」他說。「你跟我似乎都失去了所有家人。這應該是我們之間的連結吧。」

「好可怕的連結，」我說。「但我們還有別的連結。」

他搖搖頭。「你真的才十八歲？」

「對。上個月剛滿。」

「你的樣子和舉止比實際年齡大很多歲。」

「這就是我，」我說。

「你是家裡的老大吧？」

我點點頭。「我有四個弟弟，四個都死了。」

「嗯。」他嘆了口氣。「嗯。」

## 二〇二七年8月31日星期二

今天一整天我都在聊天，寫字，讀書，跟班科爾做愛。不用爬起來收東西，走一整天的路，感覺如此地奢侈。大家懶洋洋地躺在營地周圍，放鬆痠痛的肌肉，吃東西，什麼都不做。更多人從公路湧進來紮營，但沒人打擾我們。

我開始教札拉認字，吉兒和艾莉也很感興趣。我讓她們一起加入，彷彿一開始就打算這麼做似的。原來這對姊妹認得一些字，只是還沒學寫字。課快上完時，我為她們唸了幾句地球之籽的詩，儘管哈利在一旁嘀嘀咕咕。然而，當艾莉聲明她絕不會向任何改變之神祈求時，出面糾正她的也是哈利。札拉和崔維斯都露出微笑，班科爾在一旁看得津津有味。

在那之後，艾莉開始問問題，不再發表不屑的聲明，回答她的多半是其他人，包括崔維斯、娜蒂維達、哈利和札拉。有一次班科爾也加入，根據我昨天跟他說的話進一步深入解釋。說到一半他才意識到自己在幹嘛，有點難為情。

「我還是覺得你的理論太簡單，」他對我說。「很大部分是邏輯推論，但沒有摻雜少量神祕色彩，要成功很難。」

「那部分就留給我的後繼者吧，」我說。他從背包挖出一袋杏仁，倒一些到手心，其他的傳下去給大家。

快要天黑時，公路那頭爆發槍戰。我們從這裡什麼都看不到，但還是閉上嘴巴躺平。子彈飛來飛去時，壓低身體才是上策。

槍聲斷斷續續，忽遠忽近。因為輪到我值班，所以我得保持警覺，但儘管駁火聲響激烈，周圍除了迎著晚風搖曳的樹木，一切都靜止不動。看似一片祥和，外面那些人卻在互相殘殺，而且想必會成功。奇怪的是，躺在地上仔細聽附近的人殺來殺去，對我們竟然變成一件稀鬆平常的事。

# 22

如風
如水
如火
如生命
上帝
兼具創造力和破壞力
既嚴格又寬容
是雕刻家也是黏土
上帝就是無限潛力
上帝就是改變

《地球之籽：生者之書》

二〇二七年9月9日星期四

我們已經神經緊繃、提心吊膽地走了一個多禮拜，快累癱了。一行人平安順利抵達並穿越沙加緬度，還買了足夠的食物和水，也在山丘上找到不少可以紮營的空地。但走在五號州際公路上，我們卻完全沒有舒服自在的感覺。

儘管地震引發了混亂，五號州際公路上的人還是比一〇一號公路少很多。有時候路上除了我們，半個人都沒有，雖然這種時候持續不久。

不過，五號的貨車比較多。我們不能大意，因為白天晚上都有貨車。此外，這條路的人骨也比較多。在路上看到頭、下顎、骨盆和軀幹的骨頭都不奇怪。手臂和大腿骨比較少見，但偶而還是會看到。

「我猜是貨車的關係，」班科爾說。「車子在這裡撞到人也不會停下來，因為不敢。路上的毒蟲和酒鬼走路也不看路。」

或許是吧，但整條路空蕩蕩，我只看到四個看似腦袋不清醒或不正常的人。

但我們也看到了其他東西。星期二，我們在公路西側邊坡上的小凹地紮營，有隻黑白兩色的大狗跑來我們的營地，嘴裡叼著一隻血淋淋的手臂，是小孩的手臂，而且看起來還很新鮮。

狗看見我們一愣，然後轉身跑回去，但我們都看見了同樣的畫面，看得清清楚楚。那天晚上我們加派人力守夜。一次兩個人，兩把槍，不廢話，不做愛。

隔天我們決定等經過沙加緬度再休息。雖然不保證沙加緬度的另一頭會比較好，但大家都想遠離這片陰森森的土地。

那晚找地方紮營時，我們撞見四個衣衫襤褸的小孩擠在營火周圍。那幅畫面至今我記憶猶新。他們跟我幾個弟弟差不多年紀，十二、三歲，了不起十四歲，三男一女。女生懷孕了，肚子大到顯然隨時都會生產。我們繞過乾涸河床的河灣就看到那幾個小孩。一隻被肢解的人腿放在柴火上烤，他們轉著腳掌把人腿翻來翻去。我們看見女孩從大腿撕下一小片焦肉塞進嘴裡。

他們從頭到尾都沒發現我們。我走在最前面，在大家繞過河灣前阻止他們繼續前進，但我後面的哈利和札拉也看見了。我們要其他人掉頭往回走，直到遠離那幾個吃人肉大餐的孩子才對他們說出原因。

沒人攻擊我們，也完全沒人打擾我們。我們經過的地方有些甚至風景如畫——蒼翠的樹林和高低起伏的山丘；乾枯的金黃草地和小巧的聚落；農田很多都雜草叢生，荒廢已久，還有無人居住的房子。美麗的鄉村景致，跟南加州比起來也更富庶。更多水、食物，還有空地……

但為什麼會人吃人？

有幾棟燒毀的建築。看得出來這裡也出過亂子，但還是比沿岸少很多。儘管如此，我們巴不得能快回到沿岸。

在沙加緬度補貨和快速經過都算順利。水跟食物比起你在路邊買得到的當然更便宜。就物價而言，城市總是令人鬆一口氣。但城市同時也很危險。有更多幫派，更多警察，更多身上有槍、神經兮兮又可疑的人。經過城市要放輕腳步，步伐平穩，張大眼睛，既得看起來不好惹又不能引人注目。要拿捏得很巧妙。班科爾說，城市這樣子已經很久了。

說到班科爾，休息日這天我沒讓他好好休息。他似乎不介意。不過他說了些我該記下來的話。他說他希望我放下其他人，跟他一起走。不出我所料，他確實有個安全的避風港，至少不會比其他沒有高科技安全裝置和武裝警衛的避風港差。地點在門多西諾角沿岸的山丘上，從這裡大概要走兩個禮拜。

「我妹妹一家人住在那裡，」他說。「但地是我的，有房間可以給你。」

我可以想像他妹妹看到我會有多「高興」。她會假裝客氣有禮，還是輪流盯著我們看，然後問他腦袋是不是有問題？

「你有聽到我說的話嗎？」他問。

我看著他，對他聲音中的憤怒感到有趣。為什麼憤怒？

「我做了什麼？害你覺得無聊嗎？」他問。

我抓起他的手親了一下。「你跟你妹妹介紹我的時候，她會覺得你瘋了。」

過了一會兒他哈哈大笑。「對。」接著又說：「我不在乎。」

「你可能會，只是早晚的問題。」

「你會跟我一起走吧。」

「不會。我想，可是不會。」

他露出微笑。「會，你會的。」

我看著他，試著解讀那抹微笑，但有鬍子的臉很難看穿。說出我沒在那張臉上看到或認出的東西還比較容易。我沒看到自視甚高的表情，或有些男人只在女人面前才會表現出的不屑一顧。他也沒有擅自解讀我的「不要」其實是「要」。那抹微笑有別的意思。

「我有三百英畝的土地，」他說。「幾年前我買來當作投資，因為那裡有個大規模的住宅開發案，像我這樣的投資客打算把土地賣給開發商，大賺一筆。後來開發案因故失敗，我手上的土地只能賠售，要不就是繼續留著。我決定留著。那裡大部分的地都適合耕種，上面有樹，還有些大樹樁。我妹妹和妹夫在那裡蓋了一棟房子，之後還有往外增建。」

「現在可能有好幾十個甚至好幾百個遊民霸佔土地，賴著不走，」我說。

「應該不會。光要進去就是個問題。那裡沒有方便進出的路，離大馬路又遠，是個適合躲藏的好地方。」

「水呢？」

「有水井。我妹妹說那裡愈來愈乾燥，氣候愈來愈溫暖。不意外。但地下水目前好像還夠用。」

現在我知道他要往哪裡走了，但他必須自己一個人前往。那是他的土地，他的選擇。

「那裡沒有很多黑人吧？」我問。

「是不多，」他承認。「但我妹也沒有碰過太多麻煩。」

「她靠什麼養活自己？耕種嗎？」

「對，她丈夫還會去打零工賺現金。但那樣很危險，因為得把她跟小孩丟在家裡好幾天、好幾個禮拜，甚至好幾個月。如果我們可以想辦法養活自己，不要變成她的負擔，消耗原本就不多的資源，說不定就能幫上她的忙。我們或許能提供她更多安全保障。」

「她有幾個小孩？」

「三個。我想想……現在分別是十一歲、十三歲和十五歲。她自己也才四十歲。」他的嘴巴抽搐了一下。才。是啊。連她妹妹都年紀大到可以當我媽了。「她叫亞麗姍卓，我妹夫叫唐・凱西。他們都討厭城市，覺得我的土地是天上掉下來的禮物。他們可以在那裡養小孩，小孩說不定能平安長大。」他點點頭。「目前為止孩子都過得還不錯。」

「你們怎麼保持聯絡？」我問。「電話嗎？」

「我們約定好了，」他說。「他們沒有手機，但唐進城去工作就會打電話給我，跟我說他們的近況。他不會知道我發生了什麼事，也不會期待我聯絡他。如果他打去家裡找我，他跟亞麗應該都會很擔心。」

「你應該飛去的，」我說。「但我很高興你沒有。」

「是嗎？我也是。聽著，跟我一起走。我想跟你在一起，那種渴望比什麼都要強烈。我已經很久沒有這種感覺。很久很久。」

我靠向背後那棵樹。這次的營地不像之前在聖路易斯那樣完全隱密，但這裡有樹，情侶可以各自帶開。每對情侶都有一把槍。吉爾克里斯特姊妹看著多明尼克和賈斯汀。我們的行動範圍大致成三角形，把他們圍在中間，我也把我的槍交給了她們。在五號州際公路上，她們跟崔維斯有機會練了一下打靶。大家都有責任隨時留意四周動靜，確保沒有陌生人闖進來。我環顧四周。

坐起來之後，我看見賈斯汀追著鴿子東奔西跑。吉兒緊盯著他，但沒追著他跑。

班科爾抓住我的肩膀轉向他。「我沒有讓你覺得無聊吧？」這是他第二次這麼問。

我一直避不看他，此刻才跟他四目相對，但他還沒有說出他想留住我就不得不說出口的話。他知道嗎？我想是的。

「我想跟你走，」我說。「但我對地球之籽是認真的，比什麼都要認真。這你必須要了解。」為什麼聽起來怪怪的？雖然一字不假，說出來卻感覺很怪。

「我知道我的情敵是誰，」他說。

或許這就是聽起來很怪的原因。我等於在跟他說，我心裡有別的人——別的事。如果對象是人，聽起來或許就不會那麼怪。

「你可以幫我，」我說。

「幫你什麼？你真的知道自己想做什麼嗎？」

「成立第一個地球之籽社群。」

他嘆了口氣。

「你可以幫我，」我又說。「這個世界逐漸瓦解。你可以幫助我開始做些有意義和有建設性的事。」

「你想要拯救世界是嗎？」他一臉莞爾地說。

我看著他，一瞬間氣到無法說話，等到能控制自己的聲音才說：「你不相信也沒關係，但不要笑我。你知道有東西能夠相信代表什麼嗎？不要笑我。」

過一會兒他說：「好。」

又過一會兒，我說：「地球之籽不是要拯救世界。」

「前往其他星球，我知道。」他平躺在地上，但沒看天空，而是轉頭看我。

「人類要是照著地球之籽的理念生活，地球會變得更好，」我說。「不過話說回來，人類要是照著大部分宗教的理念生活，這世界也會變得更好。」

「是沒錯。那麼你為什麼認為他們會照著你的理念生活？」

「有些人會。好幾千？好幾十萬？好幾百萬？不知道。可是等我有了基地，我就要成立第一個社群。事實上，我已經開始了。」

「這就是你需要我的原因？」他沒有刻意微笑或假裝在說笑。他是認真的。我靠過去坐在他旁邊，這樣才能俯視他的臉。

「我要你了解我，」我說。「我要你接受我是這樣的人，或是自己前往你說的那片土地。」

「你要我帶你和你的朋友到一個可以成立教會的地方。」這次他的表情一樣百分之百認真。

「不然就什麼都不要。」我也一樣認真。他對我露出乾笑。「現在我們知道彼此的立場了。」

我撫平他的鬍子，察覺他想從我手中掙脫卻沒有這麼做。「你真的確定要把上帝當作你的情敵？」我問。

「看來我沒有多少選擇，不是嗎？」他用一隻手按住我在他身上撫摸的手。「告訴我，你曾經脾氣失控、大喊大叫嗎？」

「當然有。」

「我無法想像。說實在的很難。」

這使我想起我還沒告訴他的事，但我最好在他發現之前先說，免得他覺得受騙或懷疑我不信任他——確實還不到完全信任。但我不想因為自己的愚蠢或懦弱而失去他。無論如何都不想。

「還想跟我在一起嗎？」我問。

「當然想，」他說。「我打算一安頓好就跟你結婚。」

他的話出乎我意外。我目瞪口呆看著他。

「最真情流露的立即反應，」他說。「我得好好記住。對了，你願意嫁給我嗎？」

「先聽我說。」

「別再說了。就把你的教會帶來吧。把你的信徒帶來。我不認為他們比我更在乎什麼太空星辰的，但就帶他們來吧。我喜歡他們，房間也夠。」

如果他們願意的話。我下一件事就是要說服他們，但眼前這件事還沒完。

「不只是那樣，」我說。「我還有一件事要告訴你。如果你聽了之後還想跟我在一起，我願意嫁給你，時間你決定。我想跟你在一起，你一定知道我想。」

他等著我把話說完。

「我母親懷我的時候吃了——應該說濫用——一種處方藥，那個藥叫做旁若賽特科。因為這樣，我有超共感症候群。」

他沒有特別的反應，看不出他對這件事有何感覺。只見他坐起來看著我，眼中充滿好奇，彷彿想從我的臉或身上看出超共感症候群的一絲跡象。「你感覺得到別人的痛苦？」他問。

「痛苦和快樂都有，」我說。「只是最近感覺不到什麼快樂，除了跟你在一起的時候。」

「你看到別人流血自己也會流血？」

「現在不會了。小時候會。」

「可是你……我看見你殺了一個人。」

「對。」我搖著頭，想起他看到的畫面。「我不得不，不然他會殺了我。」

「這我知道。只是……我很驚訝你做得到。」

「我說了，我不得不。」

他搖搖頭。「我當然讀過相關資料，但從沒看過實際的案例。記得當時我還想，如果大多數人都必須承受自己造成的痛苦，或許也不是太糟的事。當然不包括醫生或其他醫護人員，而是一般人。」

「不好，」我說。

「難說。」

「相信我，那樣很不好。自我防衛不應該非得讓人痛苦或造成死傷不可。受傷的人承受的痛苦，可能會讓我動彈不得。我的槍法可以讓人一槍斃命，因為對方如果只是受傷，那種痛苦會讓我付出巨大代價。而且……」我停下來，視線從他身上移開片刻，然後深吸一口氣再看著他說：「最糟的是，如果你受傷，我可能幫不了你。我很可能因為你的傷——也就是你的痛苦——跟你一樣動彈不得。」

「我想你會找到方法的。」他微微一笑。

「別抱這種希望，班科爾。」我又停住，思索該怎麼說他才會理解。「我不是要你稱讚我甚至安慰我。我是要你理解：如果你摔斷腿，或是中槍，或是受了什麼重傷，無法行動，我可能也會無法行動。你必須了解那種痛苦會讓人整個癱瘓。」

「是啊。不過我也不是不了解你。別再跟我說你不是要人稱讚，這我知道。我們回營地吧。我袋子裡有些止痛藥，我會教你怎麼用藥，還有何時該給我或需要的人用藥。如果你能撐到吞下藥，就不會完全無法行動。」

「……好。所以……你還想娶我嗎？」我沒想到自己會那麼不想問他這個問題。我知道答案是肯定的，卻還是問了，幾乎像在求他說出答案。我需要聽到他親口回答。

他哈哈大笑，笑聲爽朗響亮，聽起來是發自內心的。我沒辦法對他生氣。「這句話我得記住，」他說。「你難道還真以為我會放你走嗎，ㄚ頭？」

# 23

世界萬物
都是你的老師
所有感知
所有經驗
得到的
失去的
深愛的或痛恨的
需要的或恐懼的
都能使你成長
只要你願意學
上帝是你的第一個
也是最後一個老師
上帝是最嚴厲的老師
敏銳細心
要求嚴格
不學習就是死路一條

《地球之籽：生者之書》

## 二〇二七年9月10日星期五

今天早上天亮前，我們又得忍受外面的槍林彈雨，逼自己繼續睡覺。槍聲從南邊的公路或公路附近開始，朝我們逼近之後又拉遠。

我們聽到有人大喊、尖叫、咒罵、狂奔……又來了。愚蠢，危險，煩死人了。槍戰持續了一個多小時，時大時小，最後一陣砲火聽起來像全槍出動，然後聲音就沒了。

我不管槍聲繼續睡了一下。我已經克服了恐懼，甚至克服了憤怒，最後只剩下疲憊。心裡想著：如果那些王八蛋要殺我，就算醒著我也阻止不了他們。即使這樣想是自欺欺人，我也不在乎，繼續呼呼大睡。

雖然有人看守，卻有兩個人不知在槍戰當下還是之後神不知鬼不覺溜進我們的營地躺下來睡覺，而且還睡著了。

我們跟往常一樣早早就起床，這樣才能在太陽還不毒辣的時候啟程。我們已經學會在破曉時自動起床。今天，我們之中有四個人幾乎在同時間從睡袋裡坐起來。我正要爬出睡袋去小便，就看見那兩個多出來的人——曙光中只見兩團灰色物體靠在一起，一大一小，躺在光禿禿的地上睡覺。手腳像木棍從破舊衣物堆裡伸出來。

我看看其他人，發現他們正盯著我盯著的東西看——除了應該負責看守的吉兒。上禮拜我們開始讓她跟另一個搭檔輪夜班。今天是她第二次單獨看守。結果她在看哪裡？另一頭的樹林。我得跟她談一談。

哈利和崔維斯開始對地上的兩個人採取行動。他們悄悄鑽出睡袋，然後站起來，身上只穿著內衣褲。我穿上衣服之後加入他們，三人動作一致，團團包圍那兩個入侵者。

體型較大的那個立刻醒來，一躍而起，往哈利的方向暴衝兩三步又停住。是個女人。現在視線更清楚了。咖啡色皮膚，一頭黑直長髮亂蓬蓬。她的膚色跟我一樣深，但骨頭突出，瘦得像竹竿，臉有稜有角，很需要好好吃幾頓飯和洗個澡。她跟我們在路上看到的很多人很像。

第二個入侵者醒來，看見崔維斯穿著內衣褲站在一旁，立刻放聲尖叫。那聲音引起每個人的注意，是小孩高亢刺耳的尖叫聲——看起來大約七歲的小女孩。她是前一個女人的縮小版，兩人應該是母女或姊妹。

女人跑回小孩面前想抱起她。但小女孩把自己縮成胎兒似的小球，女人沒地方可抓，不小心跌了一跤，立刻也把自己捲成圓球。大家都跑過來看。

「哈利……」我等他把視線轉向我。「你跟札拉可以幫忙看守，確保不會再有人闖進來？」

哈利點點頭。他跟札拉各自走向營地兩邊站崗，哈利在最靠近公路入口那一側，札拉在最靠近小路入口那一側。我們找到一片荒廢的土地，盡可能把自己藏起來，班科爾說這裡以前應該是公園。但我們不會騙自己附近一個人都沒有。沿著五號州際公路走到沙加緬度外郊的小城，我們就遠離了最混亂的區域，但附近還是有不少窮人——當地的乞丐和像我們一樣的難民。

這兩個全身又髒又破、一臉驚恐的人是從哪來的？

「我們不會傷害你們的，」我對她們說。兩人還是捲成一團倒臥在地上。「先起來吧。來，站起來。你們一聲不響跑進我們的營地，至少可以跟我們說說話。」

我們沒碰她們。班科爾似乎想這麼做，但我抓住他的手制止他。她們已經怕得要命，這時要是有個陌生男人伸手去碰她們，她們可能會歇斯底里起來。

女人抖抖顫顫地鬆開身體，抬頭看我們。現在我才發現除了膚色，她長得其實像亞洲人。她低頭跟小孩說悄悄話。不一會兒，兩人站起來。

「我們不知道這是你們的地方，」她輕聲說。「我們會走的。放我們走吧。」

我嘆了口氣，看著小女孩恐懼的臉。「你們可以走，」我說。「但如果你們想，也可以跟我們一起吃東西。」

她們都想拔腿就跑。就像小鹿，嚇得僵在原地，準備一溜煙逃走。但我說出了神奇的關鍵字。兩個禮拜前我不會這麼做，但今天我對這兩個看起來餓了很久的人說：「吃東西。」

「食物？」女人悄聲問。

「對。我們會分你們一點食物。」

女人看看小女孩。現在我確定她們是母女了。「我們沒有錢，」她說。「我們什麼都沒有。」

看得出來。「只要收下我們給的，不要多拿，那樣就夠了。」

「我們不會偷東西的。我們不是小偷。」

她們當然是小偷，不然還能怎麼活下來。有時去偷，有時去撿，或許也賣身……但顯然不太行，不然就不會弄得這麼狼狽。但為了那個小孩，我想至少幫她們一頓飯。

「那就等我們準備早餐，」我說。

她們坐在原地，用無比飢渴的眼神看我們張羅。拿出我們全部的食物也滿足不了那樣飢渴的眼神。我不確定自己是不是做了錯誤的決定。這兩個人已經餓到什麼事都做得出來。就算看起來無害又怎麼樣。她們還活著，也還有力氣逃跑，絕對稱不上無害。

後來是賈斯汀讓那兩雙深不可測的飢渴眼睛稍微放鬆下來。他搖搖擺擺走去女人和女孩那邊打量她們，全身光溜溜。小女孩也盯著他看，但過了一會兒女人露出微笑。她對賈斯汀說了些話，賈斯汀也跟著笑，然後又跑回艾莉身旁。艾莉抓住他，幫他穿上衣服，但他已經完成任務。女人開始用不同的眼光看我們。她觀察娜蒂維達抱著多明尼克餵奶，又觀察班科爾梳鬍子。母女倆咯咯發笑，好像覺得很滑稽。

「你很受歡迎，」我跟班科爾說。

「我不懂男人梳鬍子有什麼好笑的，」他嘀咕，收起梳子。

我從背包挖出梨子，給她們母女一人一顆。梨子是我兩天前才買的，只剩三顆。其他人收到暗示也紛紛拿出剩下的食物。去殼的核桃、蘋果、石榴、晚崙夏橙、無花果等等小東西。

「省著點吃，」娜蒂維達說，拿給女人一把包在紅布裡的杏仁。「把東西包在裡面再綁好。」

大家一起吃玉米麵包沾少許蜂蜜，還有昨天買來並煮好的水煮蛋。昨天晚上我們就用炭火烤了玉米麵包，這樣才能一大早就出發。母女檔吃東西的樣子，好像這些簡單又冷冰冰的食物是她們吃過最好吃的東西，好像不敢相信有人會把這些人間美味分她們吃。她們埋頭猛吃，好像怕我們會把食物搶回去。

「我們該走了。太陽愈來愈大，」最後我說。

女人抬頭看我，一張怪異而瘦削的臉又露出飢渴的眼神，但這次不是為了食物。

「讓我們跟你們一起走，」她說，急得話都說不清楚。「我們會幫忙做事，撿木頭、生火、洗碗，什麼事都可以。帶我們一起走。」

班科爾看著我。「你早就料到了是吧。」

我點點頭。女人輪流看著我們。

「什麼事都可以，」她輕聲說，聲音哀怨。她的眼睛枯槁乾涸，小女孩卻淚眼汪汪。

「給我們一點時間考慮，」我說。我的意思是：**暫時迴避一下，好讓我的朋友臭罵我一頓**。但女人仍站在原地，好像沒聽懂。

「你們去那裡等。」我指了指離馬路最近的幾棵樹。「我們先討論一下再告訴你們結果。」

她不想走，遲疑片刻才起身，並拉起更不想走的女兒，然後提起沉重的步伐走向我指的地方。

「天啊，我們要帶她們一起走，對吧？」札拉低聲說。

「這就是我們要商量的事，」我說。

「難道我們餵飽她們之後就打發她們走，叫她們不要再挨餓？」札拉發出反感的聲音。

班科爾說：「如果她不是小偷，如果她沒有什麼危險的習慣，或許可以帶她們一起走。那個小女孩……」

「對，」我說。「班科爾，你的地方容納得下她們嗎？」

「他的地方？」三個人同時問。至今我還沒有機會跟他們說這件事，也提不起勇氣。

「他在北邊靠海的地方有一大片土地，」我說。「上面有棟房子，但我們不能住，因為他妹妹、妹夫住在那裡。不過旁邊有地，有樹，有水。他說……」我嘛嘛口水，看著面帶微笑的班科爾。「他說我們可以在那裡建立地球之籽——看我們能建設到什麼程度。」

「那裡有工作嗎？」哈利問班科爾。

「我妹夫整年自己種東西，也會去打零工，生活還過得去。他靠這樣養大三個小孩。」

「但他打的零工有薪水？」

「有。不多，但有薪水。這件事最好之後再談。我們這樣是在折磨那對母女。」

「她會偷東西，」娜蒂維達說。「她嘴上說不會，其實會。看得出來。」

「她常挨打，」吉兒說。「看她們被發現的時候整個身體捲起來就知道了。她們常被拳打腳踢、暴力對待。」

「對。」艾莉一臉痛苦。「要想辦法護住頭、護住眼睛還有……胸口。她以為我們要打她。她跟那個小孩都是。」

艾莉和吉兒這麼清楚，頗耐人尋味，可見她們的父親有多可怕。她們的母親呢？她們從沒提過她。她們能活著逃出來，腦袋也沒失常，實在很神奇。

「我們該留下她們嗎？」我問大家。

艾莉和吉兒都點點頭。「雖然她短期內會很讓人頭痛，」艾莉說。「就像娜蒂維達說的，她會偷東西。她克制不了自己。我們得好好看著她。小女孩也是。偷了東西就逃之夭夭。」

札拉咧嘴笑了。「讓我想起那個年紀的自己。兩個都會很讓人頭痛。我贊成試試看。如果她們守規矩或學得會守規矩，咱們就留著她們。如果太笨學不會，就把她們趕走。」

我看著站在一起的崔維斯和哈利。「男生覺得呢？」

「我覺得你愈來愈容易心軟，」哈利說。「幾個禮拜前，我們要是考慮收留一對乞丐母女，你就要發飆了。」

我點點頭。「你說的沒錯。確實是。或許我們應該保持那樣的態度。但這兩個……之後可能有用上她們的地方，而且我不覺得她們會對我們造成危險。如果我錯了，我們隨時可以拋下她們。」

「說不定沒那麼容易，」崔維斯說。之後他聳聳肩。「我不希望自己是那個把小女孩趕走、讓她回去當小偷／乞丐／妓女的人。可是蘿倫，你想想看，要是留下她們，之後出了問題，要擺脫她們可能難上加難。再說，要是她們附近還有同夥，只是來幫同夥探路，我們或許得殺了她們。」

哈利和娜蒂維達雙雙表示反對。殺一個女人和一個小孩？那怎麼行！不可能！絕對不可能！

其他人在一旁聽他們說。等他們說完，我才開口：「雖然不是沒有可能，但我想應該不至於。那個女人想活下來，更希望自己的小孩活下來。為了小孩，我想她什麼都能忍，而且我不認為她會替人探路，害小孩陷入危險。再說，這裡成群結夥的人很直接，不會另外找人探路。」

沉默。

「要接納她們嗎？」我問。「還是現在就拒絕她們？」

「我不反對她們加入，」崔維斯說。「為了小孩，就讓她們留下來吧。但我們晚上就恢復一次兩個人看守。說到這，她們兩個到底是怎麼進來的？」

吉兒聞言一縮。「昨天晚上她們可能在任何時間溜進來，」她說。「任何時間都可能。」

「我們沒看見的可能會害我們沒命，」我說。「吉兒，你沒看見她們嗎？」

「我交接的時候她們可能就在了！」

「但你還是沒看見她們。她們可能割破你的喉嚨——或你姊姊。」

「但她們沒有。」

「下一個可能會。」我靠向她。「這個世界到處是瘋狂又危險的人。我們每天都看到這些人留下的痕跡。要是不當心一點，那種人可能洗劫我們，殺掉我們，甚至吃掉我們。吉兒，這個世界已經一團亂，我們只能靠彼此把它擋在門外。」

不悅的沉默。

我伸手去握她的手。「吉兒。」

「不是我的錯！」她說。「你不能證明我——」

「吉兒！」

她閉上嘴，凝視著我。

「聽我說，這裡沒有人會打你好嗎。但你做錯了事，那很危險，你自己也知道。」

「所以你要她怎麼辦？」艾莉問。「跪下來說對不起嗎？」

「我要她好好珍惜自己和你的這條命，不要大意。這就是我要的。這也應該是你要的，尤其是現在。吉兒？」

吉兒閉上眼睛。「媽的！」接著又說：「好好好！我沒看見她們，就真的沒有。下次我會更小心，誰都別想逃過我的眼睛。」

我繼續握著她的手片刻才鬆開。「好了，那我們走吧。先去接那對嚇得半死的母女，然後就離開這裡。」

結果這對母女是我碰過最複雜的混血家庭。以下是她們的經歷，是從她們白天和晚上告訴我們的片段故事中拼湊而成的。女人的父親是日本人，母親是黑人，丈夫是墨西哥人，都死了，只剩下她跟女兒。她叫做艾蜜麗．塔那卡．索里司，她女兒是托莉．索里司。托莉今年九歲，我原本猜七歲，她大概從出生以來都沒吃飽過。她瘦小、安靜，動作俐落，眼神飢渴，又髒又破的衣服裡藏著食物碎屑。後來我們用班科爾的一件襯衫替她做了件連身裙，她照樣在新裙子裡藏食物。托莉已經九歲，但她母親才二十三歲。艾蜜麗十三歲就嫁給一個比她年長很多、承諾要照顧她的男人。她父親已經死了，因為捲入他人的槍戰而喪生。她母親得了肺結核，不久人世，所以逼她結婚，免於流落街頭過著吃不飽又受人欺凌的生活。

到這裡為止，她的境遇雖然悲慘，但並不少見。之後三年艾蜜麗生了三個小孩，一女兩男。她跟丈夫在農場幹活交換食物、棲身的地方，還有舊衣服。後來農場賣給一家大規模的農業企業集團，工人也納入新集團旗下。雖然有薪水可領，但領的是公司票券，而不是現金。工人住的小屋要收租金，還得花錢買食物、衣服（新衣或二手衣）跟所需的一切，而且在公司商店當然只能用公司的票券。到頭來，薪水——沒想到吧！——永遠不夠付帳單。根據真假難辨的新法規，工人未償清債務不得離開原雇主，必須以準契約勞工或罪犯的身分做工還債。換句話說，他們若是拒絕工作，就可能被捕、被關，繞了一圈又回到雇主手中。

無論如何，這些還債奴隸可能被迫工作更久，薪資卻比別人少，可能因為工作未能達標而被「懲罰」，可能經過或未經他們同意就被賣給需要長期或短期人力的遙遠雇主，甚至被迫跟家人分開。更慘的是，連小孩都可能被迫做工還債，如果父母過世、傷殘或逃走的話。

艾蜜麗的丈夫不幸病逝。沒看醫生，沒受治療，只服用了一些昂貴的成藥和工人在小花園裡自種的藥草。荷黑．法蘭西斯科．索里司最後發著燒，在小屋的泥地上痛苦死去，從頭到尾沒看過醫生。班科爾說聽起來像是盲腸炎未治療引發腹膜炎而喪命。根本不是什麼嚴重的病。然而，沒有什麼比非技術性勞力更容易取代。

艾蜜麗和三個小孩得把索里司欠的債還完。無可奈何的艾蜜麗只好做工還債，直到有一天，兩個兒子突然被帶走。他們各比姊姊小一歲和兩歲，還需要父母照顧，卻硬生生被帶走。沒有人來問艾蜜麗要不要跟他們一起走，也沒人告訴她，兒子會受到什麼對待。他們讓她吃了能「平靜下來」的藥，藥效過後她愈想愈不安，大哭大叫，要他們把兒子還給她並拒絕工作，直到上司威脅要把她女兒也帶走，她才屈服。

之後她就決定要帶女兒一起逃走，冒險上路，顧不得可能被偷、被強暴、被吃掉。她們身上反正沒東西可偷，繼續當奴隸也不一定就不會被強暴，至於被吃……或許那只是想像，是故意編來嚇唬奴隸讓他們乖乖認命的謊言。

「人吃人是真的，」那天晚上吃東西時我告訴她。「我們親眼看到的。但我想他們只是拾荒者，不會殺人，只是趁路上有人被殺撿些便宜罷了。」

「拾荒者會殺人，」艾蜜麗說。「如果你受了傷或看起來病了，他們就會盯上你。」

我點點頭，她繼續接下去說。有天半夜，她跟托莉繞過武裝警衛、通電柵欄、聲音和動作感測器和看門狗的監控，成功溜走。兩人都很擅長保持安靜、隱身匿形、好幾個鐘頭躺平不動，而且也都手腳俐落。奴隸就是能學會這種事——當然也要活下來才學得會。艾蜜麗和托莉想必非常幸運。

艾蜜麗雖然想把兒子找回來，卻完全不知道他們的下落。她只知道他們當初被一輛貨車載走，卻不知道貨車開到公路之後轉上哪條路。爸媽教會她讀書寫字，但她沒看見跟兒子有關的資料文件。一陣子過後，她不得不承認自己能做的只有帶女兒逃走。

母女倆靠著野生植物和「找來」或要來的東西維生，往北漂流。「找」是艾蜜麗的說法。如果我是她，應該也會做同樣的事。

因為一場幫派械鬥，她們才會逃來我們的營地。幫派一直是城市特有的危險。進入幫派地盤時，如果不離開馬路或許就不會引來側目，目前為止我們都順利過關。但艾蜜麗說，我們昨晚紮營的那片雜草叢生的公園有地盤糾紛。兩個幫派來來回回謾罵叫囂，不時停下來對經過的貨車開槍。在路邊不遠處紮營的艾蜜麗和托莉趁著空檔溜走。

「其中一邊離我們愈來愈近，」艾蜜麗說。「他們邊跑邊開槍，一次比一次近，我們非走不可，要是被人聽到或看到就糟了。後來我們發現你們過夜的那片空地，但沒看到裡面有人，你們很會躲。」

我想這大概是一種讚美。我們一行人盡可能融入周圍的環境，避免被人發現，但大多時候都很難。像今天晚上就沒辦法，所以我們說好今天一次兩個人守夜。

二〇二七年9月12日星期日

今天托莉．索里司給我們多找了兩個同伴：葛雷森．莫拉和他女兒荳荳。荳荳只比托莉小一歲，兩個並肩走在同條路上的小女孩變成了好朋友。今天我們轉向西邊上二十號州道，回頭往一〇一號公路走。大家花了很多時間討論前往班科爾的土地安頓下來、找工作、耕種，還有該怎麼建設的問題。

這時候，兩個小女孩交上了朋友，還把爸媽也拉進來。她們的爸媽很多方面都很像，因此引起我的注意。兩人差不多年紀——也就是說，他當上父親跟她當上母親時差不多年輕。這並不奇怪，奇怪的是小孩竟然由爸爸照顧。

他高高瘦瘦，非裔拉丁人，話不多，很保護小孩，不過有點畏畏縮縮。我看得出來他喜歡艾蜜麗，但某程度又想脫離她——脫離我們。我們走下大路去紮營時，要不是他女兒苦苦哀求他留下來跟我們在一起，他應該會繼續走。他自己有食物，所以我跟他說，如果他想，可以在我們附近紮營。跟他說話時，我意識到兩件事。

第一，他不喜歡我們。這很明顯。他對我們毫無好感。我猜他討厭我們是因為我們一群人很團結又有武器。人常會討厭你害怕的人。我跟他說我們會輪流守夜，如果他不介意，歡迎他加入。他聳聳肩，冷冷地輕聲說：「哦，好。」

他選擇留下來。他女兒想，他心裡某部分也想，但還是有地方不對勁。跟一般路人處處提防的樣子不同。

第二件事只是我自己的猜測。我認為葛雷森和荳荳之前也是奴隸。但葛雷森現在已經變成有錢的乞丐。他有兩個睡袋，還有水、食物跟錢。要是我猜的沒錯，他應該是從別人——或別人的屍體——那裡搶來的。

為什麼我覺得他曾經是奴隸？他那畏畏縮縮的怪樣子跟艾蜜麗實在太像。此外，荳荳和托莉雖然外表一點都不像，卻跟姊妹一樣了解彼此。小孩有時是會這樣，這不代表什麼，光是小孩湊在一起就有這種效果。但除了她們兩個，我從沒看過其他小孩一害怕就倒在地上縮成胎兒姿勢。

荳荳摔倒時就是這麼做的，札拉還過去看她有沒有受傷。只見荳荳立刻把身體捲成球狀還抖個不停。是不是像吉兒和艾莉說的，那是人預期自己會被拳打腳踢的自動反應？一個既是自保也是屈服的姿勢？

「那傢伙不太對勁，」班科爾說，瞥了眼葛雷森。我們躺在彼此身邊休息。吃過東西之後，我們聽艾蜜麗說了更多她的故事，也聊了一下，兩人都累了。現在輪到崔維斯和吉兒看守，我得寫點東西。班科爾跟札拉輪清晨的班，他有話想跟我說。他坐在我旁邊，對著我耳朵說話，聲音壓得非常低，我身體一偏就會聽不清楚。「莫拉太神經質了，」他說。「只要有人靠近他，他就會縮起身體。」

「我認為他以前也是奴隸，」我也壓低聲音說。「這或許不是他唯一的問題，卻是最明顯的一個。」

「所以你也發現了。」他搭住我的肩並嘆了口氣。「同意。他跟小孩都是。」

「還有他不喜歡我們。」

「他不信任我們。為什麼要？我們得盯著他們四個一段時間，他們……怪怪的，說不定會笨到哪天晚上抓了我們的包包溜之大吉。或者我們會開始發現一些小東西莫名其妙消失。小孩比較可能會被逮個正著。但如果大人決定留下來，也是為了小孩的緣故。如果我們對小孩寬容一點，好好保護她們，我想大人就會對我們忠誠以待。」

「所以我們變成了幫助黑奴逃亡的現代地下鐵路網〔譯注：underground railroad，美國南北戰爭前幫助黑奴逃亡的祕密路線網〕，」我說。奴隸制度捲土重來，甚至比我爸預期的還慘，至少速度更快。他以為還要再過一陣子才會出現。

「這些都不是新鮮事。」班科爾靠著我，調整到舒服的姿勢。「一九九〇年代早期我讀大學時，就聽說有地主這麼做——扣留工人，強迫他們工作卻不給薪水。加州的拉丁人、南方的黑人和拉丁人……不時有人因為幹這種事去坐牢。」

「但艾蜜麗說那是新法規——強迫工人和他們的子女工作償還逼不得已愈積愈多的債務是合法的。」

「或許吧。很難知道該相信什麼。政治人物是有可能通過支持抵債為奴的法律，但我還沒聽說。可惡到會販奴的人，當然也有可能謊話連篇。你知道那個女人的小孩是像牲畜一樣被賣了吧——毫無疑問是賣去當娼妓。」

我點點頭。「她心裡有數。」

「對。天啊。」

「世界崩壞得愈來愈嚴重。」我頓了頓。「可是我告訴你，如果能說服他們加入我們就能告別奴隸生活，得到自由，他們一定會拚了命守護這份自由。不過我們需要更好的槍，也要極其小心……外面愈來愈危險。多了兩個小女孩尤其危險。」

「那兩個知道要怎麼保持安靜，」班科爾說。「她們是小兔子，又快又安靜，所以才能活到現在。」

# 24

尊敬上帝：
將禱告融入工作——
融入學習
計畫
行動
創造
教學
達成目標
將禱告融入工作
禱告是為了——
集中精神
撫平恐懼
鞏固目標
尊敬上帝
塑造上帝
將禱告融入工作

《地球之籽：生者之書》

## 二〇二七年9月17日星期五

今天早上我們讀了些詩，討論了一下地球之籽。這個活動有平靜心情的效果，跟上教堂很像。我們需要一些能安定心神的事。連新人都加入討論，問問題，說出心裡的想法，把詩套用在真實經驗上。

上帝就是改變，而且上帝最終確實會戰勝一切。但大家對那樣的結局何時到來和為什麼到來有自己的看法。

沒錯。

這個禮拜真要命。

今天和昨天我們都休息一天，明天或許也會。我需要休息，無論其他人需不需要。大家都全身痠痛，精疲力盡，為逝者痛心——但又有打了勝仗的喜悅。很奇怪的感覺。我想是因為我們多半都還活著。我們是一群存活下來的人。但我們一直不都是嗎？

事情是這樣的。

星期二中午休息時間，托莉和荳荳去遠一點的地方小便。艾蜜麗陪她們一起去，現在荳荳也歸她管。昨天晚上，她跟葛雷森・莫拉兩人偷偷脫隊，一個多小時才回來。那時輪到我跟哈利看守，我們看到他們兩人溜走。他們成了一對，黏著彼此不放，但跟其他人都保持距離。兩個怪咖。

所以艾蜜麗帶兩個小女孩去尿尿。沒有很遠，就在山坡另一邊，一片乾枯的灌木和草叢後面。我們其他人坐在一小片橡樹林蔭影下吃吃喝喝，還有流汗。橡樹看起來只剩半條命，樹枝少了很多，想必是被人折去當木柴燒了。我看著樹上凹凸不平的傷痕，這時尖叫聲傳來。

最先是小女孩尖細高亢的叫聲，然後我們聽到艾蜜麗大喊救命，再來是一個男人的咒罵聲。

我們大多都想都不想就跳起來衝過去。但跑到一半我抓住哈利和札拉，示意他們回去保護行李，還有留下來陪寶寶的娜蒂維達和艾莉。哈利手上有步槍，札拉有貝瑞塔手槍。那一刻他們兩個都恨死我了。無所謂。當下我只是很慶幸他們願意掉頭回去。必要時他們可以掩護我們，避免我們被壓制。

一到現場，我們看見艾蜜麗在跟一個抓住托莉的禿頭壯漢搏鬥。荳荳已經跑回營地，放聲尖叫直直衝進父親的懷裡。他一把抱起她跑向公路，然後又折回橡樹下的營地。其他禿頭人從公路上跑過來，也跟我們一樣跑向尖叫聲的方向，我看見那群人裡頭有金屬光芒一閃一閃。或許只是刀子。或許是槍。崔維斯也看到那群人了，比我還先大喊一聲，跟大家示警。

我往後退，單膝跪下，雙手舉起我的點四五瞄準攻擊艾蜜麗的人，等待最佳出手時機。那個男人比艾蜜麗高很多，除了托莉遮住的地方，頭跟肩膀都露在外面。他一手抱著小女孩像抱著一個洋娃娃。問題在於艾蜜麗。她身材嬌小，身手矯捷，劈頭撲向男人，猛抓他的臉，試著要戳他眼睛。他把她推開或甩開，拚命保護自己的眼睛。如果雙手並用，他可能很快就能把她打趴，但他死都不肯放開不停掙扎的托莉，艾蜜麗也不會輕易被擊退。

有一片刻，他確實把艾蜜麗打得爬不起來。在那短暫的空檔，儘管我的耳朵因為他剛剛那一拳嗡嗡叫，我還是對他開了槍。

我立刻就知道自己打中了他。他沒倒下來，但我感覺到他的痛苦，有幾秒的時間我全身動彈不得。之後他倒下去，我也跟著癱在地上，但還是看得到聽得到，槍也還在手上。

我聽見叫囂聲。公路上的光頭幫就快要走過來——一共有六個、七個、八個人。我痛到喪失行為能力，但我看見了他們。不一會兒，我射中的男人昏過去或死了，我才終於解脫——其他人需要我。

除了我以外，跑出來的人只有班科爾身上有槍。

我還沒完全恢復就站起來，差點又倒下去。另一個人撲向揹起艾蜜麗要逃走的崔維斯，我對他開了槍。

我再次倒下，但沒昏過去。我看見班科爾抓住托莉，幾乎是用丟的把她丟給吉兒。吉兒抓住她，立刻轉身抱著她跑回營地。

班科爾跑過來，我還能站起來，跟他互相掩護撤回營地。

我們只能撤回傷痕累累的橡樹下，幸好橡樹有看起來很堅固的粗大樹幹。我們回到樹下時，對方朝這裡開了好幾槍。

過了好幾秒我才意識到有人在對我們開槍。一反應過來，我立刻跟其他人躲到樹後面，尋找對方的槍。

我什麼都還沒看見，背後就轟然一響。是哈利抓著步槍朝對方發射。之後他又開了兩槍，我自己也胡亂開了兩槍，差點站不穩。班科爾好像也開了槍。之後我就癱了，整個人壞掉，跟著某個人死去。槍聲驟然停住。

我又跟著另一個人死去。有人把手放在我身上，我渾身一震，差一點再度扣下扳機。是班科爾。

「你這個笨蛋！」我痛苦地說。「我差點殺了你。」

「你流血了，」他說。

我很驚訝，努力回想自己有沒有中槍。或許我只是倒地時壓到了銳利的木頭。我的身體失去了感覺，雖然覺得痛，卻說不上來是哪裡痛，或者痛來自我自己還是別人。那種痛很強烈，但又逐漸緩和。我有種……靈肉分離的感覺。

「其他人都沒事嗎？」我問。

「不要動，」他說。

「**結束了嗎，班科爾？**」

「結束了。沒死的都跑了。」

「我的槍你拿去給娜蒂維達，免得他們又跑回來。」

我感覺到他從我手中拿走槍，也聽到模糊的說話聲，但聽不清楚說什麼。這時我才意識到自己又快昏過去。但無所謂了，至少我有撐住，多少幫忙擋了一下。

||

吉兒・吉爾克里斯特死了。

抱著托莉跑回樹叢時，她不幸背部中槍。班科爾沒有馬上告訴我，不想要我太快知道，畢竟我自己也受傷了。算我命大，只受了小傷，雖然會痛，但除此之外並無大礙。吉兒就沒那麼幸運了。醒來之後聽見艾莉撕心裂肺的哭喊聲，我才知道吉兒死了。

吉兒把托莉抱回樹下放下來，才一聲不響地彎身倒地，看似在找掩護。艾蜜麗抓起托莉，母女倆又驚怖又欣慰地抱在一起哭。其他人忙成一團，先找掩護，然後開槍反擊或幫有槍的人指揮方向。第一個看見吉兒流了一灘血的人是崔維斯。他大聲喊班科爾過去，然後把吉兒翻身仰躺，看見血從她胸前的傷口汩汩流出，後來才證實那是穿透傷。班科爾說他趕到之前她就斷氣了。來不及交代遺言，來不及見姊姊最後一面，甚至不確定自己是否成功救回了小女孩。她成功救回了。托莉身上只有瘀血，其他都沒事。大家都沒事，除了吉兒。

我的傷其實是一大片刮傷。有顆子彈從我左側擦過去，犁出一條溝，造成一些皮肉傷、大量出血、上衣兩個破洞，還有劇痛。傷口比燙傷還要痛，但還不至於害我失去行為能力。

「小傷而已，跟牛仔一樣，」哈利說。他跟札拉過來檢查我的傷勢。他們看起來都狼狽又難過，但哈利為了我強顏歡笑。他們剛幫忙埋了吉兒。我昏過去的時候，大家一起用雙手、木棍和我們的手斧為她挖了一個淺淺的墳墓。他們把她放進樹根下再用土蓋住，然後把大石頭滾到上面。樹木會將她吞沒，但野狗和食人者動不了她。

大家決定就地睡一晚再說，即使這片小橡樹林太靠近公路，照理說不適合當過夜的營地。

「你是個大笨蛋，而且沒人揹得動你，」札拉說。「所以就在這裡休息吧，讓班科爾照顧你。反正誰也阻止不了他。」

「只是牛仔小傷，」哈利又說。「我買的那本書裡的人，動不動就側身、手臂或肩膀中彈，沒什麼大不了。雖然班科爾說，他們之中有很大比例會因為破傷風或其他感染而喪命。」

「謝謝你的鼓勵，」我說。

札拉白了他一眼，然後拍拍我的手臂。「別擔心，」她說。「沒有細菌能過老傢伙那一關。你害自己中彈快把他氣瘋了，他還說你要是有點腦袋，就應該跟寶寶一起待在原地。」

「什麼？」

「嘿，他有年紀了，」哈利說。「不然你期待他怎樣。」

我嘆了口氣。「艾莉還好嗎？」

「還在哭。」他搖搖頭。「她不肯讓任何人接近她，除了賈斯汀。連他都努力要安慰她，看到她哭，他很傷心。」

「艾蜜麗和托莉也受了很大的驚嚇，」札拉說。「我們之所以不移動，部分也是因為她們。」她頓了頓。「蘿倫，你會不會覺得那兩個人怪怪的？我是說艾蜜麗和托莉。那個叫莫拉的傢伙也是。」

我突然間恍然大悟，然後又嘆了口氣。「他們也是共感人，對吧？」

「對，他們全部都是，大人跟小孩都是。你知道？」

「現在才知道。但我確實覺得哪裡怪怪的，他們畏畏縮縮又神經質的樣子，好像很怕被觸碰到，而且他們都當過奴隸。我弟馬可曾經說過，共感人當奴隸會是多麼好用。」

「那個叫莫拉的傢伙想走，」哈利說。

「那就讓他走，」我說。「他在槍戰爆發之前就想棄我們而去。」

「但又跑回來了。他甚至幫忙挖了吉兒的墳。我是要說，他希望我們大家一起離開這裡。他說我們打敗的那幫人天黑之後會再回來。」

「他確定？」

「對。他快急瘋了，只想趕快帶孩子離開。」

「艾蜜麗和托莉有辦法走嗎？」

「我可以抱托莉，」一個新的聲音說。「艾蜜麗沒問題的。」說話的人當然就是葛雷森．莫拉。我最後一次看到他的時候，他正在棄船逃走。

我站起來，側身好痛。我昏迷時，班科爾幫我消毒和包紮了傷口，算我幸運。然而現在我覺得昏昏沉沉，靈魂彷彿出了竅，所有感受都好像隔著厚厚一層棉花，除了痛苦。只有痛苦的感覺鮮明又真實。我幾乎覺得感激。

「我可以走，」試走幾步之後我說。「但感覺好像踩高蹺。我不確定能不能走得跟平常一樣快。」

葛雷森．莫拉走過來。他瞄了哈利一眼，好像希望他走開，但哈利只是回瞪他一眼。

「你死了多少次？」莫拉問我。

「至少三次吧，」我回答，好像這是一般正常對話似的。「或許四次。我從來沒有這樣——一次接著一次。太扯了。可是你看起來好像沒事。」

他垮下臉，好像我甩了他一巴掌。也難怪，我這麼說是羞辱了他。潛台詞：**堂堂男子漢又是共感人，當你的女人和伙伴陷入危險時，你人在哪裡？**真有趣，我竟然在用一種我不知道自己會的方式說話。

「我得帶荳荳遠離危險，」他說。「畢竟我沒有槍。」

「你會用槍嗎？」

他遲疑片刻。「我從沒開過槍，」他承認，壓低聲音。我再次羞辱了他，但這次不是有意的。

「如果我們教你開槍，你願意保護大家嗎？」

「願意！」雖然那一刻我想他比較想給我一槍。

「那痛得要命，」我事先警告他。

他聳聳肩。「大多事情都是。」

我注視他瘦削又氣憤的臉。奴隸都那麼瘦嗎——營養不良，操勞過度，認定大多事情都痛得要命？「你是這一帶的人？」

「沙加緬度出生的。」

「那你能提供我們很多資訊。即使你沒有槍，我們還是需要你幫我們活著離開這裡。」

「我能給的資訊就是，我們應該在山上那些傢伙往自己身上潑顏料、開始殺人放火之前離開這裡。」

「不會吧，」我說。「所以那些人也是？」

「不然你以為他們是誰？」

「我根本還沒有機會想這個問題。反正也不重要了。哈利，你們搜過死者身上的東西了？」

「搜了。」他對我淺淺一笑。「我們又多了一支槍，點三八手槍。我在你背包裡放了些從你斃掉的人身上搜來的東西。」

「謝謝。我不確定現在有沒有辦法揹。或許班科爾——」

「他已經放上他的手推車了。我們走吧。」

我們朝著馬路走去。

「這就是你們的做法？」走在我旁邊的葛雷森．莫拉問。「誰殺的，東西就歸誰？」

「對，但除非受到威脅，我們不會出手殺人，」我說。「我們不奪財害命，不吃人肉。我們一起對抗敵人。不管誰遇到困難，大家都會一起幫忙。我們也不偷彼此的東西，**永遠不會**。」

「這點艾蜜麗說過。一開始我不相信她。」

「你願意像我們這樣生活嗎？」

「……應該吧。」

我猶豫片刻才問：「那還有哪裡有問題？我看得出來你不信任我們，即使現在也是。」

他靠我靠得更近，但沒碰到我。「那個白人從哪來的？」他問。

「我從小就認識他，」我說。「他跟我還有其他人幫助彼此活下來，已經很長一段時間。」

「可是……他跟其他人，他們沒有那種能力。只有你有。」

「我們稱之為共感力。我是唯一的一個。」

「可是他們……你……」

「我們互相幫助。一群人力量更大，一兩個人很容易被搶被殺。」

「對。」他看看周圍的其他人，表情中沒有明顯的信任或好感，但比之前放鬆和安心，好像解開了困擾已久的謎題。

為了測試他，我故意絆了一下。這很簡單。我的雙腿雙腳還是麻麻的。莫拉往旁邊一站，沒有觸碰我，也沒有伸手扶我。真貼心。

我丟下莫拉，走去找艾莉，跟她並肩走了一會兒。她的悲傷和憤恨像一堵牆，把我擋在門外——所有人都是吧，但此刻來煩她的人是我。我還活著，她妹妹卻死了，這世上她只剩妹妹一個親人，而我為什麼不滾遠一點，別在她面前晃來晃去？

其實她什麼都沒說，只是把我當空氣。她面無表情推著坐在嬰兒車裡的賈斯汀往前走，不時伸手擦去臉上的淚水，動作快如鞭子。她這麼做就像在傷害自己。她擦臉的力道又快又狠，都快擦破皮。她這麼做也在傷害我，而我現在就已經夠痛了。儘管如此，我還是走在她旁邊，直到新一波哀痛欲絕的悲傷來襲，逐漸瓦解她的防備。她停止傷害自己，任由淚水滑落臉龐，落在胸前或破碎的柏油路上。她彷彿突然被一股重量往下拉。

我抱住她，把手放在她肩上，阻止她繼續盲目邁步。她轉過來對著我，表情兇狠又受傷，我再度抱住她。她大可以掙脫，那時候我還很虛弱。但一開始生氣地推開我之後，她就抓著我嗚嗚哀叫。我從沒聽過任何人發出那樣的聲音。她站在路邊哭泣哀叫，其他人停下來等我們。沒人說話。賈斯汀開始嚶嚶啜泣，娜蒂維達跑回來安撫他。無論是對艾莉或賈斯汀，我們都用實際行動傳達了一樣的訊息：**儘管你們痛失至親，但你們並不孤單。仍然有人關心你們，希望你們平安無事。你們還是有家人。**

過了一會兒，我跟艾莉放開彼此。她本來就不多話，尤其現在又那麼痛苦。她把賈斯汀從娜蒂維達手中接過來，順順他的頭髮，然後抱住他。重新上路之後，她抱著他走了一會兒，我推著嬰兒車跟她走在一起，這樣似乎就夠了，什麼話都不用說。

路上兩個方向走路的人都很多，但我還是擔心我們這麼大一群人無論如何還是太顯目、太容易被盯上。之所以擔心是因為我不知道攻擊我們的人會怎麼做。

後來艾莉把賈斯汀放回嬰兒車，並從我手中接過車子之後，我才走去跟班科爾和艾蜜麗並肩同行。艾蜜麗把事情解釋給我聽，也是她發現了第一場火冒出的黑煙——顯然是因為她一直在留意。我們無法百分之百確定，但起火點看起來好像是我們之前紮營的那片小橡樹林。

「他們會把全部東西燒光光，」艾蜜麗對我跟班科爾輕聲說。「除非嗑光身上所有的縱火藥才會罷休。他們會燒一整夜，不管是東西或人都不放過。」

又是那個該死的縱火藥。

「他們會跟上來嗎？」我問。

她聳聳肩。「我們人多，你們又殺掉了其中幾個，我想他們會找路上其他比較好欺負的人發洩。」她又聳肩。「對他們來說，我們都是路人甲。」

「所以，除非我們困在他們引起的大火裡……」

「我們就不會有事，對。他們討厭自己以外的所有人，甚至會賣了我的托莉去買更多縱火藥。」

我看著她紅腫瘀青的臉。班科爾給了她止痛藥，我很感激他這麼做，但又有點氣他什麼都不給我。他不懂我在小樹林那裡為什麼會全身麻木又昏昏沉沉，並為此而困擾。但至少現在那種感覺不見了。讓他死個三四次，看看他會有什麼感覺。不，我很慶幸他永遠不會知道那種感覺。不合理。那種短暫卻又彷彿永無止境的痛苦一遍又一遍襲來。實在說不通。我不由一再納悶：我怎麼可能還活著？

「艾蜜麗？」我壓低聲音。

她轉頭看我。

「你知道我是共感人？」

她點點頭，然後斜睨班科爾一眼。

「他知道。」我要她放心。「可是……你跟葛雷森是我認識的第一個有小孩的共感人。」沒必要跟她說，在他們之前，其實我根本一個共感人都不認識。「有天我也想要有小孩……所以我必須要問你……我們的共感力一定會遺傳給小孩嗎？」

「我的一個兒子沒有，」她說。「有些……共感人沒辦法有小孩。我不知道為什麼。我也認識一些共感人生了兩三個小孩，卻都沒有得到遺傳。不過，老闆都喜歡你有。」

「我相信是。」

她接著說：「有時候他們還給有的人更高的薪水，尤其是小孩。」

她的小孩。但他們卻帶走沒有共感力的兒子，留下有共感力的女兒。他們什麼時候會回來把女兒也帶走？或許兩個男孩一起賣更有賺頭，所以他們就先賣了兒子。

「我的天啊，這個國家倒退了兩百年，」班科爾說。

「我小時候還沒那麼糟，」艾蜜麗說。「我媽總是說會好轉的，美好的時代會回來的。她說一向都是如此。我爸聽了只會搖搖頭，什麼話都不說。」她四下尋找托莉的蹤影，看見她趴在葛雷森・莫拉的肩膀上。接著她瞥見了其他東西，立刻倒抽一口氣。

我們順著她的視線看去，只見火焰從後方的山丘悄悄逼近——雖然有段距離，但還是不夠遠。這是新冒出來的火光，在乾爽的晚風中快速蔓延。若非之前攻擊我們的人跟了上來還沿路放火，就是有人在模仿他們、應和他們。

我們加快速度繼續邁步，尋找可以避一避的安全地方。公路兩邊都是乾枯的草地，還有樹木，活著和枯死的都有。目前為止，火還停留在北邊。

我們靠南邊走，希望能順利躲過。根據我手上這一帶的地圖，前方應該有座湖，名叫克利爾湖。從地圖看來很大一片，公路繞著湖的北岸延伸好幾哩。我們很快就會走到那裡。多快？

走路時我算了一下。明天吧。明天傍晚我們應該可以在那附近紮營。還是不夠快。現在我已經聞到煙味。這表示風正在把火往我們的方向吹嗎？

其他人開始靠著路的南邊走，快步往西前進。現在沒人往東了。目前還沒看到貨車，但天色漸晚，很快就會有車呼嘯而過。而且過不久我們就該紮營過夜了。我們敢嗎？

後方的大火似乎還沒蔓延到南邊，但北邊的火焰卻緩緩追上來，雖然沒有變得更近，但也不肯停在那裡。

我們又走了一段路，所有人都頻頻回頭看，每個人都累了，有些人痛苦不堪。我大聲喊停，示意大家走去路的南邊一個能坐著休息的地方。

「我們不能停在這裡，」莫拉說。「火隨時會橫越馬路，擴散過來。」

「我們可以在這裡休息幾分鐘，」我說。「這裡看得到火，什麼時候該繼續走我們會知道。」

「應該現在就走！」莫拉說。「要是火愈燒愈旺，再跑就來不及了！最好領先它一大段！」

「最好保留領先它的體力，」我說，從背包拿出一瓶水喝。這裡還看得到馬路，之前我們規定不在不隱蔽的地方吃喝，今天只好暫時不管這個規定了。現在要是遠離馬路爬上山坡，火一來，我們就被切斷了去路。誰也料不準風何時會把殘骸碎片吹到哪裡。

其他人也學我開始喝水，吃點果乾、肉乾和麵包。我跟班科爾把東西分給艾蜜麗和托莉。莫拉似乎想不顧我們的反對先走，但女兒荳荳坐在地上靠著札拉快睡著了。他站在她旁邊彎下腰，逼她喝了點水和吃些水果。

「我們可能得走一整晚的路，」艾莉說，聲音輕到幾乎聽不見。「這也許是唯一能休息的一次。」然後轉向崔維斯：「等多明尼克吃完東西，你最好把他抱進嬰兒車裡，跟賈斯汀作伴。」

崔維斯點點頭。之前他一直抱著多明尼克，現在才把他放下來。「嬰兒車換我推一下，」他說。

班科爾查看我的傷口，重新幫我包紮，這次給了我止痛藥。他用一片石頭挖了個小洞，埋了拆掉的血紅繃帶。

托莉靠著媽媽睡著了，艾蜜麗靠過來看班科爾在做什麼，卻立刻嚇了一跳別過頭，把手按在自己的身側。

「我不知道你傷得那麼重，」她輕聲說。

「沒有，」我說，擠出笑容。「是因為血的關係，看起來比較嚇人，其實還好。跟吉兒比起來，我已經很幸運了，而且我也還能走路。」

「走路的時候我沒有感覺到你的痛苦，」她說。

我點點頭，知道自己能騙過她很高興。「看起來很慘，但沒有痛到受不了。」

她坐了回去，似乎覺得好過了一些。想必是。我要是痛得哇哇叫，他們四個也會跟我一樣痛得哇哇叫，小朋友甚至可能跟我一樣流血。我非當心不可，然後繼續說謊，至少要等擺脫大火的威脅再說——或是看我能撐到什麼時候。

事實上，那些血淋淋的繃帶把我嚇得半死，傷口也前所未有地痛。但我知道不繼續走就會被燒死。幾分鐘後，班科爾的藥發揮藥效，痛的感覺減輕了，世界也變得比較能忍受。

我們休息了大約一小時。火勢大到我們再也待不住，於是我們起身繼續走。這時候，我們後方已經有火越過馬路。現在不管是北邊或南邊看起來都不安全了。後方山坡上濃煙密布，直到天黑才看不見，有如一堵陰森森逼近的大牆。

天黑之後，我們看見火焰一路蠶食鯨吞，逐步逼近。路上有狗跟我們一起奔跑，完全不管我們。貓和鹿從我們身旁跑過去，一隻臭鼬也急急逃命。大家各不相犯。不管是人或動物都不會笨到在這個節骨眼浪費時間互相攻擊。我們的後面和北邊，火焰發出怒吼，來勢洶洶。

我們把托莉放進嬰兒車，讓賈斯汀和多明尼克夾在她的兩腿中間。兩個寶寶睡死了，被移動時也沒醒來。托莉自己也快睡著了。我擔心嬰兒車會被多餘的重量壓垮，沒想到還挺得住。崔維斯、哈利和艾莉三個人輪流推嬰兒車。

我們把荳荳放在班科爾的手推車上。坐在一堆雜物上不可能很舒服，但她沒抱怨。她比托莉清醒，而且自從我們跟那群落荒而逃的綁匪交過手後，她大部分都用走的。很堅強的小孩，果然是她爸的女兒。

葛雷森．莫拉幫忙推班科爾的手推車。其實荳荳一坐上去之後，大多都是莫拉負責推車。這個人雖然不討人喜歡，但他對女兒的愛令人欣賞。

黑夜彷彿永無止境，到了某個時刻，周圍繚繞的煙灰變得密密匝匝，我忍不住想：我們大概完了。大家邊走邊把衣服和圍巾等等東西打濕，然後包住鼻子嘴巴。

北邊的大火竄出轟轟烈焰，呼嘯而過，燒到我們的頭髮和衣服，大家呼吸愈來愈吃力。兩個寶寶醒過來，害怕又難受地放聲尖叫，然後嗆到濃煙，差點把我也拖下水。兩個寶寶難受，托莉也跟著難受，雖然忍不住哭了，但她還是抱住寶寶，免得他們翻出車子。

我以為我們死定了，以為我們絕對逃不出這片烈焰、熱風、濃煙和煙灰組成的火海。我看見陌生人倒下來，躺在路上等著被火吞噬，卻也幫不了忙。後來我不再回頭看。在轟轟燃燒的火海裡，他們有沒有尖叫我都聽不到。娜蒂維達用濕布蓋住兩個寶寶之前，我還看得到他們。我知道他們在尖叫，但後來就看不見了。幸好。

我們的水快沒了。

我們別無選擇，不繼續走，就會被燒成人乾。震耳欲聾的火焰聲忽大忽小，火好像離開馬路往北而去，之後又掉過頭撲向我們。

火像個有生命的東西把人耍得團團轉，心狠手辣，想盡辦法要讓人痛苦害怕。它追著我們跑，就像狗追著兔子跑，卻不一口吃掉我們，儘管有那個能耐卻沒這麼做。

最後，熊熊烈火往西北邊肆虐。後來班科爾說那叫風暴性大火。沒錯，就像火的龍捲風席捲而過，逗著我們玩，差點就打中我們，最後卻放我們一條生路。

我們還不能休息。火還沒熄。小火可能變成大火和濃煙，遮住視線，噎住呼吸……還不能休息。

但我們可以慢下來。可以走出密密匝匝的煙灰，逃離熱風的鞭打。可以在路邊歇一下，放心地乾嘔。好多人在乾嘔。大家又是咳嗽又是乾嘔，流下的泥巴淚水弄髒了臉。不可思議。我們不會完蛋。我們還活著，還在一起——身上遍布灼傷，慘不忍睹，渴到快死了，但還活著。我們會熬過來的。

後來，我們終於有勇氣離開馬路，卸下我放在班科爾手推車上的包裹，挖出他額外的水壺。是他拿出來的。他大可以留著自己喝，卻跟我們說他還有一瓶水。

「我們明天就會到克利爾湖，」我說。「應該是明天一大早。我不知道我們走了多遠或現在在哪裡，所以只能大概猜測時間。但總之，明天它就在那裡等著我們。」

大家有的嘟噥，有的咳嗽，紛紛拿起班科爾的水壺灌水。我們得避免小孩喝太大口，結果多明尼克還是嗆到，又開始哇哇大哭。

我們決定就地紮營，這裡還看得到馬路。一次得有兩個人看守，我自願輪第一班，因為還痛到睡不著。我從娜蒂維達那裡拿回我的槍，確認她是否重新填好子彈（有），然後環顧一圈，看誰要跟我一起輪班。

「我跟你一起看守，」葛雷森・莫拉說。

出乎我意外。我比較希望是個會用槍的人，至少是我會放心把槍交給他的人。

「除非你睡了，不然我也沒辦法睡，」他說。「就這麼簡單。所以我們就好好利用咱們的痛苦吧。」

我看看艾蜜麗和兩個女孩，想知道她們有沒有聽見，但她們好像都睡著了。「好吧，」我說。「我們得留意陌生人和火勢。發現異狀你就喊一聲。」

「給我一把槍，」他說。「如果有人靠近，我至少可以用槍嚇嚇他們。」

在黑暗中是嗎？別鬧了。「不行，」我說。「還不到時候。你還不會用槍。」

他瞪了我幾秒，然後走去找班科爾，背對著我跟班科爾說：「嘿，在這種地方，你知道我需要一把槍才能看守營地。她搞不清楚狀況，自以為很懂，其實什麼都不懂。」

班科爾聳聳肩。「老兄，如果你沒辦法，就去睡吧。我們裡頭會有人跟她一起看守。」

「放屁！」莫拉狠狠撂下一句。「媽的，我第一眼看到她就知道她是男人，只是我不知道她是這裡唯一的男人。」

鴉雀無聲。

最後是荳荳．莫拉挽救了險些失控的場面。就在那一刻，她從父親身後走出來，拍拍他的背。他倏地轉身，準備隨時出手，速度之快、表情之狠嚇得小女孩放聲尖叫，往後一跳。

「你怎麼還沒睡！」他大喊。「要幹嘛！」

小女孩怔怔看著他，表情害怕。過了一會兒，她伸手拿給他一顆石榴。「札拉說這個給我們吃，」她小小聲說。「你可以切開嗎？」

真聰明，札拉！我沒轉頭看她，但我感覺到她在看這邊。這個時候，還沒睡的人都在看這場好戲。

「大家都累了，也都全身痠痛，」我對他說。「大家都是，不只有你。但我們靠著團結合作、不做蠢事、不說蠢話才能活到現在。」

「如果這對你來說還不夠好的話，明天你可以脫隊，加入別群人，」班科爾用很不客氣的低沉聲音說。「最好是很有男子氣概的一群人，不屑浪費時間一天救你的小孩兩次。」

這些話想必觸動了莫拉。他不發一語，拿出刀子把石榴切成四塊給荳荳吃，一半自己留著，因為荳荳堅持一半是他的。兩人坐在一起吃多汁又多籽的鮮紅水果，之後莫拉再次幫荳荳蓋好被子，找個地方坐下來，開始他的第一次守夜，儘管手上沒有槍。

他再也沒囉唆槍的事，但也一聲抱歉都沒說。隔天他當然沒走。他能去哪裡？畢竟他是個逃亡的奴隸，我們是他目前找到的最佳選擇——只要身邊跟著荳荳，他最多就只能這樣。

隔天早上我們沒有如預期的抵達克利爾湖。老實說，我們躺下睡覺時就已經是隔天凌晨，因為太累又全身痠痛，天亮了也爬不起來——才輪第二班，太陽就提早露臉。後來是因為口渴難耐才逼得我們不得不啟程，那時已經早上十一點，周圍熱氣蒸騰又煙霧瀰漫。

回到路上之後，我們發現了一具年輕女人的屍體。她身上沒有傷痕，卻已經沒有生命跡象。

「我想要她的衣服，」艾蜜麗悄聲說。要不是她離我很近，我也聽不到她說的話。死去的女人跟她體型相似，身穿棉質襯衫和長褲，看起來跟新的沒兩樣。雖然髒髒的，但還是比艾蜜麗身上的衣服好多了。

「那就剝了她的衣服，」我說。「我來幫你，不過今天早上我還彎不太下去。」

「我來幫她吧，」艾莉輕聲說。賈斯汀跟多明尼克在嬰兒車裡睡著了，所以她才有餘裕分擔我們為了活命不得不做的一些不足為奇但又難以啟齒的事。

死去的女人連死去時都沒有弄髒自己，因此我們動手時才沒那麼想吐。不過屍僵的現象已經出現，所以脫衣服需要兩個人才能完成。

這段路上除了我們，別無他人，所以艾蜜麗和艾莉有的是時間。今天早上都還沒看到半個人經過。

艾蜜麗和艾莉剝光她身上的衣物，包括內衣褲、襪子和靴子，雖然艾蜜麗覺得靴子對她來說太大。無所謂。如果沒人能穿，她可以賣掉。

事實上，那雙靴子讓艾蜜麗得到有生以來的第一筆現金。之前在農場當奴隸她只能賺到公司票券，那些票券只能在農場使用，而且就算在農場也值不了多少錢。

那兩隻靴子的鞋舌上各縫了五張對摺的一百元鈔票，總共有一千元。我們不得不告訴她這樣並不多。如果她省著點花，只在最便宜的商店購物，而且不吃肉、小麥或乳製品，這筆錢或許夠她撐兩週。若是把托莉算進去，或許能撐一週半。儘管如此，那對艾蜜麗還是一筆財富。

那天後來我們抵達了克利爾湖，湖比我預期的小很多。中途我們遇到一間東西很貴的小店。說是小店，其實是停在一群燒的燒、倒的倒的小木屋附近的一輛老貨車，車斗賣些水果、蔬菜、堅果和燻魚。我們都得補些貨，但艾蜜麗花了太多錢買梨子和核桃給大家。她喜歡把東西分給大家，喜歡終於能夠付出，而不是單方面接受幫助的感覺。她沒問題的。之後得再教她買東西和錢的價值，但留著她不會有錯。很值得。而且她決定加入我們。

二〇二七年9月26日星期日

歷經千辛萬苦，我們終於抵達新家——班科爾位在洪堡郡沿岸的山坡地。我們的東邊和北邊是一〇一號公路，西邊是門多西諾角和海洋。南邊幾哩遠是州立公園，遍地是紅杉和霸佔空屋的遊民。然而，我們周圍的土地卻跟沿途所見一樣空曠荒蕪。上面遍布乾枯的灌木、喬木和樹樁，離任何城市都很遠，從公路上的沿途小鎮走來也很遠，而且一路又上坡又下坡。當地人從事農業或伐木業，生活簡單封閉。班科爾說，在這裡最好自掃門前雪，別太好奇隔壁農場的人靠什麼維生。就算他們去搶過路的貨車、種大麻、釀造威士忌或其他更複雜的非法物質……大家也不會多管閒事。

班科爾帶我們走上一條狹小的柏油路，柏油路很快變成狹小的黃土路。我們看見幾片田地，上面有些之前火燒或伐木留下的痕跡，很多土地好像都荒廢了。還沒走到底，路就差不多消失了。很適合離群索居，但進出很不方便，上下班也是。班科爾說過，他妹夫去其他城鎮打零工得花很多時間。實際看到我就懂了。住在這裡很難每天或隔天跑回家。那要怎麼樣才能存錢？在別人家門口或市區公園過夜？但只要全家人能在一起，遠離狠毒危險、走投無路的人，或許就算不方便也值得。

原本我是這麼想的，直到我們抵達班科爾的妹妹一家人原本應該在那裡安身立命的山坡地。

放眼望去不見房子，一棟建築物也沒有，幾乎空空如也。山坡上黑了一大塊，幾片燒焦的木板靠著彼此插在瓦礫堆裡，一支磚頭煙囪像塊黑痲痲的墓碑聳立其間，有如古老墓園的圖片中會看到的那種墓碑。墓碑周圍散落著骨灰。

# 25

毋須創造上帝的形象
不如接受
上帝提供的形象
它們無所不在
遍地皆是
上帝就是改變——
種子到大樹
大樹到森林
雨水到河流
河流到大海
幼蟲到蜜蜂
蜜蜂到蜂群
一到多
多到一
無盡融合，成長，消散
不停改變
宇宙萬物
即上帝的自畫像

《地球之籽：生者之書》

二〇二七年10月1日星期五

整個禮拜我們都在爭論該不該在骨灰旁邊住下來。

我們找到了五副頭骨，三副在房子殘骸裡，兩副在外面。還有其他散落的骨頭，但沒有一副是完整的。野狗來啃過屍體，或許食人者也來過。摧毀一切的大火距今已經一段時間，碎瓦間都冒出了雜草。兩個月前嗎？還是三個月？隔著一段距離的鄰居可能知道，甚至有可能是他們放的火。

我們無從確定，但我猜那應該是班科爾的妹妹一家人的骨骸。我想班科爾自己也心裡有數，只是他沒有勇氣埋了骨頭，當作妹妹已經死了。我們抵達隔天，他跟哈利走回我們經過的最近一個小鎮找當地警察談。他們是（或自稱是）警佐。我很好奇怎麼樣才能當上警察，而警徽除了是偷竊許可證，還能做什麼事？以前的警徽代表什麼，為什麼班科爾那個年紀的人會想要信任它？我知道以前的書上是怎麼說的，但還是不由納悶。

警佐根本不把班科爾說的事和提出的問題當作一回事。他們沒做紀錄，推說什麼都不知道，甚至還懷疑班科爾根本沒有什麼妹妹或是謊報身分。這年頭太多人盜用別人的身分證。他們搜他的身，沒收他身上的現金，說那是他該付給警察的費用。他早料到會這樣，刻意只帶剛剛好的錢，金額要能讓他們滿意但又不能使他們起了疑心或貪得無厭。他把剩下的錢——很大一包——交給我保管。他已經信任我到這種程度。至於槍，他交給順道去購物的哈利保管。

班科爾要是去坐牢，可能會被賣去做白工——變成奴隸。他若是年輕一點，那些警佐說不定收了他的錢照樣編個罪名逮捕他。我求他別去，別相信**任何**警察或政府官員。對我來說，比起搶人財物還奴役別人的幫派惡棍，那些人也好不到哪裡去。

班科爾雖然同意我的看法，卻還是堅持要去。

「她是我妹妹，」他說。「我至少要設法查清楚她發生了什麼事，要知道是誰幹的。最重要的是，我要知道她的小孩有沒有人倖存。那五副頭骨說不定有些是縱火犯的。」他盯著那堆骨頭看。「就算有危險，我也得去警察局一趟，」他接著說。「但你不必。我不想要你跟我一起去。我不想要他們對你起疑，甚至不小心發現你是共感人。我不希望我妹妹害你賠上性命或自由。」

我們為此而爭吵。我替他擔心，他替我擔心，兩人都是第一次那麼氣對方。我害怕他會被殺或被關，擔心從此跟他斷了音訊。在這個世界裡，沒有人應該單獨出門。

最後他說：「留在這裡，你可以跟大家做些有意義的事。你自己有槍，另外還有三把槍，而且你知道怎麼活下來。這裡需要你。如果警察要找我麻煩，你也幫不上忙。更糟的是，如果警察要找你麻煩，我也只能跟他們拚了，然後賠上性命。」

我遲疑了——想到自己不但幫不了他，還可能害他沒命。雖然我不信他的話，但確實因此遲疑。這時哈利站出來說他去好了。反正他本來就想去一趟，一來可以幫大家買點東西，二來他也想去找工作。他想賺錢。

他們離開前，哈利對我說：「我會做我能做的。他不是個壞老頭，我會把他帶回你身邊的。」

後來他們把彼此帶了回來，班科爾少了幾千塊錢，哈利還是沒工作，但他們帶回一些物資和幾件手工具。班科爾對妹妹一家人的遭遇仍跟離開前一樣一無所知，但警察說他們會來調查火災和骨骸。

我們擔心警察遲早會出現，所以隨時保持警覺，也把大多數貴重物品藏（埋）起來。雖然想埋了骨頭，但終究還是不敢。班科爾為此而困擾。非常困擾。我建議可以辦場喪禮，然後把骨頭埋了。叫警察去死。但他說不行，最好盡量不要激怒他們。警察如果來的話，光是藉機勒索就夠麻煩了，最好別再給他們得寸進尺的理由。

有間側屋的殘骸底下有口井，上面還有舊式的手壓汲水器，還能用。主屋附近的太陽能電動水泵就壞了。沒有可靠的供水來源，這裡無法長住。但有了這口井，就很難離開這裡了，因為那就等於離開可能的避難所，儘管縱火犯和警察仍然是個問題。

這片土地完全屬於班科爾所有。上面有片已經半毀的大園子，還有柑橘樹，樹上結滿還沒成熟的水果。我們去採了園子裡的蘿蔔，也挖了馬鈴薯。還有不少其他果樹和堅果樹，外加野生松樹、紅杉和花旗松。後面這三種樹都沒有很巨大。這塊地在班科爾買下之前就被砍伐過了。他說這裡的樹在一九八〇或一九九〇年代被砍光光，但我們可以利用之後長出來的樹，也可以多種一些樹。我們可以在這裡蓋個擋風遮雨的地方，還有用我帶來的和路上收集的種子闢一個溫室。只不過，很多種子都放很久了。還在家時，我應該經常換新卻沒有。

我很納悶怎麼會沒有。那時候情況一天比一天糟，我卻愈來愈少去管哪天暴徒闖進來能救我一命的避難包。太多事要擔心了，而且我想我自己也開始否認現實，不比柯莉或喬安的媽媽好到哪去。但那些事如今都像古老歷史一樣久遠。我們要擔心的是現在。現在我們要怎麼辦？

今天晚上，大家圍著營火坐在一起時，哈利說：「我不認為這裡行得通。」吃飽喝足跟朋友圍著營火聊天，照理說應該是件開心的事。我們甚至吃了肉，而且是新鮮的肉。班科爾抓起步槍獨自出去一會兒，之後帶了三隻兔子回來。我跟札拉負責剝皮、清洗，還有烤肉。我們還順便烤了從園子挖來的地瓜。大家應該很滿足才對，但我們卻把這幾天來討論的問題翻來覆去又講了一遍。或許是山坡上的骨灰令我們心神不寧。雖然刻意在看不到屋瓦殘骸的地方紮營，希望能稍微平靜下來，但還是沒用。我在想我們應該想個方法活捉幾隻野兔，然後養在這裡繁殖，確保肉類來源。有可能成功嗎？如果我們留下的話，為什麼不行？我們應該留下來的。

「往北也找不到比這裡更好或更安全的地方，」我說。「在這裡生活會很辛苦，但如果我們分工合作，凡事小心，不是不可能成功。我們可以在這裡建立社群。」

「天啊，她又要搬出她那套地球之籽的屁話了，」艾莉說，但臉上露出淡淡的笑容。太好了。最近她很少笑。

「我們可以在這裡建立社群，」我重複道。「是很危險沒錯，但得了吧，哪裡都很危險，而且城市裡聚集的人愈多，危險就愈大。在這裡建立社群很荒謬，畢竟這裡與世隔絕又偏遠，也沒有像樣的連外道路，但對我們來說，以目前來說，這裡很適合。」

「只不過有人放火燒了這個地方，」葛雷森．莫拉說。「不管我們在這裡建立什麼，都會變成攻擊的目標。」

「不管在哪裡建立什麼，都會變成攻擊的目標，」札拉反駁他。「但之前住在這裡的人……抱歉，班科爾，這些話我不得不說：他們一家人，爸媽帶三個小孩，不可能隨時戒備。工作了一整天，晚上都睡了。只靠兩個大人晚上硬撐輪流守夜，也太難了。」

「他們沒有守夜，」班科爾說。「但我們一定要。或許可以養幾隻狗，如果可以找到幼犬，從小訓練牠們看門的話——」

「把肉分給狗？」莫拉問，語氣很衝。

「不是馬上。」班科爾聳聳肩。「等我們能餵飽自己再說。但如果可以養狗，狗就能幫我們顧其他東西。」

「我不會給狗子彈或石頭以外的東西，」莫拉說。「我看過狗吃掉一個女人。」

「我跟班科爾去了市區也沒看到工作機會，」哈利說。「什麼工作都沒有，連工作換食宿的都沒有。我到處都問了，每個人都一問三不知。」

我皺起眉頭。「這附近的城鎮都很靠近公路，」我說。「一定很多路過的人要找地方安頓下來——或者找地方搶劫、強暴、殺人。當地人不會歡迎外人，也不信任不認識的人。」

哈利看看我又看看班科爾。

「她說的對，」班科爾說。「我妹夫剛來的時候也吃了很多苦頭，況且他們搬來時情況還沒那麼糟。他懂水電、木工和汽車維修。當然了，他是黑人也沒有加分，白人或許能更快得到別人的信任。不過，我認為我們在這裡要真正賺到錢還是要靠土地。這年頭食物很珍貴，我們可以在這裡種東西。我們有槍能保護自己，可以到附近城鎮或公路上賣我們種的作物。」

「如果我們活得夠久，能種東西賣的話，」莫拉喃喃地說。「如果有足夠的水，如果蟲子不會吃掉作物，如果沒有人像之前對付山上那家人一樣把我們燒得精光。如果如果如果！」

艾莉嘆了口氣。「拜託，哪裡不是這樣！這地方沒那麼糟。」她坐在睡袋上，把睡著的賈斯汀枕在她的腿上，一邊說話一邊撫摸小男孩的頭髮。這不是我第一次發現，無論艾莉多麼努力表現出強悍的一面，小男孩對她來說都是關鍵。小孩對在場大多數大人來說都是關鍵。

「哪裡都不能保證安全，」我附和道。「但如果我們願意努力幹活，待在這裡的成功機率並不低。我背包裡有些種子。我們也可以再多買一些。這個時候我們要做的比較類似園藝，而不是農耕。所有工作都只能靠雙手，包括堆肥，澆水，除草，抓蟲子、蛞蝓或各種害蟲，必要的話甚至要抓一隻殺一隻。至於水，如果現在十月了井裡還有水，我想應該不用擔心水會乾掉。至少今年還不需要。

「如果有人危害到我們或我們的作物，我們就殺了他們。就這樣。不這麼做，對方就會殺了我們。只要團結合作，我們就能保護自己，也能保護小孩。一個社群的第一要務就是保護小孩，包括現在和未來可能有的小孩。」

一陣沉默，大家都在慢慢消化，或許也在衡量要是離開這裡繼續往北走，跟留在這裡會有什麼不同。

「我們該做決定了，」我說。「還有很多事得做：要建設，要播種，還要買更多食物、種子和工具。」只能直接問了。「艾莉，你願意留下來嗎？」

她的目光越過灰燼射向我，目不轉睛盯著我看，彷彿想從我臉上看到答案。

「你有什麼種子？」她問。

我深吸一口氣。「大部分是夏天的作物。玉米、甜椒、向日葵、茄子、甜瓜、番茄、豆子、南瓜。但冬天的我也有一些：豌豆、胡蘿蔔、包心菜、花椰菜、冬南瓜、洋蔥、蘆筍、香草、很多種青菜……我們可以多買一些，園子裡也還剩一些，另外還可以採收這裡的橡樹、松樹和柑橘樹。我也帶了樹木的種子：橡樹、柑橘樹、桃樹、梨樹、油桃、杏樹、核桃樹等等。前幾年不會有什麼感覺，但長遠來看會是很值得的投資。」

「小孩也是如此，」艾莉說。「以前我不覺得自己會笨到說出這種話，但答案是好，我願意留下來。我也想建立些什麼，以前我從來沒有機會這麼做。」

那麼艾莉和賈斯汀都是贊成票。

「哈利？札拉？」

「我們當然要留下來，」札拉說。

哈利蹙眉。「等一等。我們不是非留下來不可。」

「我知道，但我們要留下來。如果可以像蘿倫說的建立一個社群，不用去幫陌生人工作，勉強自己信任他們，那我們就該留下來。你如果在我出生的地方長大，就知道我們該這麼做。」

「哈利，」我說。「我們從小就認識，你是我在世上僅剩的朋友，也是最像我弟弟的人。你不會真的想要離開吧？」不是太有說服力。他曾經是喬安的表哥和情人，當初他大可以跟她一起走，卻還是拋下了她。

「我想要屬於自己的東西，」他說。「土地、家，或許還有一間店或一個小農場。總之就是屬於自己的東西。這塊地是班科爾的。」

「對，」班科爾說。「但你可以免費使用這塊地，還有水。到更北邊這些東西要花你多少錢？而且前提是你要能找到這些東西，還要能離開加州。」

「可是這裡沒有工作！」

「小子，這裡什麼都沒有，只有工作。除了工作，還有很多便宜的土地。你認為你跟世界上其他人都想去的地方，土地會有多便宜？」

哈利想了想，然後攤攤手。「我擔心的是，我們把所有錢都花在這裡，結果卻發現行不通。」

我點點頭。「這我想過，也很煩惱。但你知道，到任何地方都可能是這種結果。你可能在奧勒岡或華盛頓安頓下來，卻找不到工作或把錢用光，或是被迫在艾蜜麗或葛雷森之前的工作環境下做工。畢竟有這麼多人湧入北方找工作，雇主可以挑自己想要的人，決定要付他們多少薪資。」

艾蜜麗摟著坐在她旁邊打瞌睡的托莉。「你或許能找到操控員的工作，」她說。「他們喜歡找白人當操控員。如果你會讀書寫字，而且願意做那種工作，很可能會被錄取。」

「我不會開車，但我可以學，」哈利說。「你指的是開那種裝甲大貨車的司機嗎？」

艾蜜麗一臉困惑。「貨車？不是，我是指操控人工作的工頭，催促他們動作快一點，強迫他們做……雇主叫他們做的任何事。」

哈利的表情從滿懷希望轉為震驚，接著又轉為憤怒。「老天啊，你認為我願意去做那種工作嗎！你怎麼會認為我願意做那種工作？」

艾蜜麗聳聳肩。我很驚訝她對這種事毫不在意，但似乎是如此。「有些人覺得那是好工作，」她說。「我們前一個操控員以前做電腦方面的工作，我不確定是什麼，後來公司倒了，他才來做操控人的工作。我覺得他喜歡這份工作。」

「嗯，」哈利說。他壓低聲音，等她的視線轉向他。「所以你是說，你認為我會喜歡一份欺壓奴工還帶走他們小孩的工作？」

她凝視著他，察看他臉上的表情。「我希望不會。」接著又說：「但有時候那樣的工作是你唯一能找到的工作——不是奴隸就是鞭策奴隸的操控員。我聽說光是加拿大邊境的這一邊就有很多工廠有類似的工作。」

我皺眉。「僱用奴工的工廠？」

「對。那些工人替加拿大或亞洲公司製造商品，因為薪水不高，自然就會負債。也會發生受傷或生病的情況。他們喝的水不乾淨，工廠裡又危險，充滿了有毒物質，或是會把人碾壓或割傷的機器。有人覺得去那裡能賺到現金，去了之後又辭職不幹。我做工遇到一些女人去過那裡，她們去看看狀況就又回來了。」

「你們本來要去那裡？」哈利問。

「但沒有要去那些地方工作。那些女人警告過我。」

「我聽說過那樣的地方，」班科爾說。「那本來是要為了大批北上的人提供工作機會，唐納總統也大力支持。問題是那些工人比奴隸更沒價值。他們呼吸有毒的氣體、飲用被汙染的水，或是被捲進毫無防護的機器……那又怎樣，再換一個工人就好了，有成千上萬沒工作的人任你挑選。」

「邊境工作，」莫拉說。「也不是全部都那麼糟。我聽說有些付的薪水是現金，不是公司票券。」

「你想去那樣的地方？」我問。「還是你想留在這裡？」

他低頭看荳荳，她還在小口小口吃著地瓜。「我想留在這裡。」我很意外。「我不確定你在這裡要建立的東西有沒有成功的希望，但光是去嘗試就夠瘋狂了。」而且就算失敗，他也不會比逃離奴隸生活之後更慘。他也可以去搶別人的東西，繼續北上——也可能不行。我一直在想莫拉的事。他想盡辦法不讓人靠近他，避免他人知道太多他的事，避免他人看見他的感受或知道他有任何感受——一個男性共感人，極力隱藏自己有多麼不堪一擊？男性有共感力比女性更難在這個世界上立足。要是我的弟弟們有共感力會怎麼樣？奇怪的是我從沒想過這個問題。

「你願意留下來我很高興，」我說。我轉頭去看崔維斯和娜蒂維達。「這裡也需要你們。你們要留下來嗎？」

「你知道我們會的，」崔維斯說。「雖然我不得不同意莫拉說的，我不確定在這裡有沒有可能成功。」

「至少我們會擁有能夠用來塑造的資源。」我轉頭看哈利，他跟札拉從剛才就在竊竊私語。

「莫拉說的沒錯，你瘋了，」他看著我說。

我嘆了口氣。

「但這個世界也瘋了，」他接著說。「也許你是這個時代——或是我們——需要的人。我會留下來。或許之後會後悔，但我還是會留下來。」

既然確認了大家的決定，討論終於可以到此為止。明天我們就可以開始準備冬天要種的植物。下禮拜有些人可以去市區買工具、更多種子和物資。另外，我們也該蓋個能遮風避雨的地方。這地方的樹夠多，我們可以在平地或山坡上挖地基。莫拉說他以前蓋過奴工住的小屋，迫不及待要在這裡蓋出更好的屋子——適合人類住的屋子。此外，這裡這麼北邊又這麼靠近海岸，說不定會下雨。

## 二〇二七年10月10日星期日

今天我們為班科爾死去的家人——葬身火窟的那五個人——舉辦了喪禮。警察一直沒出現。最後班科爾斷定他們不會來了，所以該是時候幫他妹妹一家人辦場像樣的喪禮。我們撿回所有找到的骨頭，昨天娜蒂維達把骨頭包進多年前她親手織的披肩裡。那是她身上最美麗的一樣東西。

「那麼美的東西應該屬於生者，」班科爾對她說。

「你是生者，」娜蒂維達說。「我喜歡你。真希望能認識你妹妹。」

他注視她良久，然後接過披肩並擁抱了她。之後因為淚水不聽使喚，他獨自走進樹林裡躲起來。我讓他獨處了一小時左右才去找他。

只見他坐在一根倒木上擦眼淚，我默默陪他坐了一會兒。之後他先站起來，然後等我也站起來，一起走回營地。

「我想給他們一小片橡樹林，」我說。「樹比石頭好——用生命紀念生命。」

他回頭瞥我一眼。「好。」

「班科爾？」

他停下腳步，用我無法理解的表情看著我。

「真可惜我們其他人都不認識她，」我說。「我希望有機會認識她，不管她看到我會有多驚訝。」

他勉強露出微笑。「我想她會看看你，再看看我，然後當著你的面說：『老糊塗，最糊塗。』發洩完情緒之後，我想她就會漸漸喜歡上你。」

「你想她能忍受……或原諒旁邊有人作伴嗎？」

「什麼？」

我深吸一口氣，思考自己想說的話。雖然可能搞砸，他也可能誤解我的意思，但還是有必要說出口。

「明天我們會埋葬你死去的家人。你想這麼做並沒有錯。我認為我們也該這麼做。我們大部分都不得不拋下死去的家人，沒能將他們火化或是安葬。明天我們應該追思自己死去的家人，可以的話也讓他們入土為安。」

「你的家人？」

我點點頭。「還有札拉跟哈利的家人，艾莉的兒子和妹妹，或許還有艾蜜麗的兒子，或其他我不知道的人。莫拉不常提自己的事，但他一定也失去了一些家人，或許是荳荳的母親。」

「你想怎麼做？」他問。

「我們每個人都必須埋葬自己死去的家人。那是我們熟悉的人，我們會找到適合對他們說的話。」

《聖經》裡的話或許可以？

「任何話語、回憶、名言、想法、歌曲等等都可以。我們也辦過我爸的喪禮，雖然一直沒找到他的遺體，但我繼母和三個弟弟就沒有。札拉看見他們死去的過程，不然我也不會知道他們發生了什麼事。」我停下來思考片刻。「我手上有足夠的橡實，能讓每個人為死去的家人種下橡樹，還可以留一個給賈斯汀的母親。我想儀式簡簡單單就好，但每個人都應該有機會說幾句話，包括那兩個小女孩。」

他點點頭。「我不反對。這點子不錯。」走了幾步之後他又說：「好多人死去，之後還會有更多。」

「希望我們不會再看到。」

他沉默了一會兒，接著收住腳，按住我的肩膀把我攔住。一開始他只是站在原地看著我，幾乎像在打量我的表情。「你如此年輕，」他說。「時代如此動盪，你卻還這麼年輕，對你實在不公平。真希望你看看這個國家還能挽回時的樣子。」

「這個國家或許會活下來，」我說。「雖然變了樣，但終究還是它。」

「不可能。」他把我拉到他身旁，一手摟著我。「人類當然會活下來。一些其他的國家也會，說不定還會吸走我們剩下的資源。或者我們可能會分裂成很多個小州，為了剩下的好處爭得你死我活。這幾乎現在就在發生，州跟州彼此隔絕，把州界當作國界。你雖然聰明，但我不認為你理解——我不認為你能了解我們失去了什麼。也許這也是一種幸運。」

「上帝就是改變，」我說。

「歐拉米那，那樣說不代表什麼。」

「它代表一切。一切的一切！」

他嘆道：「你知道嗎，情況雖然已經很糟，但我們甚至還沒跌到谷底。飢餓、疾病、毒品危害、暴民政治，這些才都剛開始而已。聯邦政府、州政府和地方政府至今還存在，至少表面上，而且有時還會想辦法做些課稅和派兵鎮壓以外的事。錢也還很好用。這點我很驚訝。無論錢變得多薄，到哪裡也都還收。這或許是個跡象，表示還有希望，但也可能只是證明了我剛說的：我們還沒跌到谷底。」

「可是，我們這群人不一定要繼續往下沉，」我說。

他搖搖頭，頭髮鬍子都亂蓬蓬，嚴肅的表情有幾分神似我以前收藏過的弗雷德里克．道格拉斯〔譯注：十九世紀著名的美國黑人政治家，逃離奴隸生活之後成為廢奴運動的領袖〕的舊照片。

「我希望自己能這麼相信，」他說。或許他是因為悲傷才這麼說。「我不認為我們在這裡有可能成功。」

我輕輕抱住他。「我們回去吧，還有工作等著我們，」我說。

所以今天我們為逝去的親友舉辦追思會。我們說出各自的回憶，引用《聖經》的章節、地球之籽的詩句，以及生者或死者最喜歡的詩作或歌曲片段。

然後我們安葬了死者並種下橡樹。

結束後大家坐在一起吃飯聊天，並決定稱這個地方為「橡實」。

有一個撒種的出去撒種。他撒的時候，有的落在路旁，被人踐踏，天上的飛鳥又來把它吃掉了。有的落在磐石上，一出來就枯乾了，因為得不着滋潤。有的落在荊棘裡，荊棘跟它一同生長，把它擠住了。又有的落在好土裡，生長起來，結實百倍。

欽定版《聖經．路加福音》第八章，第五～八節

# 訪談奧塔薇亞・巴特勒

## 1. 是什麼吸引你開始寫作？

四歲我就開始自己編故事。家裡只有我一個小孩，我很害羞，而且常常獨處，編故事是我娛樂自己的方法。十歲那年，我發現自己漸漸遺忘以前編的故事，才開始想到要把故事寫下來。有天我母親在幫我梳頭髮時，我在一本用過的筆記本上寫下故事。我媽問我在幹嘛，我說我在寫故事，她說：「噢，或許將來你會成為作家。」

這絕對是我第一次意識到人可以成為「作家」，但我立刻就理解並接受了這個概念。人可以靠寫故事維生。有人付錢請人寫下我愛讀的那些書。多年來，帕沙第納公共圖書館都是我最愛的地方之一，我不只喜歡看書，也喜歡被書圍繞。那是我人生第一次認真思考或許我可以做自己喜歡的事謀生，況且我真的喜歡寫故事。雖然寫得很爛，但我樂此不疲。在那之前，「工作」在我認知裡都是大人逼我做的苦差事。大人的工作甚至更煩，因為是上司逼他們做的事。反正工作基本上就是討人厭的事，可是如果我的工作是寫作……！

## 2. 你後來怎麼會開始寫科幻和奇幻小說？

我編的故事都是些奇奇怪怪的故事。我對幻想自己置身的世界沒興趣，反而喜歡幻想脫離單調乏味又有限的世界。然而，我是在從眾意識和種族隔離仍然盛行的一九五〇年代長大的「有色人種」小孩，無論有多想成為作家也不得不承認自己的未來一片黯淡。長大之後多半就是結婚生子，如果幸運，丈夫會養我，我就能待在家擦地板帶小孩。要是沒那麼幸運，我就得出外找工作，但要是一份能讓我穿得漂漂亮亮也不會弄髒衣服的工作。或許我會成為祕書。我母親是女傭，一輩子只上過三年學校，打掃房子是她唯一會做的事。她的夢想是有天能看我當上祕書。我阿姨是護士，她認為我應該去當護士。那個年代另外兩個最歡迎女性的職業是小學老師和社工。我認識想當社工的小孩，但我甚至不確定社工都在做什麼。不過我對祕書、護士和老師這些職業略知一二，知道那些對我來說就像在地獄服無期徒刑一樣痛苦。

我幻想自己到媽媽帶回家的二手《國家地理雜誌》裡的地方旅行，大開眼界。我幻想自己過著不可思議又精彩刺激的生活，充滿各種神奇事物，我可以像超人一樣在天上飛，跟動物溝通，控制別人的心智。我變成了馬島上的一匹神駒，跟其他匹馬一起捉弄來捕捉我們的人類。

然後十二歲那年我發現了科幻小說。那甚至比奇幻小說更吸引我，因為需要思考更多、更深入研究我著迷的事。我對地質學和古生物學產生了興趣，也就是地球的起源和地球生命的發展。當時載人的太空計畫正要起步，我也為之瘋狂。國中我最喜歡的課是自然課，其中包含其他行星、演化生物學、植物學、微生物學等等知識。我的成績雖然不是特別好，但求知若渴，什麼都想知道，而且除了學習也想利用知識，探索知識，思考其中可能蘊含的意義或指引的方向，還有寫下跟它有關的故事。

那份對知識的著迷一直延續至今。

此外，科幻和奇幻小說的世界如此自由開放，我從來就不需要為了其他事物放棄它們。人類或宇宙的種種面貌彷彿都能任我盡情探索。

**3.「地球之籽」這套信仰從何而來？你的靈感來源是什麼？**

地球之籽是結合我多項努力和興趣的成果。首先，《播種者寓言》剛開始寫的時候很不順利。我知道我想說蘿倫．歐拉米那的故事，這本小說就是她的虛構自傳。她提出了一套新的信仰，離開人世之後——世人遺忘她人性的一面之後——很容易會被神化。我希望蘿倫是個聰明且可信的人。我想寫的不是諷刺文學，不是偽君子或傻瓜。我希望她打從心裡相信自己傳授的信念，也希望那些信念不但合理，也值得人尊敬。我希望那是我能欣賞的人有可能真心相信和傳授他人的信念。她不需要什麼事都對，但一定要合理。

透過問自己問題和想出答案，我拼湊出地球之籽這套信仰。例如，我問自己這世界上最強大的力量是什麼？什麼是我們無論如何都阻止不了的事？再三思考過後我想出的答案是

「改變」。我們可以做很多事左右改變的過程。我們可以引導改變的方向，改變其速度或帶來的衝擊。總之，我們可以形塑改變的樣貌，但無論怎麼努力都無法阻止改變。改變是宇宙間持續不斷的實際狀態。

那就是我的起點。後來我讀到其他宗教的資料，想起佛教也很重視「改變」，只是用另一種方式表達，那讓我有點不知所措。簡單地說，佛教認為世事無常，唯有不執著才能避免痛苦，因為我們執著的事物終究會消逝。但蘿倫認為，既然改變是不可避免的事實，那麼改變就是生命的基本素材。為了活出有意義的生命，我們必須在可以的時候學會塑造改變，在必要的時候屈服於改變。無論是哪一種，我們都必須學習和傳授、適應和成長。

一旦確立歐拉米那的上帝就是「改變」，我就必須忠於這個概念。這就表示我必須釐清這樣的信仰在生活各個層面意味著什麼。我從科學、其他哲學和宗教，還有我自己對人、對這世界的觀察中尋找答案。

把歐拉米那的信念寫成詩對推進小說多少也有幫助。以前在學校我曾經被逼著寫詩，之後就沒再寫過詩了，而且也寫得不太好，但嘗試的過程是很好的挑戰。我必須專心學習這種不一樣的寫作方式，摸索如何利用它來完成我想做的事。我以《道德經》當作蘿倫爬梳宗教理念的創作範本。這本小書收錄了一些看似簡單的詩句，我並不想模仿裡面的句子，但一眼就喜歡上那種形式。

## 4. 你曾經說《播種者寓言》是警世故事，因為裡面描寫的未來雖然驚人，卻有可能發生。你還有其他關於未來的想法沒寫進這本書嗎？

《播種者寓言》和《能者寓言》二書主要是想設想一個不受超心理能力（如心電感應或念力）、外星人、魔法影響的可能未來。也就是從我們目前的處境和目前的所作所為，去想像人類的行為和尚未解決的問題可能導致的後果。我思考了藥物引起的問題，以及藥物成癮者生下的小孩所受的影響。我處理了日漸擴大的貧富差距、用完即丟的勞動力、人類樂於設立監獄並把監獄填滿卻不願意修建學校和圖書館，以及我們對環境的破壞等等問題。特別是全球暖化和其可能帶來的巨變。小說裡還提到糧食價格引發的通貨膨脹，這確實可能發生，因為氣候轉變的緣故，我們過去習慣種植的作物收成狀況不若以往。地球暖化不但將導致氣溫上升、缺水，二氧化碳增加也會對植物造成不同的影響。有些作物會長得更快，但快不過周圍的雜草。有些植物長得更快但營養價值卻變低，迫使吃它們的動物和人類需要攝取更多才能獲得足夠的營養。造成的問題遠比氣溫上升複雜得多。我想像飢餓問題擴大是人類愈來愈難敵疫病的原因，而負擔得起疫苗和治療的人愈來愈少。此外，因為溫度上升，瘧疾和登革熱之類的熱帶疫病將往北蔓延，海平面上升也使海岸線消失，而美國將因為缺乏遠見和短視近利而淪為第三世界國家。

在寓言二書裡，人類唯一能收拾殘局、適應變化、彌補過錯的方法，就是善用我們的雙手和腦袋——讓我們陷入種種困境的同樣也是我們的雙手和腦袋。

在我其他的一些小說裡，解答來自太陽系以外的外星生物的介入，例如《黎明》（*Dawn*）、《成年禮》（*Adulthood Rites*）和《成象》（*Imago*）。我們發現，人類這個物種的問題源於兩種互相扞格的遺傳特性，而錯誤的一邊掌控了全局更使問題加劇。這兩個遺傳特性一個是智能，一個是階層行為，掌控全局的則是後者。外星人透過改變我們的遺傳基因解決了問題。

在《超智能》（*Mind of My Mind*）、《克雷方舟》（*Clay's Ark*）及腦際網路系列（Patternist）的其他小說裡，具有超心理能力的人改變了未來，但不是把它變得更好，只是讓另一個強大的群體掌控權力，而這群人的短視近利又帶來了不同的改變。

這是我早期小說裡想像的未來。其他的可能我會留到其他小說再寫。

## 5. 你為《播種者寓言》做了哪些研究？

我讀了探討宗教的著作，也聽了宗教方面的錄音課程。我找到有關非洲宗教的書，對約魯巴人崇拜的奧孫女神特別感興趣。蘿倫・歐拉米那的中間名是奧亞，因為我喜歡這個名字和它代表的女神。奧亞是尼日河和其他事物的女神，她變化莫測，聰明，危險，很適合當作蘿倫的名字。

我放縱自己對專用字典和百科全書的喜愛，沉迷於《世界宗教常用字典》（*The Perennial Dictionary of World Religions*）。我在圖書館發現了這本書，因為太喜歡了，後來在坊間找到並買了下來。

我還溫習了槍枝的知識。幸好有之前寫《克雷方舟》時所做的研究可為參考，只要把它重新挖出來再加點東西即可。

我在牆上釘滿了加州不同地區的詳細地圖。以前我常坐灰狗巴士在加州到處跑，但從沒走路橫越全州。既然小說中的角色必須這麼做，我非得搞清楚要怎麼辦到才行。另外我也讀了徒步、騎腳踏車或騎馬橫越加州的人寫的書。

我也經常收聽全國公共廣播電台和 Pacifica 旗下的地方電台，還有讀報章雜誌。與其說是研究，其實那更像是我平常做的事。但因為寓言二書的靈感主要來自新聞，還有對我來說不可忽略的趨勢（見問題4），因此我吸收的新聞自然融入了小說之中。

最後，我纏著擅長園藝的母親問東問西，也讀了園藝相關著作。早上散步時我會寫筆記。什麼植物在開花？什麼植物在結果？開花結果的時間？園藝在帕沙第納很盛行，大多人家的房子都有大庭院，每個人都能種些東西。我母親一眼就能看出一件事的價值，她鼓勵我自己動手，這樣才能親身體會。

**6.《播種者寓言》也可以算是一本成長小說。蘿倫長大過程中學到的最重要的一課是什麼？**

蘿倫最早學到的一課是珍惜自己的社群。小時候她在潛移默化中學會了這件事。她父親的社群就是她的老師。雖然不認同父親和其他大人面對恐懼時只會閉上眼睛、巴巴盼望美好的往日時光復返，但她看得出來周圍的人若是不想辦法團結合作就不可能活下來。

歐拉米那的原生社群被毀之後，她開始建立另一個社群。一開始她不知道這就是她在做的事，而且對可能帶來危險的陌生人心懷恐懼——強烈的恐懼。但後來她學會克服恐懼並伸出觸角，挑選她能找到的最佳人選，再把這些人團結起來。接受地球之籽之後，她放棄了求助超自然力量的希望。她發現了上帝，但不是無所不知、愛人如己、具有人類形象的實體。她相信唯一可靠的幫助必定來自我們自己和彼此。她從來沒有養成「船到橋頭自然直」的心態，而是變成了一個行動主義者。

## 7. 影響你的寫作最重要的人事物是什麼？

因小說而異。寫小說時，任何引起我注意的事最後都可能影響我寫的東西。有時是公車上、街上或其他公共場所發生的事，有時是某人說的話或做的事，或者是我讀到的東西。

早期影響我的文學作品有童話故事、神話、漫畫書和動物的故事，尤其是跟馬有關的故事（《森林世界》〔*A Forest World*〕、《小鹿班比》〔*Bambi*〕、《小鹿班比的孩子》〔*Bambi's Children*〕、《黑神駒》〔*Black Beauty*〕、《狗狗萊德》〔*Lad, a Dog*〕、《風之王》〔*King of the Wind*〕、《大紅狗》〔*Big Red*〕、《黑駿馬》〔*The Black Stallion*〕……）。

後來我開始讀科幻小說，什麼都看，尤其喜歡創造出有趣又有說服力的角色的作家，但基本上在圖書館或超市買的雜誌上找到什麼就看什麼。我最早接觸的科幻雜誌有*Amazing*、*Fantastic*、*Galaxy*、*Analog*，以及《奇幻科幻小說雜誌》（*The Magazine of Fantasy and Science Fiction*）。十三四歲時我特別喜歡的作家有狄奧多・史特金（Theodore Sturgeon）、艾瑞克・法蘭克・羅素（Eric Frank Russell）、贊娜・韓德森（Zenna Henderson）、雷・布萊伯利（Ray Bradbury）、麥金托許（J. T. McIntosh）、羅伯特・海萊因（Robert A. Heinlein）、克利弗・西馬克（Clifford D. Simak）、萊斯特・德爾・雷（Lester del Rey）、菲德列克・布朗（Fredric Brown），還有艾薩克・艾西莫夫（Issac Asimov）。後來我發現了瑪麗安・紀默・布蕾利（Marion Zimmer Bradley）、約翰・布魯納（John Brunner）、哈蘭・艾里森（Harlan Ellison）和亞瑟・克拉克（Arthur C. Clarke），也大量閱讀茱蒂絲・梅里爾（Judith Merril）和格羅夫・康克林（Groff Conklin）編的選集。

總之，我跟很多科幻小說迷一樣，讀太多科幻小說，太少科幻小說以外的東西。另外，前面提到我也讀科普。在學校我的英文和歷史表現優異，歷史帶我去不同的有趣地方，刺激我思考人如何對待他人又如何掌控權力等等。凡此種種都令我著迷並自然而然影響我的寫作。

所有事物都是作家的素材，這是無法避免的結果。觸動我們的事物必會觸動我們的寫作。

**8. 你希望讀者從這部小說中得到什麼？你希望他們思考什麼事？**

我希望《播種者寓言》的讀者能思考我們——美國，甚至全人類——正在往哪個方向前進。我們會走去哪裡？我們正在創造什麼樣的未來？那是你想要的未來嗎？如果不是，我們可以做些什麼創造更美好的未來？個人和群體可以做些什麼？

奧塔薇亞・E・巴特勒
一九九九年五月，加州帕沙第納

# 作者、譯者簡介

作者

**奧塔薇亞・巴特勒（Octavia E. Butler, 1947~2006）**

美國非裔作家，曾獲有「天才獎」之稱的麥克阿瑟獎（MacArthur "Genius" Grant），為第一位獲此殊榮的科幻作家，以及西部筆會終身成就獎（PEN West Lifetime Achievement Award）。有多部得獎作品，其中《地球之籽：能者寓言》（*Parable of the Talents*）獲得星雲獎最佳小說獎（Nebula for Best Novel）。她的小說以簡潔的文字、個性鮮明的人物與社會觀察著稱，題材從久遠的過去到遙遠的未來都有，並具有非洲未來主義與女性主義的特點。由於其作品處理的議題切合時代趨勢，她的書在她辭世之後愈來愈受到歡迎並且大為暢銷。

奧塔薇亞・巴特勒對科幻文學有深遠的影響力，長久受到科幻界的敬愛。二〇一〇年獲選進入「科幻名人堂」。美國科幻與奇幻作家協會分別在二〇一二和二〇二二年頒給她 Solstice Award 和 Infinity Award。在太空中，小行星七〇五二號被命名為 Octaviabutler，NASA 的毅力號火星登陸地點也以她為名。

譯者

**謝佩妏**

清華大學外文所畢業，專職譯者。

AI00359

# 地球之籽：播種者寓言

作者—奧塔薇亞・巴特勒（Octavia E. Butler）
譯者—謝佩妏
主編—何秉修
校對—Vincent Tsai
企劃—林欣梅
封面設計—賴柏燁
總編輯—胡金倫
董事長—趙政岷
出版者—時報文化出版企業股份有限公司
一〇八〇一九台北市和平西路三段二四〇號七樓
發行專線—（〇二）二三〇六六八四二
讀者服務專線—〇八〇〇二三一七〇五
（〇二）二三〇四七一〇三
讀者服務傳真—（〇二）二三〇四六八五八
郵撥—一九三四四七二四時報文化出版公司
信箱—一〇八九九臺北華江橋郵局第九九信箱
時報悅讀網—http://www.readingtimes.com.tw
時報文化臉書—https://www.facebook.com/readingtimes.fans
法律顧問—理律法律事務所 陳長文律師、李念祖律師
印刷—家佑印刷有限公司
初版一刷—二〇二四年十二月二十日
定價—新台幣五五〇元

時報文化出版公司成立於一九七五年，
並於一九九九年股票上櫃公開發行，二〇〇八年脫離中時集團非屬旺中，
以「尊重智慧與創意的文化事業」為信念。

地球之籽 : 播種者寓言 / 奧塔薇亞 . 巴特勒 (Octavia E. Butler) 著 ;
謝佩妏譯 . -- 初版 . -- 臺北市 : 時報文化出版企業股份有限公司 ,
2024.12
面 ; 公分
譯自 : Parable of the sower.
ISBN 978-626-419-046-6( 平裝 )

874.57 113018058

PARABLE OF THE SOWER by Octavia E. Butler

Published by arrangement with Writers House, LLC through Bardon-Chinese Media Agency


ISBN 978-626-419-046-6
Printed in Taiwan